NO CORAÇÃO DA FLORESTA

EMILY MURDOCH

NO CORAÇÃO DA FLORESTA

Tradução de Maryanne Linz

Copyright © 2015 by Emily Murdoch
Publicado originalmente em língua inglesa como *If You Find Me*
por St. Martin's Press.

Direitos de publicação negociados por Taryn Fagerness Agency
e Sandra Bruna Agencia Literaria, SL.

Direitos de edição da obra em língua portuguesa no Brasil ad-
quiridos pela Casa dos Livros Editora LTDA. Todos os direitos
reservados. Nenhuma parte desta obra pode ser apropriada e
estocada em sistema de banco de dados ou processo similar, em
qualquer forma ou meio, seja eletrônico, de fotocópia, gravação
etc., sem a permissão do detentor do copirraite.

Rua Nova Jerusalém, 345 – Bonsucesso – 21042-235
Rio de Janeiro – RJ – Brasil
Tel.: (21) 3882-8200 – Fax: (21)3882-8212/8313

CIP-Brasil. Catalogação na fonte
Sindicato Nacional dos Editores de Livros, RJ

M974n
     Murdoch, Emily
        No coração da floresta / Emily Murdoch ;
        tradução Maryanne Linz. – 1 ed. – Rio de Janeiro:
        Agir Now, 2015.

        Tradução de: If you find me
        ISBN: 978-85-220-3108-5

        1.Romance americano. 2. Emily Murdoch. I. Título

CDD: 810
CDU: 821.111.82-9

Para Ruth, Anita, Sarah e Taylor,
que me mantêm corajosa...

E para Jack, sempre.

PRIMAVERA E OUTONO (1880)
a uma menina

Margaret, por que choras?
Por Goldengrove, que perde suas folhas?
Como se humanas fossem, em teu pensar
Tão puro, por folhas pões-te a chorar?
Ah! o coração envelhece e acontece
Que por coisas assim perde o interesse;
Já não lhe inspira mais tristeza alguma
Se os bosques perdem folhas, uma a uma;
Mas vais chorar e o porquê vais saber.
Só que isto, filha, nem vale dizer;
São sempre as mesmas as fontes do pranto.
Boca ou mente não expressam quanto
A alma adivinha, o coração pressente:
O mal de origem com que o homem nasce,
Eis, Margaret, o que te entristece.

— GERARD MANLEY HOPKINS

PARTE 1

O FIM

Às vezes, se você se inclinar por cima do
peitoril de uma ponte e observar o rio correndo
lentamente lá embaixo, de repente vai saber tudo
o que há para saber.

— Ursinho Pooh, em *Pooh's Little Instruction Book*

1

Mamãe diz que num importa o quanto as pessoas sejam pobres, mesmo que você seja um ricaço, um duro ou alguma coisa no meio do caminho, o mundo dá o que tem de melhor quase de graça. Por exemplo, o modo como a luz clara e quentinha da manhã reflete feito diamante na superfície do nosso córrego. Ou o próprio riacho, balbuciando música o dia todo, que nem Nessa fazia quando era bebê. A felicidade é de graça, é o que diz a mamãe, o que é tão certo quanto o brilho das estrelas, os galhos secos que as árvores deixam cair pras nossas fogueiras, nossa pele à prova d'água e as línguas do vento circundando as folhas de nogueira antes de deslizar pros nossos ouvidos.

Pode ser apenas efeito do cachimbo de metanfetamina. Mas gosto da maneira como *de graça* soa poético.

Feijões num são de graça, mas são baratos, e aqui no Parque Nacional de Obed Wild e Scenic River, apelidado de "Bosque dos Cem Acres", devo saber quase cem maneiras de preparar feijões. Desde o tipo reidratado aos enlatados — feijões cozidos, feijão-fradinho, mulatinho...

Num parece importante. São apenas feijões, afinal de contas, que fazem você soltar tremendos peidos, como diria minha irmã com uma risadinha. Mas quando alguém vive no mato, como Jenessa e eu, sem água encanada ou eletricidade, com a mãe ficando um tempão na cidade, deixando você com a responsabilidade de alimentar a irmã mais nova — nove anos mais nova — que tem um estômago que ronca que nem um terremoto, aí realmente se torna muito importante inventar jeitos novos e interessantes de preparar feijão.

Fico pensando nisso enquanto encho o restante da panela arranhada com a água do jarro de porcelana lascada e acendo a chama azul flamejante do bico de Bunsen: como posso fazer pra que os feijões tenham um gosto diferente esta noite? Também penso em como queria que tivéssemos manteiga pro restinho do pão, mas num temos, porque manteiga num fica boa fora do gelado.

Às vezes, depois de um tempinho longe, mamãe aparece do nada, agarrada a um saco de papel marrom engordurado da lanchonete da cidade. Então, tudo o que comemos ganha uma camada grossa de manteiga, como abelhas no mel, porque eu e Jenessa ficaríamos arrasadas se aqueles quadradinhos dourados fossem desperdiçados.

Mamãe diz que roubar manteiga é de graça, desde que a pessoa num seja pega.

(Ela também diz que os "para", os "não" e os "estou" são de graça, que eu devia me lembrar de usar e parar de dizer "pra", "num" e "tô", falar direito que nem uma moça e tal. Ela diz que só porque ela esquece num quer dizer que eu também deveria. Só porque ela é uma caipira num quer dizer que eu e Jenessa também temos que ser.)

Pelo menos a gente tem pão. Fico feliz que Nessa num esteja aqui pra me ver raspar os círculos verdes felpudos da parte de baixo. Se raspar com cuidado, nem dá pra sentir o mofo, que, quando eu farejo, sinto o mesmo cheiro que o solo da floresta tem depois de um mês mais úmido.

Estalo-assobio!

Fico paralisada assim que enfio o abridor de latas enferrujado na latinha. *Nessa?* O estalar de folhas e gravetos sob pés desleixados e o som claro de galhos raspando no material brilhante de um casaco de inverno é muito barulho pra ser feito por Jenessa, com seu casaco de pano e passos tão quietos quanto os de um índio.

Mamãe? Observo a linha das árvores tentando localizar o brilho amarelo de seu casaco estiloso de esqui comprado na loja. Mas o único amarelo que dá pra ver vem do sol, borrando os espaços existentes entre centenas de folhas brilhantes.

Acho que sei como um cervo se sente estando na mira duma arma, com meu coração batendo forte nas costelas e meus olhos se arregalando tanto quanto os pratos de jantar empilhados na pedra plana atrás de mim. Mexendo apenas os olhos, vejo a espingarda a apenas um esticar de braço suuuuuuperlongo, e suspiro aliviada.

A gente não tá esperando ninguém. Penso na minha cara: as roupas surradas frouxas que nem pelancas de elefante, o cabelo pegajoso solto parecendo espaguete encharcado depois de ficar de molho no óleo de milho a noite inteira. Em minha defesa, passei dias agarrada ao violino, treinando uma parte que ainda tinha que ser melhorada; "suspensa no momento", como a mamãe dizia, quando num percebo nada que tá em volta. Mas isso, aqui na mata do Tennessee, num tem muita importância. Aconteceu de apenas uma ou duas pessoas que faziam trilha trombarem no nosso acampamento em todos esses anos desde que a mamãe escondeu a gente nesse trailer quebrado no meio do mato.

Escuto com mais atenção. *Nada.* Talvez sejam só turistas. Passo os dedos pelo cabelo, depois esfrego a gordura na minha calça jeans.

Nas poucas vezes que me vi em espelhos de lojas chiques, num me reconheci. Quem é aquela garota esculhambada, magrela e com joelhos de gafanhoto? O único espelho que temos é um pedacinho de vidro que achei no meio de umas folhas. Nele, só consigo ver um olho de cada vez, que nem um ciclope, ou metade do nariz. O belo contorno do meu lábio superior ou a penugem cor de pêssego na ponta da minha orelha.

"Sete anos de azar", disse mamãe depois de ver o caco do espelho. E nem fui eu que quebrei ele. A sorte num é de graça. Sete anos também podem ser dez, vinte ou pra sempre, porque a sorte é tão rara quanto a manteiga é pra minha mãe, pra minha irmã e pra mim.

Cadê a Nessa? Eu me agacho, meus olhos examinando o chão à procura de um galho quebrado pra usar como taco, só para o caso de eu num conseguir pegar a espingarda a tempo. Depois da tempestade da noite passada, tem vários galhos pra escolher. Os ruídos recomeçam, e percebo que o som está vindo na direção do trailer. Fico rezando pra que Nessa num volte mais cedo da caça às fadas. *Vai ser melhor para os estranhos se forem embora sem ver nenhuma de nós.*

— Carey! Jenessa!

Hein?

Minha respiração sai em nuvens de marshmallow, e meu coração bate depressa como se eu tivesse tendo um ataque cardíaco. É um homem, é claro, com uma voz que num reconheço, mas como ele sabe nossos nomes? *Será que é amigo da mamãe?*

— Meninas? Joelle!

Joelle é o nome da minha mãe, só que ela num tá aqui pra responder. Na verdade, a gente num vê a mamãe faz mais de um mês, talvez até uns dois, a essa altura. Nos últimos dias tô me sentindo preocupada. Apesar de a gente ainda ter feijões pra uma semana, mais ou menos, essa é a primeira vez que minha mãe fica longe por tanto tempo sem dar notícias. Até a Jenessa começou a se preocupar: seu rosto é um livro aberto, apesar de a boca se recusar a pronunciar as palavras.

Mais de uma vez, flagrei minha irmã contando os enlatados e os bujões de gás, e ela nem precisa dizer o que tá pensando, porque sofro com a mesma preocupação: que vamos ficar sem as coisas de que precisamos antes que mamãe volte — isso *se* ela voltar. E esse é um pensamento sombrio o bastante pra me enfiar no meu próprio buraco de silêncio.

Minha irmã não fala muito. Quando fala, é só comigo, de forma tão sussurrante quanto o bater das asas de uma mariposa, e só quando a gente tá sozinha. Assim que Nessa fez seis anos, mamãe já estava preocupada o bastante pra fantasiar a filha mais nova de "Cristóvão" num dia e levá-la à fonoaudióloga na cidade, uma mulher que parecia esperta e diagnosticou Jenessa com "mutismo seletivo". Nada do que mamãe dissesse, ameaçasse ou fizesse conseguia acabar com a determinação de Nessa.

— Carey? Jenessa!

Tapo os ouvidos com as mãos e uso meu pensamento para abafar os chamados.

É esquisito ouvir a voz de um homem quando temos sido só nós, as mulheres. Eu costumava querer ter um pai, como as meninas nos meus livros, mas querer num é poder. Num me lembro de nada do meu pai, só de uma coisa, e a mamãe riu quando contei pra ela. Por mais sem graça que eu estivesse, acho que é engraçado a única lembrança que tenho do meu pai serem seus *sovacos*. Ela disse que o cheiro de pinheiro e musgo de carvalho que eu lembrava era de uma marca de desodorante chamada Brut. E daí ela ficou irritada porque eu num sabia o que era um desodorante, falou que eu fazia perguntas demais, e que sua moringa de aguardente estava vazia.

— Está tudo bem, meninas! Podem aparecer!

Por que ele num vai embora? Que diabo a mamãe tá pensando? Num ligo pra quanto dinheiro ele tenha prometido a ela — num vou mais fazer aquelas coisas. E eu mato ele, juro, se encostar um dedo em Jenessa.

Tudo o que preciso fazer é continuar escondida e esperar ele ir embora. É esse o plano, o único plano, até que noto uma mancha cor-de-rosa se movendo entre o marrom e o verde da folhagem, e a cabeça amarela como manteiga de uma menininha perdida no mundo das fadas.

Olha pra cima! Se esconde!

Mas é tarde demais — ele também a vê.

Nessa tropeça, sua boca se abre e uma arfada escapa. Sua cabeça tomba pra esquerda, depois pra direita. O homem provavelmente pensa que ela está procurando uma rota de fuga, mas conheço minha irmãzinha melhor do que qualquer um, até do que Deus. Jenessa tá tentando *me* encontrar.

Fazendo meus próprios barulhos descuidados nas folhas, me levanto, os olhos fixos em Nessa, que me vê na hora e sai correndo pela floresta pros meus braços. Nossas cabeças se viram na direção de um novo movimento, dessa vez vindo de uma mulher magra que nem ossos de galinha que vem andando com passos irregulares porque seus saltos afundam no solo macio da floresta.

Jenessa se agarra a mim feito uma sanguessuga, com as pernas ao redor da minha cintura. O cheiro de seu cabelo, queimado de sol e suado, é tão único que me faz sentir uma pontada na barriga. Como um cachorro, consigo farejar seu medo, ou vai ver é o meu. Eu o afasto rapidamente, conforme minha expressão relaxa e me recomponho, porque sou eu que tô no comando.

Nem o homem nem a mulher se movem. *Eles num sabem que é falta de educação encarar? Sendo gente da cidade e tal?* Ela olha pra ele, com uma expressão indecisa, e o homem assente pra ela antes de se voltar pra gente, o olhar firme.

— Carey e Jenessa, certo? — diz ela.

Faço que sim com a cabeça, e daí me xingo porque minha tentativa de um "sim, senhora" sai como um guincho. Paro, pigarreio e tento de novo.

— Sim, senhora. Sou a Carey e essa é minha irmã, Jenessa. Se tá procurando pela minha mãe, ela foi até a cidade comprar suprimentos. Posso ajudar com alguma coisa?

Nessa se contorce em meu abraço de urso e mando meus braços relaxarem. Pelo menos não tô tremendo, o que denunciaria meu medo pra minha irmã, mas verdade seja dita, tô tremendo *por dentro*.

Talvez o pessoal da igreja tenha mandado eles. Talvez tenham conhecido a mamãe na cidade, mendigando pra conseguir dinheiro pra mais uma dose. Talvez tenham apresentado Jesus a ela, e tenham vindo deixar alguma comida.

— Vocês são Testemunhas de Jeová ou alguma coisa assim? — continuo. — Porque a gente não tá interessada em ser salva por um cara no céu.

O rosto do homem se abre num sorriso, que ele disfarça tossindo. A mulher franze a testa e esmaga um mosquito. Ela parece extremamente desconfortável parada no meio do mato, olhando de mim pra Nessa e de novo pra mim, balançando a cabeça. Ajeito o cabelo, liberando meu cheiro almiscarado de poeira e de cabeça queimada de sol. O cabelo castanho da mulher, soltando do coque, me faz lembrar de Nessa depois de brincar muito, com tentáculos como cobras rastejando pelo pescoço e ficando grudados ali. Tá bem quente pro outono.

Mesmo daqui, dá pra notar que a mulher lavou o cabelo de manhã. O dela deve ter cheiro de flores chiques, e não dos pedacinhos de sabão que a gente usa pra lavar a cabeça.

— Tem uma mesa ali, se vocês quiserem sentar um pouco — comento de forma pouco convidativa, esperando que ela recuse.

Mas a mulher concorda e vou na frente, carregando Nessa pra clareira ao lado do trailer, passando pela fogueira crepitando e fumegando conforme os gravetos pegam fogo, pelos produtos enlatados trancados num armário metálico enferrujado que está pregado ao tronco de uma árvore, e chegando à mesa dobrável de metal rodeada por cadeiras descombinadas: duas de ferro, uma de vime e dois grandes tocos com almofadas que grudam tanto quanto pele suada na nossa velha cadeira de balanço.

O homem e a mulher se sentam, ele numa cadeira de metal, enquanto ela escolhe o toco grande com a almofada mais limpa. Jogo Nessa na cadeira de vime e mantenho a mesa entre nós duas e eles. Permaneço de pé, deixando bastante espaço pra uma fuga rápida se for necessário. Mas os dois parecem normais o bastante, nada de sequestradores, traficantes nem gente louca de igreja. A mulher parece ser importante, vestindo um terninho bege comprado em loja. Isso me deixa mais nervosa do que qualquer coisa.

Eles me observam em silêncio guardar o violino no estojo e então encher três copos de estanho com água da moringa. Quero dizer a eles que fervi a água antes, e que o rio é limpo, mas num falo nada. Quando entrego os copos, tremo ao ver minhas unhas, nojentas e desiguais, com uma tira de sujeira debaixo de cada uma.

Piso duas vezes no pé de Nessa, e lágrimas surgem em seus olhos. Acaricio sua cabeça — vai ter que dar pro gasto —, então chego pra trás, cruzo os braços e espero.

— Você não gostaria de se sentar? — pergunta a mulher, com uma voz suave.

Olho de relance pra Nessa, se contorcendo em seu lugar, bebendo timidamente a água, e balanço negativamente a cabeça. A mulher sorri pra mim antes de mexer em sua pasta. Ela tira um envelope pardo cheio de papel dentro. Consigo até ler de cabeça pra baixo a etiqueta branca na frente. Tá escrito: "Blackburn, Carey e Jenessa".

— Sou a sra. Haskell — diz ela.

Faz uma pausa, e sigo seu olhar fixo em minha irmã, que derrama algumas gotas de água numa tampa de garrafa velha. Todos a observamos se abaixar e colocar a tampa diante de um besouro gordo que avança com dificuldade pelo mar que se formou no chão da floresta.

Aceno com a cabeça, sem saber o que dizer. É difícil manter os olhos nela com o homem me encarando. Noto que uma lágrima escorre por sua bochecha barbeada, ficando surpresa por ele não enxugá-la. Peças de quebra-cabeças se encaixam em lugares antigos e meu estômago se revira com o quadro que elas começam a formar.

Ele num disse seu nome, e nem é familiar pra mim. Mas naquele instante, me atingindo que nem um relâmpago, sei quem ele é.

"Se chama Brut. Não consigo mais sentir o cheiro sem ficar enjoada, pensando no que ele fez pra gente."

A memória preenche dez anos de intervalo e, num piscar de olhos, tenho cinco anos de novo e estou fugindo, agarrando minha boneca no peito como se ela fosse uma boia salva-vidas. Mamãe, com um olhar enlouquecido e sem falar coisa com coisa me fazendo desistir das perguntas que estavam na minha boca até que o gosto salgado e metálico das lágrimas e do sangue me fizessem esquecer até o que eu queria perguntar.

— Sabe por que estamos aqui?

A sra. Haskell analisa meu rosto enquanto o conteúdo do meu estômago começa a subir: feijões, é claro. Feijões frios direto da lata, aquele tipo adocicado de que Nessa tanto gosta. Eu me sinto como uma cartomante, sabendo que as palavras dela estão prestes a mudar a terra abaixo e o céu acima e reorganizar tudo o que considerávamos normal e familiar.

Eu a encaro, esperando o inevitável.

— Viemos aqui levá-la para casa, Carey.

Casa?

Espero o chão se estabilizar e, assim que isso acontece, me jogo nos arbustos e deixo os feijões voarem longe. Logo depois, a raiva golpeia minhas entranhas como chamas intensas. Eu me viro, com as mãos nos quadris, e encaro a mulher de cima a baixo. Ela se encolhe de nojo quando esfrego a boca na manga da camiseta.

— Isso é impossível, senhora. A gente *tá* em casa. A gente mora aqui com nossa mãe.

— Onde está sua mãe, querida?

Olho fixamente para ele; num vou cair nessa de "querida".

— Já falei, minha mãe foi até a cidade comprar suprimentos. A gente tava ficando... estava ficando... sem algumas coisas e...

— Faz quanto tempo que ela foi à cidade?

Tenho que mentir. Jenessa tá quase hiperventilando, prestes a sofrer mais um dos seus ataques de nervos. Ela desliza pra perto de mim e fica do meu lado, pegando minha mão e segurando tão apertado que meu pulso lateja até as unhas.

— A mamãe saiu hoje de manhã. A gente acha que ela deve voltar antes de anoitecer.

Aperto com força a mão de Nessa.

— Sua mãe falou que foi embora há mais de dois meses. Recebemos a carta dela ontem.

Quê?

O sangue foge da minha cabeça e meus ouvidos estão zumbindo. Eu me agarro a um galho próximo pra me equilibrar. *Devo ter escutado errado*. Mas a mulher confirma com a cabeça, os olhos carregados de *desculpas* que não quero ouvir.

— Que... que carta?

As lágrimas de Jenessa fazem cócegas no meu braço como se fossem carrapatos e quero coçar, mas não consigo me desvencilhar da mão dela. Nessa se inclina na minha direção e, de novo, fico morrendo de raiva. *Vejam o que estão fazendo com a minha irmã.*

Mamãe tava certa: estranhos não são confiáveis. Arruinar vidas é tudo o que eles fazem.

A sra. Haskell dá um sorriso como se pedisse desculpas, um sorriso ensaiado, como se não fôssemos suas primeiras vítimas, nem as últimas. Imagino quantas crianças ficaram assim frente a ela, oscilando em seus mundos recém-abalados. Centenas, aposto, pelo que percebo no olhar dela.

Mas vejo uma tristeza neles também; um sentimento de ternura por nós duas, uma inclinação de cabeça familiar que vem das coisas que tamos acostumadas a ver, como as copas das árvores ofuscadas pelo sol do Bosque dos Cem Acres, ou aprender a se virar sem manteiga, ou mamãe desaparecendo por semanas a fio.

Ela espera eu me acalmar de novo. Fixo o olhar no dela, assim com uma rocha se fixa num rio turvo.

— Sua mãe nos escreveu mês passado, Carey. Ela disse que não conseguia mais cuidar de você e da sua irmã...

— Mentira! Ela nunca abandonaria a gente!

— Ela pediu que nós interferíssemos — continuou a mulher, ignorando minha explosão. — Teríamos vindo antes, mas não conseguíamos encontrar vocês duas. Ela realmente as escondeu muito bem.

— Não!

Mas caio num choro estrangulado, num choro vazio, que flutua no ar como dente-de-leão e desejos que nunca se tornam realidade. E, de repente, tão rápido quanto a emoção vem, ela congela. Fico parada, com as costas retas. Sou feita de gelo, escorregadia e fria, impenetrável, e tenho o controle.

— Você deve ter entendido errado, senhora. Mamãe num abandonaria a gente pra sempre. Você deve ter entendido errado.

Nós três damos um pulo pra trás, mas num é rápido o bastante. O conteúdo do estômago de Nessa esguicha nos sapatos chiques da sra. Haskell. Isso, percebo, é algo com que ela *num tá* acostumada. A mulher joga as mãos pra cima e, sem pensar, coloco os braços na frente do rosto.

— Ah, meu Deus, querida, não...

— Só deixa a gente em paz — vocifero. — Queria que vocês nunca tivessem achado a gente!

Sem que qualquer palavra seja dita, ela descobre outro segredo meu, e a odeio por isso. Odeio os dois.

Seus olhos queimam nas minhas costas conforme levo Jenessa até um balde. Mergulho um trapo limpo na água e passo na boca da minha irmã, seus olhos vidrados e passando de mim pra eles como um coelho encurralado. O homem sai de perto, encurvando os ombros. Ele tira um maço de cigarros do bolso do casaco, o celofane se enrugando feito papel de bala.

Faça o favor de se recompor já, Carey Violet Blackburn! Dê um jeito nisso!

— Você tá assustando minha irmãzinha — digo, minha voz quase um sibilo. — Olhe, a mamãe vai estar em casa amanhã. Por que vocês num voltam depois e então a gente discute isso?

Minhas palavras soam iguaizinhas as de um adulto. Bem convincente, se quer saber.

— Desculpe, Carey, mas não posso fazer isso. De acordo com as leis do estado do Tennessee, não posso deixar dois menores de idade sozinhos na floresta.

Encharco outro pano na água e o entrego pra sra. Haskell, me abaixando na casca áspera de uma árvore que caiu. Então puxo Nessa pro meu colo, colocando o braço em volta da cintura dela. Nem ligo pro cheiro azedo que substitui o odor doce e queimado de sol de apenas uma hora atrás. Seu corpo tá mole, como se houvesse uma boneca de pano em meus braços. Ela já era.

— Posso ver a carta, senhora?

A sra. Haskell vai até a mesa, folheia mais papéis e volta com uma página do meu caderno contendo um punhado de linhas que, mesmo a distância, reconheço como sendo a caligrafia irregular da minha mãe. Arranco a página dos dedos dela, me viro de costas e começo a ler.

A quem interessar possa,
Escrevo a respeito das minhas filhas, Carey e Jenessa Blackburn...

É até onde consigo chegar antes que a cachoeira de lágrimas me cegue. Seco o rosto com as costas da mão, fingindo que nem ligo que todos estejam vendo.

— Posso ficar com isso, senhora?

Sem esperar resposta, dobro o papel em pedacinhos cada vez menores e depois o enfio no bolso da calça jeans.

A sra. Haskell assente.

— Essa é só uma cópia. A original está em seus registros oficiais. Precisamos dela para a audiência, quando o caso de vocês chegar ao juiz.

Indico com o queixo o homem que está sentado no banco, nos observando, olhando de soslaio pra gente através de uma treliça de fumaça de cigarro, sua silhueta iluminada pela luz minguante do sol.

— Sei quem ele é, e a gente num vai com ele.

— Tenho autorização do Serviço Social para deixar vocês sob a custódia dele.

— Então a gente num tem escolha?

A sra. Haskell vem se sentar ao meu lado, usando um tom de voz mais baixo.

— Você tem escolha, Carey. Caso se recuse a ir com ele, podemos colocá-la em um abrigo para menores. Dois lares adotivos. Nossas famílias estão bem cheias agora, e não conseguimos encontrar uma que possa ficar com vocês duas por enquanto. Considerando a situação da sua irmã...

— Ela num é retardada nem nada do tipo. Só num fala.

— Mesmo assim, a, hum, condição dela requer uma colocação especial. Achamos um lar para Jenessa, mas ele não está equipado para acolher duas crianças no momento.

Nessa leva o dedão até a boca, e seu cabelo, empapado de suor, cai como se fosse uma cortina diante dos olhos. Ela num faz nenhum movimento pra afastá-lo. Tá se escondendo na frente de todo mundo.

— Num posso deixar minha irmã sozinha com estranhos.

— Também não acho que seja a melhor ideia. Gostamos de colocar as crianças junto dos parentes sempre que é possível. Levando em consideração o vínculo entre Jenessa e você, acho que seria prejudicial para o bem-estar emocional dela separar as duas. Já vai ser uma adaptação difícil por si só.

Olho fixamente na direção do homem no banco, esse cara que num conheço e mal reconheço.

Penso em sair correndo, como, quem sabe, devíamos ter feito quando vimos eles chegando. Mas num temos dinheiro e nenhum lugar pra ir. Num tem mais carro pra puxar o trailer, desde que mamãe foi embora com ele, e num podemos ficar aqui. Agora sabem onde a gente tá. Sabem tudo.

Penso em contar a ela o que minha mãe me falou sobre ele, porque a sra. Haskell num ia deixar a gente ir com esse cara de jeito nenhum se soubesse. Mas olho pra Nessa, desaparecendo diante dos nossos olhos.

Num posso abandonar minha irmã.

— Quanto tempo a gente tem?

— O suficiente para arrumar suas coisas. Você vai ter que aprontar as coisas da sua irmã também.

Ela nos deixa lá sentadas, com o sol do fim da tarde salpicando o solo da floresta como se fosse um dia como outro qualquer. Eu a observo ir até a lixeira ao lado da mesa dobrável e depois voltar. Ela me entrega dois sacos de lixo pretos e brilhantes dobrados da mesma forma que a carta da minha mãe. Tiro Jenessa do meu colo, acomodando minha irmã na árvore, e vou em frente sacudindo os sacos pra deixá-los bem esticados. Todos nós paramos para reparar nos pássaros se espalhando num voo irregular ao som anormal do plástico esbofeteando o ar.

— Pegue apenas o necessário. Vamos mandar alguém voltar aqui para empacotar o resto.

Concordo com a cabeça, feliz de poder olhar na direção do trailer antes de fechar a cara novamente. Não entendo como a mamãe pôde fazer isso com nós duas. Como ela pôde deixar a gente pra se virar sozinhas — deixar a gente, ponto — sem se explicar ou dizer adeus?

Odeio ela com a mesma fúria da gasolina em chamas. Sinto raiva por Jenessa, que merecia coisa melhor, melhor que uma mãe ferrada, viciada em drogas, melhor que esse caos que sempre parece vir atrás da gente, se esfregando em nós como se fosse uma urticária horrível.

Nessa acaba virando minha sombra depois que a porta do trailer range nas dobradiças, essa porcaria de veículo caindo aos pedaços que chamamos de casa por quase tanto tempo quanto sou capaz de lembrar — definitivamente todo o tempo que Nessa consegue lembrar.

Olho em volta, assimilo a bagunça, as roupas espalhadas, os pratos cheios de migalhas ou com feijões endurecidos grudados, e começo a arrumar o saco de Nessa primeiro. Minha irmã se senta na cama dobrável, sem se mexer ou sequer pular quando pego o livro mais próximo, um dos livros do Ursinho Pooh, e o uso para atingir uma barata que corre pela pequena pia de aço inoxidável; sem água corrente, era tão inútil quanto a pia de uma casa de boneca, até que a transformei em um lugar para guardar pratos e copos. Mamãe nunca enganchou o trailer à água porque fontes de água significavam acampamento, lugares a céu aberto e estranhos que nos julgariam com olhares curiosos.

Quase tudo que Nessa tem é de algum tom de rosa. Guardo um par de sapatos boneca gastos e os tênis rosa-claro, a camiseta de manga comprida rosa-neon, uma camiseta listrada rosa-escuro e vermelha e outra camiseta com uma imagem da Cinderela descascando na frente. Pego sua camisola e calcinha extras; "uma usando e outra não", como diz mamãe quando reclamamos. A calça jeans de Nessa parece pequena e vulnerável esticada nas minhas mãos, e meu coração fica apertado.

Assim que a sacola dela fica cheia, uso a minha pra guardar sua boneca de pano, o ursinho de pelúcia com um braço só e o cachorro de pelúcia. Os livros do Ursinho Pooh. A escova de cabelo e os elásticos. Por cima, coloco minha calça jeans (uma usando e outra não), uma camiseta mais nova, duas regatas, minha calcinha extra e o único sapato que tenho além dos tênis medonhos que estou calçando: botas estilo country compradas em uma venda de garagem na cidade, tão grande que a parte da frente do sapato tinha sido preenchida com lenços de papel pra caber.

Pouca coisa cabe direito em mim após eu ter espichado ano passado. Agora fico feliz com isso, porque significa mais espaço pras coisas da Jenessa. Num preciso de muito espaço, de qualquer forma. Num tenho brinquedos de infância nem qualquer bicho de pelúcia. Deixei a infância pra trás quando mamãe nos carregou no meio da noite. Meus pertences são um bloco de desenho que coloco no topo da pilha, enquanto faço uma nota mental pra num esquecer meu objeto mais precioso: o violino que mamãe me ensinou a tocar no ano em que nos mudamos para o Bosque dos Cem Acres.

Minha mãe tocava numa orquestra antes de conhecer meu pai. Pego o caderno repleto de recortes de jornais com as apresentações dela e o coloco por cima do meu bloco de desenho, e então puxo bem apertado as cordinhas amarelas de plástico. O saco parece que vai explodir quando termino. Mas isso é bom, porque aposto que nele cabem mais coisas do que em qualquer mala, se a gente tivesse uma.

Antes mesmo que eu possa chamá-la, a sra. Haskell aparece, e entrego o saco pra ela, que tem dificuldade para carregar o peso. O homem se levanta pra ajudar, olhando nos meus olhos enquanto pega o saco da mão da mulher e o pendura nas costas. Ele faz o mesmo com o outro saco.

— Posso levar mais um, senhora? — pergunto.

A sra. Haskell concorda. Encho esse com nossos livros escolares, com minha Emily Dickinson, meu Tagore, meu Tennyson e Wordsworth, deixando o saco megapesado. Olhando pro homem, eu teria achado graça em circunstâncias diferentes. Ele parece um Papai Noel ao contrário. Um Papai Noel do lixo.

Ninguém fala enquanto ele joga o saco mais leve na frente da sra. Haskell.

Volto pra dentro e tiro Nessa da cama. Ao alcançá-la, arranco o dedão dela com delicadeza da boca. Seus lábios mantêm o formato de O e seu dedo volta direto lá pra dentro.

— Você vai deixar seus dentes tortos, sabia.

Ela olha diretamente pra mim, com um pouco de baba escorrendo, e dou um abraço nela antes de ajudá-la a se levantar e andar até a porta.

— Que tal eu levar você nas costas?

Eu me agacho na frente dela, e ela sobe devagarzinho.

— Segura firme, tá?

O sol está se fundindo, se empoçando atrás das árvores e ainda assim mamãe num vem. Olho ao redor do Bosque dos Cem Acres, de alguma forma esperando que ela apareça com um saco marrom engordurado e salve o dia, mas não há nem sinal dela.

O homem assume a liderança, com a sra. Haskell fazendo um grande esforço atrás dele, tropeçando em raízes e afundando o pé na lama, xingando baixinho enquanto eu e Nessa a seguimos. É um longo caminho até a estrada, e se a gente for na direção que eles tão seguindo, vai ser o dobro.

— Por aqui, senhora — digo, ajeitando Nessa mais pra cima nas minhas costas e assumindo a liderança, me recusando a encontrar o olhar do homem quando ele chega pro lado pra gente passar.

Eu me foco nos topos de árvores que parecem sem fim e fragmentam o pôr do sol em cores derretidas, os pássaros cantando e se alvoroçando com a nossa saída. Fecho os olhos por um segundo, inspirando fundo para gravar memórias importantes, daquelas que ficam pra sempre. Eu teria trancado o trailer ao sair, só que num sei quem tem a chave, mas Nessa e eu num temos, e só trancávamos quando estávamos lá dentro.

A mamãe tem uma chave, e o mínimo que ela podia ter feito, se num ia voltar, era ter deixado com a gente. E então me lembro: a velha nogueira oca, aquela que fica a uns trinta metros da clareira. Quando eu tinha oito anos, vi minha mãe tirar um fio branco suado do pescoço com uma chave de metal pendendo dele, cintilando na luz do sol.

"Essa é nossa chave extra, e se algum dia você precisar, vai estar bem aqui na árvore. Tá vendo?"

Ela a joga no buraco, onde desaparece como num truque de mágica.

Eu me sinto mais segura, de alguma forma, sabendo que a chave tá lá.

Meu segredo.

Se eu precisar dela, se Nessa e eu voltarmos, sei que vai estar lá nos esperando.

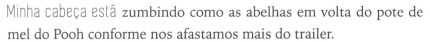

2

Minha cabeça está zumbindo como as abelhas em volta do pote de mel do Pooh conforme nos afastamos mais do trailer.

Sei que eles acham que a gente tem uma cara esquisita. Que fala esquisito. Mamãe tem razão: preciso me lembrar de falar direito.

Eu, Carey Violet Blackburn, prometo, deste segundo em diante, não falar mais errado. Nada mais de tá, num e pra. Vou deixar mamãe e Jenessa orgulhosas.

Ninguém diz nada enquanto saímos da floresta. Tento seguir pelas trilhas que consigo encontrar, para o bem dos dois, mas nessas matas, não há presença suficiente de pés para deixar marcas na grama que cresce sempre e muito.

— Droga!

Eu me viro e vejo o homem ajudando a sra. Haskell a se levantar, a meia-calça rasgada nas canelas, com um joelho ensanguentado. Ela segue em frente, mancando como se tivesse uma perna maior que a outra. Acho que ela deve ter quebrado o salto de um dos seus sapatos chiques.

Nessa desloca o peso do corpo, seus braços parecendo os tentáculos de um polvo grudados em volta do meu pescoço. Minha irmã se balança como uma folha ao vento nas minhas costas. O dedão a acalmaria, mas ela precisa se segurar em mim com as duas mãos.

— Vai ficar tudo bem, Nessa — digo suavemente, invocando um pouco de alegria. — Você vai ter uma cama, uma cama de verdade... Se lembra de já ter dormido alguma vez numa cama de verdade?

Ela balança a cabeça no meu ombro, negando.

— Isso mesmo. A cama no trailer é uma cama dobrável. Não é a mesma coisa. Tem um monte de coisas que você nunca viu, como biscoitos com mel do Pooh, quanto você conseguir comer. Sorvete... espera só até você provar todos os tipos diferentes de sorvete. Acho que deve ter uns duzentos sabores diferentes, pelo menos.

Nessa apoia a cabeça no meu ombro, sendo embalada pela minha voz.

— Tem um negócio chamado TV, que é como se seus livros ganhassem vida, só que em uma tela, numa caixa que fica parada. Você vai adorar. Existem máquinas que mantêm a comida fria, lavam roupas e fazem um monte de coisas que economizam bastante o tempo das pessoas da cidade.

A respiração de Nessa está lenta e ritmada, fazendo cócegas na minha orelha. Sussurro o restante, sabendo que se ela dormisse nesse momento seria melhor.

— Não me lembro da maioria das coisas, mas de algumas não dá pra se esquecer. E sabe do que mais?

Ela balança a cabeça de forma quase imperceptível, o que é um bom sinal de que está me acompanhando.

— Se você não quiser, nunca mais vai ter que comer feijão na vida.

O sol desaparece e a escuridão cobre a floresta como uma lona encharcada tapando nossa lenha, modelando as árvores em formatos estranhos a não ser que você esteja em cima delas.

— Ainda está muito longe?

A sra. Haskell está bufando, e o homem anda logo atrás dela, como se estivesse pronto para ajudá-la, caso seja necessário. A não ser que fosse para carregá-la, não há muito mais o que ele possa fazer. Imagino-o carregando-a nas costas pelo resto do caminho e sorrio sozinha.

— Não muito. É logo depois do morro — respondo, exagerando um pouquinho a verdade.

A sra. Haskell para na trilha, olhando fixo para mim.

— Não é um morro alto, senhora. Está mais para um montinho, juro.

Ela balança a cabeça, resmunga baixinho, mas pelo menos voltamos a andar.

Uma hora depois, alcançamos o acesso asfaltado da estrada principal, tendo uma vista panorâmica da floresta e das montanhas do outro lado. Foi aqui, anos atrás, que mamãe ligou a seta pra direita e saiu da estrada, a luz dos faróis balançando em uma trilha de terra que mal tinha largura o suficiente para o carro e o trailer passarem. Olho para trás, tentando encontrar aquela velha estrada, mas tudo o que restou foi a leve trilha de pegadas que acabamos de deixar.

A sra. Haskell suspira de alívio ao ver o chão pavimentado sob os sapatos. Larga o saco de lixo e faz uma pausa para recuperar o fôlego e, nesse momento, enfia as mechas de cabelo solto de volta no coque. Mas isso o deixa ainda pior, se alguém me perguntar, o que ninguém faz.

Sei disso porque sou uma especialista em penteados, tenho praticado no cabelo de Jenessa durante todos esses anos — e, acredite em mim, cabelo fino é mais difícil. Uma revista sobre o assunto me mostrou como trançar, enrolar, prender e dividir o cabelo nos mais diversos penteados. Se a sra. Haskell se sentasse no para-choque do carro, eu poderia fazer minha mágica em um instante.

Eu poderia, se ao menos não houvesse tantos morcegos voando atrás de insetos.

A sra. Haskell dá um grito agudo e se esquiva, e quero lhe dizer que os morcegos não voam tão baixo, que é uma ilusão de ótica, mas ela já saiu correndo. Ela não perde tempo e tira um chaveiro da sua maleta e avança para um Lexus, como diz na traseira do carro, a pintura prateada brilhando sob a lua que mais parece uma abóbora que está começando a subir. Ela abre o lado do motorista e destrava a porta de trás para mim e Jenessa.

— Deixa comigo.

A voz dele é carinhosa, e sua proximidade me assusta. O homem ergue Nessa das minhas costas e a carrega nos braços até o carro, colocando-a no assento mais afastado, a cabeça dela apoiada na janela de vidro.

— Obrigada, senhor.

Olho para baixo quando digo isso, mas parece que preciso dizer algo, então é o que faço. Espiando através dos cílios, vejo-o se virar e ir em direção à traseira do carro.

— Poderia fazer a gentileza de abrir o porta-malas?

A sra. Haskell remexe em algo e o porta-malas se abre. Ele coloca os sacos de lixo lá dentro.

Escorrego no banco para o lado de Nessa e fecho a porta com um clique. A sra. Haskell insere uma chave na abertura ao lado do volante e luzes de cores diferentes se acendem. O homem se senta no lugar ao lado dela. Como se tornando aquilo definitivo, a sra. Haskell aperta um botão, trancando a todos nós, para o bem ou para o mal. Ela está descalça, seus sapatos destruídos deixados no espaço entre os dois bancos da frente.

— Coloquem os cintos de segurança — ordena ela.

Eu me inclino e coloco o de Nessa, depois o meu — só leva um minuto para lembrar como faz. O carro engata para a frente e a luz dos faróis percorrem a floresta que amo, deixando-a sob foco uma última vez. Meu peito se expande, dolorido, e não consigo engolir. *Se não fosse por Nessa...*

As luzes dos faróis dos carros que se aproximam passam em clarões e no flash delas analiso a nuca do homem, e seu perfil também, quando ele se vira e balança a cabeça para a conversa baixinha da sra. Haskell.

Depois de algum tempo, fico entediada, ouvindo os papos de adulto sobre o clima, as notícias e outras coisas que não tenho ideia. Tornados e furacões. Pessoas assassinadas, nações das quais nunca ouvi falar travando guerras santas. Seguro a mão de Nessa não como se fosse para o bem dela, mas é pelo meu próprio. O calor da mão dela na minha cria um casulo familiar à nossa volta, e essa é a última coisa da qual me lembro antes de eu também cair no sono.

Ao piscar, tomando cuidado para não mover mais nada, vejo que o relógio do painel marca 10h15. Em algum momento, Nessa escorregou do banco e se curvou sobre o tapete. Ela não está com o cinto de segurança, mas não tenho coragem de acordá-la.

— Até que as garotas não parecem em um estado tão ruim assim, considerando como estavam vivendo — diz a sra. Haskell.

Ela mexe em um bastão e uma luz começa a piscar enquanto passa ao lado de um caminhão lento carregando várias toras amarradas.

— Para ser sincera, eu não sabia o que esperar. A carta da sua ex-mulher foi encaminhada ao departamento errado e só ouvi falar dela semanas após ter sido enviada.

O homem resmunga em resposta e então olha por cima dos ombros. Meus olhos se fecham instantaneamente.

— Joelle levou as meninas para o meio do nada, eu sei — afirma ele, tomando cuidado com as palavras, como se soubesse que eu posso estar ouvindo. — Ao mesmo tempo, elas estavam bem aqui, no Tennessee. Bem debaixo dos nossos narizes esse tempo todo.

— Há um alerta de busca expedido para ela — sussurra a sra. Haskell. — É de praxe em casos como esse.

Um alerta de busca? O que é um alerta de busca?

— Se ela se esconder tão bem quanto escondeu as meninas, nunca vão encontrá-la.

Fico surpresa ao ouvir o tom casual da voz dele, se bem que, o que eu estava esperando? Raiva? Remorso? Que ele fingisse que me ama, que me quer? Se nos quisesse, não teria batido em nós, na mamãe e em mim. O homem, pelo menos, pareceria triste por todos esses anos que estivemos fora. Mas não consigo adivinhar o que ele está sentindo. Não consigo decifrá-lo como conseguia fazer com a mamãe.

— Se a encontrarem — continua a sra. Haskell —, você não terá muita influência na forma como vão cuidar disso. Ela levou Carey embora sem ter a custódia. No estado do Tennessee, isso é classificado como sequestro.

— Sequestro? — Deixo a palavra escapar, sem conseguir me segurar. Então, como Nessa se mexe, abaixo a voz. — Está dizendo que ele vai jogar mamãe na cadeia?

Ele é que deveria estar na cadeia.

O homem suspira, os ombros tensos. Observo a parte de trás de sua cabeça. Ele não se vira.

— Não tenho certeza do que vão fazer, querida, mas sua mãe agiu contra a lei. — A sra. Haskell faz uma pausa para abrir uma fresta na janela. — Temos que esperar para ver o que vai acontecer quando acontecer.

Novamente, sinto um calor extremo preencher o meu corpo, da unha do pé às pontinhas das orelhas. *Ele* deveria estar em apuros, não a mamãe. Não a mamãe, que tentou nos proteger dele. Droga, o homem nem se importava o bastante para se dar o trabalho de nos procurar. Só está ligado a nós nesse momento por causa da carta.

Eu me encosto no banco zangada, observando os carros passarem, em maior número agora, assim como os pontos de luz marcando a terra a distância. Minhas emoções se tornam um turbilhão como folhas atraídas por um pequeno redemoinho, e a única coisa a que consigo me apegar é a raiva.

Por que mamãe mandou aquela carta? Não sabia que iam chamá-lo, que nos deixariam sob a custódia dele? Para onde mais iríamos? Ela não se importou que pudessem nos separar, que nos jogassem em lares adotivos malcuidados como peças erradas de um quebra-cabeças?

Como se lesse minha mente, a sra. Haskell fala com uma voz forte, resoluta:

— Vai ficar tudo bem, Carey. Você vai ver.

Respondo com o silêncio, entendendo toda a sua força pela primeira vez. Palavras são armas. Armas são poderosas. Assim como palavras não ditas. Assim como armas não usadas.

— Está com fome? — A sra. Haskell me passa um saco de batatinhas fritas. Sabor sour cream e cebola, que por acaso é meu preferido. Até parece que ela sabia como pegar um fio de minha antiga vida e entrelaçar a essa nova.

Pego o saco das mãos dela, com saliva escorrendo pelas minhas bochechas.

Fechando os olhos, saboreio as batatas, tentando me lembrar da última vez que comi essa maravilha salgadinha e crocante. *Nesse instante, o céu mora na minha boca.* Tenho que me controlar, me impedir de devorar o saco inteiro em segundos. Mamãe levou batatas fritas pra gente talvez umas três ou quatro vezes. Era raro, porque não podíamos bancar coisas supérfluas.

A sra. Haskell sorri sobre o ombro.

— Aposto que já faz um tempão que vocês não comem batatinhas. Tem mais um pacote no porta-luvas. Você gosta de sabor churrasco?

Balanço a cabeça enfaticamente, enfeitiçada pelas batatas.

Ela me passa o outro e, por alguns instantes, o único som no carro é o estalar da embalagem na minha mão engordurada e o som dos meus dentes mastigando. Como fiz com o primeiro saco, guardo metade, uma boa metade, para Nessa.

— Vocês duas estão muito magrinhas, mas isso não me surpreende, vivendo daquele jeito. Vamos ter que dar uma engordada em vocês, especialmente em Jenessa. Temos que fazer com que ela alcance os percentuais de altura e peso de uma criança normal.

— Ela num gosta muito de feijão. — Mas eles não conseguem me entender com a boca cheia de batatas.

— Não gosta do quê, querida?

— *Feijão*, senhora. Ela provou todos os tipos possíveis e imagináveis de feijões depois que a mamãe foi embora. Ficamos sem ravióli e sopa de latinha. Tudo o que sobrou foram feijões, e ela num quer mais comer.

— *Não* quer mais comer. Esse é o jeito certo de falar, querida.

Sei disso. Esqueci minha promessa. Fico mais vermelha que o giz de cera de Jenessa.

— Sim, senhora.

Flagro os dois trocando olhares e vejo, o quê? Pena? Preocupação? Não tinha me ocorrido que alguém pudesse se sentir mal por nós, ainda mais *ter pena* de nós. Estávamos bem, vivemos bem direitinho. Tomei conta de Nessa — melhor que mamãe. Ainda melhor do que eles.

Nessa também sabe disso. Fui eu que ensinei a ela os números e o alfabeto, adição e subtração, lendo os livros dela e depois os meus para ela. Quando a gente não aguentava mais aqueles, passou a reler os preferidos de Nessa, só que dessa vez ela que lia para mim. Treino do Pooh. Eu tocava violino para ela dormir, introduzindo um pouco de cultura à floresta, como disse mamãe.

— Ela adora manteiga — acrescento. — Mas *não* gosta nem um pouco de ervilha. Adora bolo de aniversário também.

Sorrio quando a sra. Haskell sorri.

De todas as coisas malucas de que uma garotinha poderia gostar, Nessa adora bolo de aniversário. Só tivemos alguns: um no meu aniversário de nove anos, um no terceiro e outro no quinto aniversário de Nessa. Todas as vezes, ela ficou doida, dando gritinhos agudos por causa do glacê fofo cor-de-rosa.

Os dois trocam olhares de novo, o mesmo olhar de pena, e meu sorriso desaparece. *Eles não têm direito de fazer isso.*

— Bom, quando chegarmos ao hotel, vamos providenciar um banho quente e um jantar para você e Jenessa. Vocês gostam de hambúrgueres? Refrigerante?

Meu estômago ronca antes que o som de suas palavras se esvaia.

— Gostamos de comida, senhora. Acho que nunca comemos essas coisas que a senhora falou.

Dessa vez, parada em um sinal de trânsito, a sra. Haskell se vira para trás e me encara.

— Está me dizendo que sua mãe nunca levou vocês para a cidade? Nem para um restaurante?

— Levou. Fomos duas vezes para a cidade. Uma para ir ao fonoaudiólogo quando Nessa parou de falar, e outra ao médico quando nós duas pegamos catapora.

— Duas vezes? Em dez *anos*?

— Sim, senhora.

Escuto a respiração pesada do homem enquanto a sra. Haskell me encara com olhos redondos e incrédulos.

— O que foi, senhora? — pergunto, me remexendo no banco.

Agora ela está me aborrecendo. Nem todo mundo pode bancar comer fora de um jeito chique. Ela não sabe disso, por acaso?

— Onde vocês estiveram então, durante todos esses anos?

Que pergunta ridícula. Sério.

— Na floresta. A senhora esteve lá... — falo, minhas palavras sumindo.

— Onde arranjavam comida e suprimentos?

— A mamãe ia à cidade todo mês. Comidas enlatadas duram muito, dizia ela. A gente tinha um abridor de latas — acrescento, sentindo um gosto metálico de inadequação nas minhas palavras.

— Meu Deus. Quem alfabetizou vocês? Sua mãe?

— Eu mesma. Mamãe nos trouxe livros escolares antigos. Eu aprendia e ajudava Nessa a aprender com os dela.

A sra. Haskell olha para a frente de novo. O sinal está verde, verde quer dizer siga, e fico feliz que ela tenha que prestar atenção à estrada, em vez de em mim. Ter desconhecidos nos encarando é uma sensação muito esquisita. Só que é mais do que isso.

O que eu disse? Falei alguma coisa errada?

Com a barriga cheia, deixo as batatas de lado. Será que o que contei pode prejudicar mamãe mais tarde, depois que a encontrarem?

Espero que não a encontrem... Fuja, mamãe, fuja! Vou cuidar de Nessa. Vamos ficar bem.

É fácil cuidar de Nessa. Ela é minha irmãzinha. É a minha família, e família é tudo.

Cochilo novamente quando o movimento do carro — faz tempo desde a última vez em que estive dentro de um carro em movimento — me embala como um bebê nos braços da mãe. Acordo assim que paramos em um estacionamento.

— Chegamos. Esse é o prédio do Serviço Social.

Os postes saem do asfalto parecendo árvores frias de metal e assombram a área com seus círculos pálidos de luz amarela.

Nessa ainda está dormindo, o dedão na boca, e a camiseta subiu, mostrando seu umbigo. Penso no que a sra. Haskell falou, notando pela primeira vez as ondulações como as de um tanque de lavar roupa nas suas costelas de menininha. Mas sempre fomos magras, desde que me lembro. Mamãe é magra. Assim como o homem.

Quero perguntar o que estamos fazendo ali, porque é óbvio que o prédio está fechado. Quero perguntar o que vai acontecer em seguida, mas engulo minhas perguntas de uma vez e me viro para Jenessa.

— Nessa, chegamos.

Empurro seu ombro, mas ela está completamente apagada. Delicadamente, a coloco sentada, sua cabeça encostando de qualquer jeito no banco. Ela murmura. Suas pálpebras se agitam.

— Nessa, acorda. Chegamos. Você tem que acordar.

A sra. Haskell e o homem saem do carro, me deixando sozinha, e fico feliz com isso. Nessa não está acostumada com estranhos. Melhor ela se ater ao que conhece. Seus olhos se abrem com relutância, e ela deixa o dedão cair da boca quando pisca para mim, com certeza tentando se lembrar de onde está e o que estamos fazendo em um carro, pra início de conversa. Uso minha voz feliz.

— Lembra que a sra. Haskell foi nos buscar? Nos trouxe para onde ela trabalha. Por isso paramos. — Eu a levanto pelas axilas e a coloco de volta no banco. — Venha cá, deixa eu amarrar seus sapatos.

Nessa boceja. Espero pelo protesto choroso expresso pelos olhos dela, pois meninas grandes amarram os próprios sapatos, mas isso não acontece. Ela se senta em silêncio enquanto apoio cada pezinho em minha coxa e amarro os cadarços brancos encardidos, nem muito frouxos, nem muito apertados, do jeito que ela gosta.

— Segura minha mão, tá?

Saio do carro, arrastando-a comigo. Ela se move lentamente pelo banco, nossos braços esticados. O ar frio atinge sua pele e ela hesita.

— Está tudo bem, Nessa. Vai ficar tudo bem. Você tem a mim. Estou bem aqui. — Aperto a mão dela em uma demonstração de solidariedade. — Vem.

Pego seu casaco do banco e visto nela. Então me viro para a sra. Haskell.

— Ela é pequenininha. Precisa dormir... Foi um longo dia.

— Concordo, Carey. Seu pai está vindo com a caminhonete dele e há um hotel logo ali na estrada. Vocês duas vão ficar comigo e seu pai vai ficar no quarto ao lado. Vamos terminar a papelada hoje à noite e nos apresentar ao juiz pela manhã.

Jenessa agarra minha mão com ferocidade. Devo parecer incrédula porque a sra. Haskell suspira, a testa franzida.

— Acho que depois de tudo pelo que passaram, essa é uma ideia melhor do que levar vocês para passarem a noite no dormitório compartilhado. São mais trinta minutos, está tarde, e vocês precisam dormir.

Podia ser pior, reafirmo para mim mesma. *Poderia ser deixada sozinha com mais desconhecidos. Ou com ele.*

Eu me agacho até a altura dos olhos de Nessa e seguro suas mãos.

— Ela tem razão. Desse jeito, podemos arranjar comida e colocar você na cama antes da meia-noite.

Sem se convencer, Nessa puxa a mão da minha e cruza os braços, com o lábio inferior se projetando.

Ela quer ir para casa. Quer a floresta. Acha que estou no comando.

Só que não estou mais.

— Nessa, por favor? — Então, uso a palavra dela. — Estou *exaustificada* também. Foi um longo dia. Acho que é uma boa ideia.

Ela me encara de volta, os olhos escuros adornados por cílios grossos, e quase consigo ver as engrenagens trabalhando por trás deles. Para meu alívio, ela, por fim, concorda. Eu me levanto. Imediatamente, ela pega minha mão de novo.

Eu me viro para a sra. Haskell, ignorando o homem encostado na caminhonete azul-clara, traços de fumaça de cigarro entrelaçados em volta dele.

— Nós vamos. Mas com a senhora.

— Está bem — diz a sra. Haskell, nos colocando de volta no carro. Ela se vira para o homem. — Vamos logo atrás de você.

O olhar fixo dele paira em mim por um instante antes de dar um peteleco no cigarro, que forma um arco brilhante ao cair. Ele anda até onde o cigarro pousa no chão e o esmaga com a ponta da bota.

— Se fizesse isso na floresta, queimaria o lugar inteiro — digo.

Ele me lança um sorriso encabulado e pega a guimba, jogando-a em uma lata de lixo ali perto.

— Melhor assim? — pergunta ele, como se o que eu penso importasse.

Eu o ignoro, levando Jenessa de volta para o banco do carro.

Como se algo pudesse melhorar.

Com o cinto afivelado, me sinto tão pequena, tanto quanto Jenessa, e tão indefesa. O mundo é infinito sem as árvores para delimitá-lo, o céu é grande o bastante para nos engolir inteiras e cuspir nossos ossos secos como gravetos.

Já quero voltar, voltar no tempo. O lamento surge como o canto de uma cigarra, depois duas, então centenas, até que o mundo inteiro passa a vibrar em um coro de saudade.

Tudo do que precisávamos era de mais latas de comida. Mais cobertores. Mais munição.

Estávamos indo bem sozinhas.

3

Nosso quarto de hotel é enorme, com duas camas no canto, ostentando edredons combinados e lençóis branquinhos. No centro do quarto há uma mesa redonda com quatro cadeiras, e tem uma TV no alto, no canto, onde as paredes verde-limão encontram o teto. A porta do banheiro está aberta. Os azulejos brilham muito, como se a luz do sol batesse ali direto.

A sra. Haskell abre um sorriso para Jenessa, um sorriso verdadeiro, que minha irmã devolve timidamente, e então aponta para o aparelho.

— Espere só até ver isso, Jenessa.

O indicador da sra. Haskell desliza por um painel brilhante de plástico; então ela pega um negócio retangular — que chama de "controle remoto" —, aperta um botão e a TV estala, ganhando vida. Ela aperta mais alguns botões e a tela se agita com imagens, até parar em um canal com a palavra *Jovem* pulando no canto inferior direito. Criaturas gordas com antenas na cabeça dão risadinhas e bamboleiam por um campo florido cheio de coelhos.

Antes que eu consiga controlar, meus olhos se satisfazem. *Teletubbies*. O abalo do passado é como um balde de água gelada na cabeça. *Eu me lembro dos Tubbies*. A memória vaga de uma Po vermelha invade minha mente.

Os olhos de Jenessa se arregalam até o branco deles ficar à mostra. Seus ossos se amolecem feito macarrão e ela afunda no tapete, só interrompendo o contato com a tela para sorrir encantada para mim antes de grudar novamente o olhar na caixa na parede.

A sra. Haskell e eu olhamos uma para a outra, os olhos dela radiantes. Ela pigarreia. Eu me viro para minha irmã.

— Isso é televisão, Nessa. TV, pra abreviar. Gostou?

Como se estivesse se comunicando de um sonho, Nessa assente de forma extensiva, movimentando a cabeça do teto ao chão, enquanto seus olhos permanecem fixos na tela.

— Levanta o pé, tá bom?

Desamarro e tiro cada tênis, deixando-a mexer os dedões.

— Eca — provoco. — Que fedor fedorento, senhorita Jenessa.

Ela dá uma risadinha.

Desabotoo seu casaco, sorrindo para a camiseta rosa-clara com a palavra *Diva* pintada numa letra prateada com *glitter*. Quando perguntei para minha mãe o que aquela palavra significava, ela deu de ombros, muito chapada para responder. Nessa gostava demais do brilho para se importar.

— Agora a calça.

Espero que ela proteste, por estar na frente da sra. Haskell e tudo mais, mas ela não tem qualquer reação, hipnotizada demais pelos Teletubbies risonhos fazendo uma bagunça com o creminho gostoso.

Coloco as roupas de Jenessa ordenadamente em cima de uma das cadeiras e a observo, sentindo um amor tão grande por ela dentro do meu coração que ele poderia até explodir pelo quarto. Aqueles cachos loiros, os joelhos magrelos, a fascinação em seu rosto, sua roupa de baixo branca de menininha com babadinhos em volta dos buracos das pernas. Mesmo tão magrinha como está, ela é linda.

Faço um juramento ali mesmo de que nunca vou permitir que ninguém nos separe. Seja o que for que eu tenha que aguentar com o homem, vou suportar, contanto que a gente fique junta.

Eu me abaixo, a pego nos braços e a acomodo na cama, apoiando-a em dois travesseiros fofos. A sra. Haskell vira a TV em um ângulo que Nessa consiga assistir sem esforço. Essa é a primeira experiência dela em uma cama, e um suspiro escapa de seus lábios. É o auge do luxo para nós duas.

— Você pode pegar essa emprestada, se quiser — oferece a sra. Haskell, acenando para confirmar que não tem problema aceitar a camiseta, seus olhos grandes como os de um lince piscando por trás dos óculos grossos que ela empurra para cima no nariz.

Pela primeira vez, percebo a pequena mala da sra. Haskell, tirada de seu carro. Ela joga a camiseta para mim e eu a pego: é lilás com a palavra *Chicago* estampada no peito em letras curvas.

Conheço Chicago. Fica em Illinois, Estados Unidos.

— A senhora morava lá? — pergunto como forma de agradecimento.

— Já ouvi falar que Chicago é linda, mas nunca estive lá. Essa é uma banda que eu ouvia quando estava na faculdade.

Passo por ela e sigo em direção ao banheiro para me trocar. Nunca ouvi falar dessa *Chicago*. A única música que conheço vem do meu violino. Sinto um nó no estômago ao pensar nisso — em todas as coisas que *não* conheço, uma lista quilométrica que tenho certeza de que só vai aumentar conforme os dias forem passando.

Saio do banheiro com os tênis e as roupas na mão, a camiseta batendo nos meus joelhos. Observo a sra. Haskell sorrir quando Nessa dá risadinhas, suas mãos de menininha esticadas na direção do rosto de bebê dentro do sol que paira sobre o mundo dos Teletubbies, logo antes de uma lista de nomes rolar pela tela.

Nessa enfia o dedão na boca, as pálpebras pesadas. Subo na cama ao seu lado, deslizando os cobertores de sob as pernas dela para colocá-los esvoaçando sobre nós como uma nuvem. Ela move a perna até encostar na minha.

Nenhuma de nós consegue ficar acordada tempo suficiente para comer, mas ainda melhor que comida é como a noite da estrela branca cintila e depois some, como se não pertencesse a este lugar, em meio a tamanha dádiva. Penso que estou livre dela para sempre, das visões, dos sons e dos cheiros marcados em minha memória.

Mas, no fundo, eu sei a verdade.

Não quero acordar do sonho que estou tendo, com uma cama tão macia quanto penas, cobertas fofinhas, sem Nessa estar com metade do corpo em cima de mim, nós duas apertadas na cama estreita onde compartilhávamos o calor de nossos corpos toda noite. Era fácil cabermos ali quando ela era bebê. Mas bebês não ficam assim para sempre.

Ouço a voz do homem e instantaneamente me lembro de quem ele é, o que aconteceu, onde estamos. O cara e a sra. Haskell falam baixinho. Inalo o estranho aroma, noto a fumaça saindo de copos brancos dos quais ambos bebericam à mesa, uma confusão de papéis espalhados entre eles.

— Então falamos com o juiz ao meio-dia. E depois?

— Apresentamos a papelada ao tribunal e o juiz libera as garotas sob sua custódia. Deve ser uma audiência breve, de modo geral.

— E aí elas vão para casa comigo.

— Isso. Precisamos que sejam examinadas por um pediatra, por um psicólogo designado pelo tribunal, e testá-las academicamente, para saber em que nível estão. Precisamos matriculá-las na escola assim que possível. Acho que quanto mais esperarmos, mais difícil vai ser. Como a assistente social delas, estarei presente para apoiar ao longo do processo.

Semicerrando os olhos, observo o homem passar os dedos pelo cabelo. Até eu sei que dificuldades nos esperam. A sra. Haskell sorri, serena.

— Sem dúvida haverá um período de adaptação para as meninas, sr. Benskin. Para todos vocês. Não vou mentir.

O homem cofia sua barba por fazer com o olhar distante. Não quero que ele me pegue no flagra, mas não consigo desviar os olhos. Reparo nos seus lábios quando fala:

— Você conversou sobre isso com Carey? Ela passou muito tempo naquela floresta. Não sei o que Joelle enfiou na cabeça dela, mas a menina não está sendo muito receptiva comigo.

Eu não fazia ideia de que ele se importava com o que eu sentia. Assimilo a informação, que afunda dentro de mim como pedras chegando no fundo de um riacho, só que nesse caso o riacho é o meu estômago.

— Ela concordou em ir com você. Não sem alguma hesitação, admito, mas ela sabe que é o melhor para Jenessa.

O homem assente.

— Por favor, não leve para o lado pessoal. A relutância dela é compreensível. Porque você não é, no sentido usual... — A sra. Haskell para de falar, mas o homem não.

— O pai dela. Eu sei. — Ele suspira, profunda e amplamente, como Nessa faz algumas vezes. — Sou o pai dela, mas um completo estranho para as duas.

— Garanto a você que elas terão todos os serviços do estado do Tennessee à disposição. Vamos colocá-las de volta na escola e tudo vai se ajeitar num instante. Vamos ajudá-las a se adaptarem. Como eu disse, crianças são resistentes.

— E os repórteres? Não vão cair em cima dessa história?

— Os nomes delas que constam no processo são Carey e Jenessa Blackburn. Esse é o nome que elas têm usado, de qualquer forma, e o sobrenome de solteira da sua mulher deve passar despercebido, especialmente para Carey. Sugiro que continuemos usando esse nome quando formos matriculá-las na escola.

Meu pai balança de leve a cabeça. Posso *sentir* o que ele está sentindo. Eu mesma já fiquei com essa cara muitas vezes.

Esperando que mamãe voltasse a tempo. Esperando que eu conseguisse proteger Nessa se um intruso entrasse em nossas matas, ou um urso faminto, ou, pior, um urso faminto com filhotes. Esperando que eu pudesse amar Nessa o bastante para criá-la de forma saudável e normal, seja lá o que isso queira dizer. Esperando conseguir encher sua mente e seu coração em crescimento quando não sou capaz de encher seu estômago... Esperando que ela me perdoe pela noite da estrela branca e continue me perdoando toda vez que eu não tiver como consertar as coisas. Como agora.

— O senhor vai precisar de muita paciência, sr. Benskin. A mudez de Jenessa vai levar tempo para melhorar e Carey tem as próprias questões, sem dúvida. Não dá nem para imaginar pelo que essas crianças passaram.

Meu pai começa a remexer no copo. Quando olha para a mulher, percebo que seus olhos estão presos em algo do passado — algo que o marcou profundamente e deixou o pior tipo de cicatriz: a que é interna. Os olhos da sra. Haskell ficam mais afáveis. Ela é boa nisso, e sinto que sua reação vem de algum lugar verdadeiro.

— As meninas são uma unidade familiar própria. O senhor tem que se lembrar disso. Elas só tinham uma à outra. É melhor respeitar isso, para começar. Carey é muito madura para a idade que tem. Graças a Deus, para o bem de Jenessa. Quando não se tratarem de decisões importantes, eu deixaria Carey tomar a frente, ao menos até as duas se apegarem ao senhor. Também pode ajudar Jenessa a se ajustar melhor, se Carey permanecer no comando.

A mandíbula do homem está rígida e o músculo de sua bochecha se contrai. Não sei o que isso significa nem o que ele está sentindo; se concorda com a sra. Haskell ou se levou a mal o conselho. Simplesmente não sei. Não o conheço.

De repente, ele empurra o encosto da cadeira e se levanta.

— É melhor eu providenciar café da manhã para as meninas. Elas estarão com uma fome de leão quando acordarem.

— É uma ideia maravilhosa. Teremos que acordá-las daqui a pouco. A audiência é em algumas horas.

Espero até ele pegar o pedido da sra. Haskell e a porta se fechar rapidamente para começar a fazer os barulhos típicos de quem está acordando, espreguiçando os braços em direção ao teto. Ao meu lado, Jenessa se espalha de costas, seus belos cachos caindo pelo rosto. Ela dorme que nem uma pedra, como crianças pequenas fazem. Tomando cuidado, afasto uma mecha encaracolada do canto da sua boca. Não vejo motivo para acordá-la antes de a comida chegar. Além disso, fico um pouco a sós com a sra. Haskell.

— Bom dia, Carey.

O cabelo da sra. Haskell está sem graça e ela está usando óculos de novo, no lugar do que agora sei que são lentes de contato. É impressionante, as pessoas não só realmente enfiam círculos pequenininhos de plástico nos olhos, como isso de fato funciona.

— Isso é para você.

Ela segura uma escova amarela em uma embalagem enrugada de plástico, pequena o bastante para pentear o cabelo da Barbie de Nessa, e um tubinho com alguma coisa. Olho para aquilo e pronuncio a palavra: *Crest*.

Com um olhar sério, ela finge que eu já não deveria saber o que aquilo é. Fico agradecida por isso.

— É uma *escova de dentes* e o tubo está cheio de *pasta de dentes*. Você coloca um pouquinho na escova e esfrega os dentes com ela.

— Ah, sim. Agora lembrei.

Minhas bochechas queimam conforme a memória confusa retorna, da mão da minha mãe se movendo para trás e para a frente diante do meu rosto, meus lábios esticados para trás enquanto eu ficava de pé em um banquinho branco e me inclinava por cima da pia do banheiro.

— Isso é muito conveniente, em um tubo e tal. Nessa e eu usávamos bicarbonato de sódio e casca de árvore. Mamãe dizia que o bicarbonato deixaria nossos dentes mais limpos *e* mais brancos.

— Bicarbonato de sódio é um bom substituto se não houver pasta de dentes. Sua mãe estava certa.

Assinto, aliviada. Aliviada por não ser *tão* atrasada.

Enquanto escovo os dentes na pia do banheiro, escuto Jenessa acordando, gemendo daquele jeito baixinho dela, que é o mais perto de palavras que um desconhecido vai conseguir ouvir dela. A sra. Haskell vai até a cama e me concentro na escovação. Faço careta para o gosto da pasta de dentes, me analisando no espelho. Não consigo parar de olhar.

— Está tudo bem, Jenessa. Carey está bem ali no banheiro, escovando os dentes.

Ouço a movimentação na cama e o ruído de pés descalços. Jenessa está parada na porta, o lábio inferior tremendo.

— Não vou a lugar nenhum, maninha — digo, com a boca cheia de bolhas brancas. — E, olhe só pra isso! É o seu dia de sorte.

Tiro o plástico da escova de dentes rosa-clara que estava na borda da pia e a entrego para Nessa depois de colocar um pouquinho de pasta. Ela pega a escova, cheirando a pasta de dentes. Sua língua sai da boca como a de um lagarto, sentindo o gosto daquilo.

— É *pasta de dentes*, para limpar os dentes. É isso que as pessoas aqui usam. Olhe.

Devagar, com movimentos exagerados, esfrego meus dentes para trás e para a frente, para trás e para a frente.

Se eu esperava que ela fosse se recusar ou discutir, estava enganada. Nessa fica na ponta dos pés ao meu lado e faz uma tentativa cuidadosa, sorrindo para a nuvem de bolhas que se forma em seus lábios e depois para mim, como se fosse uma garota moderna experimentando coisas novas. Observo-a olhar para si mesma no espelho, tão fascinada por seu reflexo quanto estou pelo meu.

Quando o homem volta, estamos sentadas à mesa. Eu me levanto para ir abrir a porta quando ele bate, pegando duas sacolas das muitas que o cara faz malabarismos para carregar.

Logo, a comida está desempacotada em cima da mesa e meu estômago ronca diante do banquete espalhado à nossa frente. Não sei como se chama tudo aquilo, mas só o cheiro já é maravilhoso.

A sra. Haskell dá nome às comidas conforme enche nossos pratos: torradas com calda. Ovos mexidos. Bacon. Bolinhos de batata. Maçãs fritas. Alguns eu conheço: ketchup, suco de maçã e manteiga — manteiga de verdade. Passo um pouco nos meus ovos mexidos e ainda mais nos de Nessa, até os dela boiarem como uma ilha flutuando em um mar amarelo-claro.

Nunca vi Nessa comer com tanta naturalidade, a calda grudenta escorrendo pelo queixo e tendo devorado três porções de bacon — um bacon maravilhoso, quente, salgado — em alguns minutos.

— Vá devagar, Nessa. Você vai passar mal se comer rápido assim.

Os adultos se entreolham e então me encaram. Eu me levanto e tiro o prato de Jenessa, segurando-o acima da cabeça dela.

— Você vai vomitar se não for mais devagar!

Ela esperneia com os pés apoiados na cadeira, as mãos cerradas em punhos.

— Você sabe que a gente não deve chutar. Não é educado. Lembra?

Suas pernas sossegam. Ela pousa o garfo obedientemente, os olhos cheios d'água.

— Se eu lhe devolver esse prato, é melhor comer que nem um ser humano, não como um urso. Ouviu?

Jenessa pega o garfo e assente, os cachos balançando. Dou um beijo em sua cabeça e devolvo o prato. Ela retoma o café da manhã com alegria, as pernas balançando de maneira ritmada embaixo da mesa.

A sra. Haskell sorri para mim. Aposto que está pensando no vômito de ontem.

— Nessa tem um vestido limpo que pode usar pra... pra... audiência, mas está amarrotado — digo.

A sra. Haskell estende a mão.

— Vamos dar uma olhada nele.

Com relutância, deixo meu café da manhã e vou devagar até um dos sacos de lixo, revirando-o até achar o vestido rosa-claro e um par de meias brancas com babados nos tornozelos. O branco ficou encardido, mas elas estão limpas. Também tiro os sapatinhos boneca, surrados e um pouco apertados, mas vão servir para uma hora ou duas de uso.

A sra. Haskell tira da mala um triângulo de metal com um gancho no topo. Sigo-a até o banheiro, e ela fecha a porta ao entrarmos. Puxa a cortina do box e liga forte a água.

— Isso é um cabide — comenta ela, percebendo que estou olhando para o objeto. — Para pendurar roupas.

Fechando a cortina, ela ajeita o vestido de Nessa no cabide, que fica pendurado certinho na barra acima.

— O vapor da água quente deve resolver. Fico feliz que tenha pensado em trazer um vestido. O que temos para você usar?

De jeito nenhum eu usaria um vestido, mesmo que tivesse um, o que, graças a Deus, não tenho.

No coração da floresta 51

— Tenho a calça jeans que lavei no riacho e uma camiseta azul mais nova. É tudo o que tenho limpo.

Observo o papel de parede, os punhadinhos de cereja em um fundo creme parecem tão reais que tenho vontade de lamber. Fingir que algo não importa é apenas isso: fingir. A verdade é que, até ontem, não importava as roupas que eu tinha ou não.

— Posso usar as botas em vez dos tênis — sugiro.

A sra. Haskell sorri calorosamente.

— Acho que essa é uma boa escolha.

Quinze minutos depois, ela me chama no banheiro, com o vestido em mãos. Está praticamente desamarrotado. Fico agradecida que Jenessa vá ficar parecida com uma garotinha real, e não com uma órfã qualquer da floresta que foi largada como lixo.

— Pode deixar a água correndo?

A sra. Haskell concorda com a cabeça, ajusta as torneiras e sai do banheiro.

Encontro Nessa em frente à TV, e na tela há um ursinho sorrindo ao ser aconchegado pela mãe. Tenho que praticamente carregar minha irmã para que venha comigo.

Sem roupa, ficamos debaixo daquela cachoeira construída pela humanidade e o vapor nos envolve enquanto a ensaboo. Uso o frasquinho da coisa amarela para lavar nossos cabelos, deixando-os limpíssimos, como a sra. Haskell me ensinou. Outra memória ressurge: um banho dentro de casa, bolhas de sabão por toda parte e o rosto de mamãe, sorrindo e relaxada, parecendo alguém completamente diferente.

Jenessa está tão escorregadia quanto uma foca, fazendo a água espirrar que nem um bebê, e depois a embrulho em uma toalha fofinha cor de pêssego que arrasta no chão. Faz tempo que não a vejo sorrindo tanto. Após ter se recuperado dos acontecimentos de ontem à noite, agora tudo está parecendo mais uma brincadeira para ela, uma aventura maravilhosa cheia de sabores, visões e sons que ela nunca sonhou que existiam, que dirá imaginar que pudesse reivindicá-los.

Pego as roupas íntimas que a sra. Haskell me passa pela fresta da porta, novinhas em folha em embalagens plásticas — penso que não surpreende que o homem tenha demorado tanto para voltar com o café da manhã. Com a minha própria toalha enrolada e presa acima do peito, ajudo Nessa a vestir a calcinha, superbranca e com cheiro de loja, um odor que a faz franzir o nariz de curiosidade.

— Braços para cima. — Enfio o vestido pela cabeça dela. Nessa aponta para a florzinha cor-de-rosa na gola. — Você está limpinha como um riacho nas montanhas — digo antes de mandá-la encontrar a sra. Haskell.

Secando o vapor do espelho, encaro a mim mesma, aliviada por não estar tão parecida com a desconhecida da escova de dentes de uma hora atrás. Ainda tenho o mesmo cabelo escorrido loiro-mel. Um nariz que é basicamente igual ao de Nessa. Mas são os olhos que me mantém fascinada, vazios de ondinhas concêntricas dos rios e galhos de árvores balançando com a brisa, que tocam o céu como meu arco toca o violino.

Quem sou eu agora? Quem eu era antes? Sou a mesma garota?

Lambo uma lágrima do canto da boca e, como tantas vezes antes, rezo para quem sabe: são José.

Anos atrás, nomeei são José o Santo Padroeiro dos Feijões. Tirei isso de uma das histórias de um livro usado que minha mãe trouxe da cidade. Uma vez, são José salvou toda a Sicília, na Itália, ao levar uma colheita abundante de vagens.

Nessa insiste em dizer que ama vagem, apesar de nunca ter provado. Talvez seja por isso. Comemos a maioria dos tipos existentes de feijões na floresta. Teríamos morrido de fome sem isso.

São José, se ainda estiver ouvindo, por favor, pode cuidar de nós? Não estamos mais na floresta, e não tenho certeza de que isso é uma coisa boa. Por favor, nos mantenha seguras e me ajude a manter Nessa em segurança. Me ajude a me lembrar de falar direito.

E, acima de tudo, por favor, pode cuidar da mamãe? Não importa o que ela tenha feito.

Em nome dos feijões, eu lhe peço.

4

— Todos de pé.

Ajudo Jenessa a se levantar quando o juiz sai rapidamente da sala do tribunal por uma porta particular que a sra. Haskell falou que leva ao gabinete dele, que é como um "escritório pessoal-barra-sala para se arrumar". Não sei o que a barra significa. Tudo o que consigo pensar é na barra de ferro que dá para usar para se defender.

— Bom, então é isso — diz a sra. Haskell, sorrindo.

A coisa toda se desenrolou em uma mistura de absurdo, pigarreios e folhear de papéis, com poucos fatos importantes sacramentados:

1. É verdade. Quando mamãe me levou embora daquela forma, infringiu a lei.

2. O homem *era* o único que tinha custódia legal, como a sra. Haskell tinha falado. Eu não havia acreditado totalmente até ouvir do juiz oficialmente.

3. Agora pertencemos ao homem.

4. A sra. Haskell enviaria um relatório mensal ao tribunal e haveria checagens semanais com ela para monitorar nosso progresso.

5. Não iríamos para lares adotivos... nem de volta para a floresta.

E era isso.

No corredor, a sra. Haskell se vira para mim com os olhos cheios d'água. Consigo ter certeza de que ela realmente se importa com a gente.

— Posso lhe dar um abraço, Carey?

Dou de ombros, tão desajeitada quanto uma corça de pernas compridas enquanto a deixo me envolver em seus braços.

— Vai ficar tudo bem com vocês, meninas — sussurra ela, me abraçando mais uma vez.

Recuando, ela vasculha sua bolsa e tira de lá um retângulo de papel grosso e macio.

— Esse é o meu cartão, com o endereço do meu escritório e telefone. Se tiverem qualquer problema, perguntas ou se precisarem de alguma coisa, podem me ligar.

Observo-a alisar os cachos de Nessa para fora da testa, o cabelo de minha irmã criando um halo sob o sol que entra pelas janelas altas.

— Tomem conta uma da outra, certo, meninas? Como fizeram na floresta. Você fez um bom trabalho, Carey. Um ótimo trabalho.

Abaixo a cabeça e sorrio, desarmada pela inesperada enchente de emoção.

— Vocês vão ficar bem, podem ter certeza.

Respiro profundamente e encontro seus olhos, verdes como os de mamãe, mas atentos e sinceros. Ela indica o homem com a cabeça e assinto de forma relutante, o sorriso sumindo. Não acho que a gente tenha muita escolha.

Ela dá um grande sorriso para Nessa, que pula em um pé só pelos ladrilhos brilhantes, de um quadrado branco a outro, evitando os manchados. A sra. Haskell aperta o cartão em minha mão.

— Não se esqueça, Carey. A qualquer hora. E veja atrás.

Ao virar o cartão vejo números escritos.

— Esse é o telefone da minha casa. Use se precisar.

Todos nós observamos as costas da sra. Haskell, que vai embora pelo corredor, enquanto acena por cima do ombro, sem se virar. E então só sobramos nós, nós três, compartilhando o mesmo DNA, ainda que também possamos ser desconhecidos de planetas diferentes.

— Segure a mão da sua irmã, Carey. Fiquem nos degraus que vou trazer a caminhonete.

Obedeço, segurando a mão quente de Jenessa na minha, que está fria, enquanto o seguimos alguns passos atrás. Minhas pernas tremem depois de passar tanto tempo sentada, mas Nessa parece bem. Ela esfrega a barriga em círculos pequenos, o rosto suplicando.

— Você já está com fome?

Ela pula pra cima e pra baixo, balançando a cabeça.

— Que tal uma bela tigela de feijões cozidos com ketchup?

Nessa bate o pé.

— Estou brincando! Temos que ver o que ele vai dizer, mas com certeza vai arranjar alguma coisa boa para a gente.

Ela sai saltitando pelo corredor, me arrastando junto.

Sei o que ela está dizendo, como sempre, mesmo sem as palavras. Estou doida para provar o *andúrguer* também, e o milk-shake, que pelo que lembro é algo tipo um sorvete de beber. Mas não consigo me lembrar do andúrguer nem de refridorante. Andúrguer deve ser algo que a gente tem que andar pra conseguir, nada muito diferente do que fazemos na floresta. E refridorante deve ser alguma coisa gelada ou dourada.

Podemos ser caipiras em alguns modos, mas Nessa e eu sabemos o que é uma geladeira.

Eu sei o que é pizza: é a comida preferida de uma menininha em um dos livros de Jenessa, feita de pão, queijo branco e molho de tomate, assada e servida em triângulos. E a gente provou bolinho de chuva uma vez; a mamãe levou para o trailer de surpresa, toda risonha, o que significava que o traficante de metanfetamina tinha voltado.

O homem estaciona perto da entrada do tribunal, acenando para a gente do banco do motorista. Ajudo Jenessa a subir no carro, acomodando-a entre ele e eu, esticando o cinto de segurança por cima de nós duas.

— Estão com fome, meninas?

Jenessa dá pulinhos sentada, sorrindo e mostrando todos os dentes.

— Ela quer saber se podemos comer andúrgueres, milk-shakes e refridorante.

O homem — *nosso pai, agora que é oficial* — sorri para a gente; um sorriso largo, um dos primeiros.

— Pode apostar que sim. Os melhores ficam no Rustic Inn, mas vai levar mais ou menos meia hora para chegarmos lá. Vocês aguentam esperar?

Jenessa suspira alto, suas covinhas sendo engolidas por uma careta. Meu pai tenta não rir e fico feliz com a atitude dele; ninguém gosta de uma garotinha mimada. Penso na barriga estufada dela depois do café da manhã e fico surpresa, novamente, em como o estômago dela parece côncavo. Mas definitivamente não acho que ela esteja sendo fofa.

Dou uma cotovelada em Nessa.

— Podemos esperar, senhor.

— Que bom. Vai valer a pena.

Derrotada, Jenessa descansa a cabeça no meu ombro. Olho para fora pela janela por cima da cabeça dela, observando a paisagem passar. Tudo parece tão pouco familiar, e me sinto nua sem o dossel de nossas árvores altas. Até o sol parece mais quente na falta da cobertura dos milhões de folhas cintilantes do Bosque dos Cem Acres.

Nessa olha para fora pelo para-brisa dianteiro, absorvendo tudo. A novidade é incrível para ela, que não consegue imaginar tudo isso como sendo algo diferente de incrível. Mas eu consigo. Apesar de ser bom que ela encare como algo empolgante, pois podia ter sido o oposto, depois de todos esses anos enfiadas na mata. Ela podia ter continuado como estava ontem. Realmente me deixou assustada ontem.

E ainda estou preocupada. Não consigo evitar. Silêncio e doçura podem não ser a melhor combinação entre as pessoas da cidade. Aqui fora na civilização. Aqui fora no mundo real.

A caminhonete está silenciosa, exceto pelo assobio do vento que entra pela janela aberta do meu pai.

Puxo um dos cachinhos de Nessa e ela me espanta como a uma mosca.

Não sou mais a atração principal.

Me sentindo maldosa, repito o gesto.

Entendo de câmeras. Nossa mãe tinha uma, uma velha Brownie, mas nunca arranjamos nenhum filme para colocar nela. Nessa guardava insetos ali dentro, como se fosse uma jaula. Besouros gordos e até uma borboleta certa vez, que sempre acabavam libertados após cinco ou dez minutos. Eu queria estar com aquela câmera agora enquanto dou risada ao observar Nessa atracada num andúrguer quase tão grande quanto a cabeça dela, o ketchup, parecendo o batom da mamãe, todo borrado em volta da boca.

A civilização quase vale a pena só pela comida, acho. As fritas estão uma delícia, bem salgadinhas, o refridorante é geladinho mesmo e "sucos malpassados" do andúrguer escorrem pelos nossos queixos.

— Devagar, Nessa. Mastiga a comida — digo a ela, meus olhos examinando as paredes em busca da entrada do banheiro, caso a nossa lobinha resolva regurgitar.

Fico momentaneamente distraída por uma criancinha gorducha em uma cadeira alta, batendo com uma colher na mesa e estalando os lábios. *Eu me lembro claramente de Nessa quando tinha essa idade. Mamãe a escorou em uma pilha de jornais amarelados, com uma corda em volta da cintura prendendo-a ao encosto da cadeira.*

Pego o andúrguer da mão de Nessa, corto-o ao meio, e coloco a parte menor em seu prato. Ela agita as mãos em sinal de protesto, mas então volta a comer imediatamente.

— A sra. Haskell disse que precisamos ser cuidadosos, senhor. Nessa tem que ser moldada devagar.

Meu pai me observa em silêncio e, por um segundo, tão rápido quanto o flash da câmera, vejo um pouco de orgulho. Orgulho de mim. Algo desabrocha em meu peito: uma ternura sublime, alvoroçada. É quase demais para suportar.

Olho de novo para minha irmã. Ela está comendo com os olhos fechados, mastigando devagar. Dou algumas mordidas em meu próprio sanduíche, mergulho mais algumas fritas no ketchup. Já estou cheia.

— Você também precisa se moldar, Carey — afirma ele, com uma doçura que só piora as coisas.

A ternura se esvai por trás dos meus olhos. *Não*. Pisco de volta.

— Sim, senhor.

Dou mais uma mordida em meu andúrguer, e depois outra.

— São só quarenta minutos, mais ou menos, daqui até em casa. Tudo já está arrumado para vocês duas. Tenho certeza de que qualquer problema que surja, vamos dar um jeito — diz ele.

Olho de relance para ele e me contenho dessa vez, nós dois medindo, ponderando, se preocupando com essa nova vida.

— Que lindas garotas você tem aí — fala a mulher com a criancinha para o meu pai, sorrindo para Nessa e para mim.

— Obrigado. Quanto anos tem o seu menino?

— Quatorze meses. Já está comendo de tudo e nos levando à falência.

As palavras deles vão e voltam, flutuando sobre nossas cabeças, enquanto observo Jenessa comer a última batata frita e beber a última gota de seu milk-shake.

Quanto a mim, comi quase metade do meu andúrguer. Uma garota de bochechas rosadas leva o que sobrou — meu pai a chama de "garçonete" — com quase todas as minhas fritas, voltando minutos depois com uma caixinha branca esponjosa que suponho ser feita do mesmo material que os copos fumegantes do meu pai e da sra. Haskell do que agora sei ser café. Ela dá uma piscadela.

— Aqui está. Se você não quiser mais, tenho certeza de que o seu cachorro vai adorar.

Bebo os últimos goles do meu milk-shake e a mulher balança a cabeça em sinal de apoio. Paro com as orelhas queimando. *Não seja uma caipira*. Quero pedir ao homem, meu pai, mais um copo, mas a ideia de pedir, e a conexão que isso implica, é tão desconfortável que desisto.

A garçonete entrega para o meu pai um pedaço de papel e uma caneta em uma bandeja preta.

— Pego quando estiverem prontos.

Ele levanta a mão em resposta e ela aguarda enquanto ele rabisca algo no papel, e então lhe devolve.

— Estão prontas, meninas?

Jenessa me olha em busca de uma resposta e faço que sim com a cabeça. Mergulho meu guardanapo no copo de água, me inclino sobre a mesa e esfrego a boca de minha irmã. Ela faz uma careta e afasta minha mão.

— Estamos prontas, senhor.

— Então vamos para *casa*.

Casa. Quatro letras que pesam mais que vinte mil elefantes. É como se ele dissesse uma palavra que explodisse com um monte de outras palavras que ainda não estão prontas para serem ditas. Sua expressão muda, me lembrando do vidro colorido girando no caleidoscópio de Nessa.

— Vamos.

Minha irmã toma a frente, sorrindo de volta para os clientes por quem passamos, que não conseguem tirar os olhos dela. Vou na retaguarda, levando nossas caixas de "isopor". Mas os passos de Nessa ficam pesados, seus pés começam a se arrastar assim que ela se enfia embaixo do braço do nosso pai, que segura a porta aberta. Sua pele de pêssego adquire um tom esverdeado, como na vez em que a fiz provar grão-de-bico.

Não perco tempo e vou logo empurrando Nessa em direção aos arbustos que margeiam o caminho até o estacionamento. Ela tropeça e a seguro pelo antebraço. Tenho um segundo para soltar as caixas de comida e segurar o cabelo dela em um rabo de cavalo antes que seu almoço aterrisse na grama.

Meu pai assiste, estupefato.

— Ela está bem, senhor. Viu que tentei fazer ela comer mais devagar. Ela só não está acostumada a ter...

— Comida de verdade, eu sei — diz meu pai, terminando a frase por mim, os olhos faiscando. *Raiva*. Aquela é uma expressão que conheço melhor que qualquer outra.

— Por favor, não fique bravo com ela, senhor. Por favor.

— Bravo? Por que eu ficaria bravo? Coitadinha. Tão faminta. Eu devia ter pedido algo mais leve para ela. Como um queijo-quente. A culpa é minha, não dela.

Esfrego as costas de Nessa, descrevendo pequenos círculos.

— E você, como está? Seu estômago está bem?

Ele se estica para me dar um tapinha no ombro, mas eu recuo. Não tenho a intenção de continuar fazendo isso, mas pelo visto não consigo me deter. A mão dele fica paralisada no meio do caminho e então cai ao lado do seu corpo.

— Sim, senhor — murmuro. Na verdade, meu estômago também não está muito bem.

Nessa está chorando, não sei se porque vomitou, o que detesta fazer, ou porque perdeu toda aquela comida gostosa.

— Não chore, maninha. Você pode comer o resto do meu andúrguer mais tarde.

Meu pai entra de novo no restaurante e volta com um rolo de papel toalha. Isso eu conheço. Ele me entrega um copo de isopor com água.

— Precisa de alguma ajuda?

Balanço a cabeça negativamente, tão acostumada a tomar conta de Jenessa que é como cuidar de mim mesma. Derramo água em um pedaço de papel toalha e limpo sua boca, depois o queixo.

— Respire pelo nariz e ponha a língua para fora.

Ela obedece e esfrego a língua dela também. Mas seu hálito, normalmente suave, ainda exala um cheiro forte.

Destaco outra folha e enxugo suas lágrimas enquanto ela soluça e funga, os olhos baixos e vermelhos no canto.

— Ela está exausta, senhor.

Nós a observamos. Ela balança o corpo sem sair do lugar, o rosto aflito. Eu a envolvo com os braços e a puxo para perto.

Dessa vez, Nessa vai na janela e me sento no meio, onde posso me esticar rapidamente e abaixar o vidro, se necessário.

Mal respiro, apesar de ter consciência de cada vez que ela inspira. *E ele*. Tento não roçar nossos braços, o dele bronzeado descansando na perna quando não está passando as marchas, os cabelos clareados pelo sol. Suas mãos são grandes e ásperas de tanto trabalho, mas as unhas estão limpas. O rádio está ligado baixinho. Eu me lembro dos rádios. A melodia assombrada de uma peça de violino que sei tocar de cor — *Concerto para Violino em Mi Menor*, de Mendelssohn — toma a cabine e embala a todos nós.

Suas palavras são casuais, mas cuidadosas, da mesma forma quando algo é importante, mas a pessoa não quer que soe como se fosse.

— Isso aí que você tem é um estojo de violino? — pergunta ele, apontando a cabeça para o banco de trás.

— Sim, senhor.

— Você toca?

Espero Jenessa mudar de posição, sua cabeça encontrando meu colo, sua respiração calma e constante.

— Sim, senhor.

— Joelle te ensinou, foi?

Concordo, sem saber com certeza se é uma coisa boa ou ruim.

— Sua mãe fazia aquelas cordas cantarem como um pássaro.

Penso em mamãe tocando, minha cabeça lotada com anos de som. A questão é que o violino me lembra muito dela agora. Me faz lembrar das piores partes... as partes em que passei fome, e não apenas de comida. E a noite da estrela branca... Não tenho certeza de que algum dia vou querer tocar novamente.

Observo os carros passarem zunindo, todos com pressa, todas aquelas vidas diferentes. Um pai e uma filha surgem no carro ao lado do nosso, a cabeça da menina descansando pesadamente no ombro do homem. Cada veículo é como um mundo próprio numa bolha movendo-se depressa em direção a realidades tão desconhecidas, apesar de tão pessoais, que até dói olhar para eles.

Mesmo que eu gostasse dele, o que não estou dizendo que vai acontecer — não posso, depois do que ele fez com mamãe e comigo —, ainda assim, fico agradecida por não sentir tanto medo.

— Ela está bem agora?

No coração da floresta 63

Ele inclina a cabeça em direção a Nessa. Ela é uma coisa quentinha acomodada no meu colo.

— Sim, senhor.

— Não sei como perguntar isso, mas...

Espero, sem saber o que dizer.

— Você sabe quem é o pai dela, Carey?

Eu me contorço, o rosto em chamas.

— A mamãe a chamava de "filha de um cliente, um bebê ao acaso..." — Minha voz desaparece.

O rosto dele fica vermelho e desvio o olhar, como se deve fazer com as coisas particulares das outras pessoas.

— Sua mãe ainda usa aquelas drogas?

— Sim, senhor.

Ele suspira pesadamente, inspirando fundo o ar.

— Vocês tinham comida todos os dias?

Lanço um olhar furtivo para ele. Seus olhos continuam fixos na estrada, como se nossas palavras não fossem grande coisa.

— Não, senhor — respondo com sinceridade. — Nessa chorava quando eu matava coelhos e pássaros e era um milagre fazer com que ela comesse. Os enlatados tinham que durar. Nem sempre mamãe voltava no dia que dizia que ia voltar e, se isso acontecia, eu dava minha parte para Nessa. Quando vocês nos encontraram, estávamos ficando sem nada. Nessa num... não... queria mais comer feijões. Mesmo com o estômago roncando que nem um terremoto.

— É uma tremenda mudança, daquilo para isso, né?

— Sim, senhor.

— Nunca mais vai lhe faltar comida enquanto você estiver comigo, está bem? Eu prometo. Então coma tudo o que quiser.

Não digo a ele que não conseguiria me entupir de comida nem se tivesse tentado, com minha barriga lotada de nervoso e preocupações de gente grande. Também não conto que sinto uma saudade enorme do rio, das árvores, das manchinhas azuis do ovo de pintarroxo brincando de esconde-esconde por entre os galhos. Esse é o tipo de alimento que desejo.

Sou jogada para a frente com a redução da marcha. A caminhonete diminui a velocidade conforme o homem vira em direção a uma antiga estrada cheia de buracos.

— Essa estrada vai nos levar para a fazenda. Acho que você vai gostar de lá. Tem bastante espaço para correrem. Exatamente como na floresta.

Logo a estrada fica empoeirada, esburacada e barulhenta.

— Estamos no Tennessee, Estados Unidos?

— Sim, senhora. Só um pouco mais para oeste de onde vocês duas estavam morando.

O barulho mais esquisito, um grito parecendo um latido, fica mais alto. Nessa se senta, empolgada, procurando pelo que está fazendo esse barulho. Ela sobe em meu colo para ver melhor, olhando para fora pelo para-brisa, sob a luz do lusco-fusco.

Auuuuuuuu! Auu auu auu auu!

Ela se vira para mim, mas não tenho uma resposta.

Auuuuuuuuu! Auuuuuuuuu!

Nessa pula, seu rosto explodindo em um grande sorriso assim que avistamos um animal que conhecemos dos livros ilustrados dela.

— Esse é o meu cão de caça, A Menos. Tem as orelhas de um radar. Provavelmente escutou a caminhonete chegando antes mesmo de termos saído do asfalto.

Eu faço força com minhas costas no banco, segurando Nessa bem apertado.

— Ele é de uma raça chamada *bluetick coonhound*. O que foi, você não gosta de cachorro?

— Não sei, senhor. Nunca vimos um fora dos livros ilustrados de Nessa.

Os olhos dele se arregalam em descrença. Gostaria de ter respondido apenas sim.

— Ele é bem grande — digo, com a voz trêmula. — Por que se chama A Menos?

Rugas de carinho surgem ao redor de seus olhos.

— Porque ele tem uma pata a menos.

Olho com mais atenção e é verdade: o cachorro não tem a pata traseira esquerda, apesar de estar correndo ao lado da caminhonete como se não houvesse amanhã.

— Eu o encontrei abandonado, magrinho que nem você e Jenessa, preso numa armadilha para ursos. O doutor Samuels não conseguiu salvar sua pata, então não teve jeito. Mas ele aprendeu a se virar rapidinho... Está vendo como desliza a pata embaixo do corpo?

Observo A Menos usar sua pata traseira como se tivesse nascido daquele jeito, posicionada no centro, mais do que compensando a falta da outra.

— Bicho esperto — comento, com os olhos fixos em Jenessa, que se inclina na minha direção quando meu pai não está olhando, sua respiração chegando ao meu ouvido.

— Meu cachorro — sussurra ela, baixo demais para que nosso pai escute. — Meu — acrescenta ela, sem mudar de ideia.

Aperto-a com firmeza e sorrio em meio a seus cabelos, aquele momento dentro de nossa bolha durando uns dois segundos antes da velha casa de fazenda aparecer, maior do que qualquer uma que eu já tenha visto, com uma pintura alegre na cor amarela. Há uma varanda em volta da casa e um monte de cadeiras de balanço, mas não é isso que me deixa de queixo caído.

Na escada há uma mulher bonita de avental, o cabelo preto amarrado em uma trança que desce pelo ombro e vai até o cotovelo. Ao lado dela há uma garota, com o rosto sombrio como uma tempestade, os braços cruzados no peito, decidida, como Jenessa com A Menos.

Os olhos de Nessa estão arregalados demais, a ponto de saltarem para fora.

— Talvez eu devesse ter dito alguma coisa antes, mas não queria assustar vocês, meninas. Essa é minha mulher, Melissa, e a filha dela, minha enteada, Delaney.

Jenessa e eu nos entreolhamos, depois voltamos a encarar as duas desconhecidas. Não consigo nem rezar para são José porque não tenho ideia do que dizer nem de como o santo dos feijões poderia nos ajudar agora. Minha garganta parece estar entalada com um feijão do tamanho de uma bola de beisebol. Meu pai abre a porta e pula para o chão, esticando as pernas depois de todas aquelas horas espremido com a gente ali dentro.

Esta é mesmo uma reviravolta inesperada. Jenessa se volta para mim, seus olhos cheios de interrogação. Dou de ombros; até eu sei que estou fora da minha zona de conforto. A dor cortante me invade outra vez, como a água do riacho cobrindo uma pedra, e rapidamente anseio pelo barulho das folhas sob os meus pés, pela fogueira enfumaçada, pelo mundo que conheço de olhos fechados e até pelos feijões.

5

Dou uma grande importância a alisar o vestido de Nessa, depois pentear seus cachos com meus dedos. *Fique quietinha agora.* Me estico para parecer mais alta. Os olhos da menina perfuram o para-brisa como laser.

Sei, como sempre soube, que sou o filtro de Nessa. Ela vai me seguir em tudo, imitando minhas reações, ficando relaxada quando estou relaxada, confiante quando estou confiante. É o que as criancinhas fazem quando confiam nas pessoas.

Lembro-me daqueles grandes olhos me encarando quando ela só tinha um ano. Eu estava lhe dando mamadeira, com mais água do que fórmula infantil. Mamãe estava sumida havia três semanas daquela vez, mas Nessa nem ligava porque tinha a mim. Parecia que ela era *meu* bebê, meus braços uma rede de amor que a ninava sem parar, enquanto ela balbuciava e brilhava como se fosse o próprio são José.

Se eu estiver bem, ela está bem. É o mesmo que devo fazer agora.

— Está pronta?

Nessa concorda com a cabeça, absorvendo a confiança como se por osmose. (E, sim, eu sei o que é osmose. Devorei os livros de ciências do segundo ano do ensino médio que mamãe levou, como que por osmose.)

Salto primeiro, depois pego Nessa por baixo dos braços e a suspendo para colocá-la no cascalho. Ela segura minha mão, molhada de suor, o que faz com que ela pare instantaneamente. Ela confere meu rosto.

— Vai ficar tudo bem. Nós temos uma à outra, certo?

Nessa se encolhe em minha direção quando chegamos ao caminho que leva para a varanda. Sustento o olhar de Delaney, os olhos da menina se estreitam e o canto da sua boca se contorce quando ela assimila o cor-de-rosa infinito de Jenessa e minhas roupas toscas, a camiseta esfarrapada em algumas partes, minha calça jeans esfolada de tanto ter sido lavada no riacho. Puxo-a para cima, tentando deixá-la menos frouxa. É como se os olhos daquela garota deixassem impressões digitais em mim inteirinha.

Meu cabelo não para atrás das orelhas e eu queria ter um grampo ou uma fivela. Jogo-o para trás, esse cabelo que está passando da cintura desde que perdemos nossa única tesoura. Respiro de forma profunda e trêmula, e então expiro. *Estou no comando.* Só que não consigo mais me fazer acreditar nisso.

— Como vai, senhora? Sou Carey e essa é minha irmã, Jenessa.

Estendo a mão, com ketchup seco nos dedos, mas se ela nota, não deixa transparecer. Envolve minha mão em ambas as mãos dela, sorrindo para a gente.

— É maravilho conhecer você, Carey. E você também, Jenessa. Sou Melissa.

Grudada em meu corpo, Nessa dá uma espiada, segurando os ganchos do cinto da minha calça. Se ela puxar um pouco mais forte, é provável que minha calça jeans caia bem ali na entrada da garagem.

— Vocês duas devem estar cansadas depois dessa viagem. O jantar está esquentando no forno e Delaney vai levá-las aos seus quartos.

Ela não parece notar o jeito carrancudo com que a filha olha para a gente. Sob o olhar de Delaney, meu pescoço fica quente e, em seguida, minhas bochechas. A garota sorri pela primeira vez ao reparar nisso.

— Vou pegar as coisas das meninas.

Meu pai vai até a caminhonete. Penso nos sacos de lixo e me encolho. Estamos fora da nossa zona de conforto, como um peixe se debatendo ao redor de um ninho de passarinho, e percebo que isso não passa despercebido a Delaney. Ela parece *satisfeita*.

Subo os degraus com passos pesados, parando na porta para tirar minhas botas e os sapatos de Nessa. Deixo-os arrumadinhos do lado direito do capacho e então olho para Melissa.

— Isso foi muito atencioso de sua parte, Carey. Não foi, Delly?

Delaney dá de ombros, usando o calcanhar para tirar um tênis e depois o outro, recolhendo-os e levando-os com ela.

Entramos na casa, e Nessa fica de olhos arregalados, reparando no fogo crepitante *do lado de dentro* e nos sofás envoltos em mantas de crochê, do tipo que nossa avó tecia. O olhar de Nessa se demora nas estatuetas de porcelana na cornija da lareira, sem saber que não são brinquedos. Eu sei porque vovó tinha algumas. Por desencargo de consciência, tento me lembrar de estabelecer algumas regras básicas para manter Nessa longe de problemas enquanto estivermos aqui.

— Sai daqui, seu vira-lata sarnento!

A Menos, que vinha atrás de nós, se encolhe na escada como se as palavras de Delaney fossem tapas. Nessa ofega de alegria e solta minha mão, andando em direção ao cachorro, com o braço estendido. A Menos fareja seus dedos, com o rabo varrendo as tábuas de madeira. Nessa se abaixa ao lado dele e joga os braços em volta do cão como se ele fosse um amigo perdido há muito tempo. Ela dá um largo sorriso quando o animal lambe sua bochecha.

— Ainda bem que um banho já está na programação. Ela não sabe que não se deve deixar um cachorro lamber o rosto? — Delaney observa Jenessa com uma fascinação aborrecida. Dessa vez, dou de ombros. A menina se vira para a mãe. — O quê? Agora *ela* também não fala?

— Delly, por favor.

Nessa repousa a bochecha na cabeça de A Menos, dá um último abraço nele e então fica de pé. Ofereço minha mão, que ela aceita, e então subimos a escada juntas. Delaney suspira alto, como se fôssemos um estorvo. Mordo a língua, já totalmente sem paciência.

No coração da floresta 71

— Basta nos levar para nossos quartos, por favor — digo, desafiando-a a ouvir o que não estou dizendo também.

No segundo andar, a madeira brilha que nem vidro. Uma tira fina e longa de tapete vermelho-sangue com videiras entrelaçadas bordadas ao longo das beiradas se estende por todo o corredor. Delaney para diante das duas primeiras portas, uma em frente à outra, apontando para uma de cada vez.

— Esses dois são de vocês.

A menina nos deixa lá paradas, observando seu cabelo açoitar as costas até ela desaparecer atrás da última porta no fim do corredor.

Olho para Jenessa, que encara o caminho por onde viemos. Para minha surpresa, ela assobia — eu não sabia que minha irmã conseguia fazer isso — e A Menos sobe depressa a escada e vem pelo corredor, as patas dianteiras escorregando na superfície lisa. Sorrimos uma para a outra quando ele diminui o ritmo e segue pelo tapete, seus olhos brilhantes atentos em Nessa.

Hesitante, me aproximo e afago a cabeça do cachorro, reparando em seu pelo, macio como veludo. Mas não é a minha atenção que ele quer. Nessa se estatela no tapete, dando risadinhas. Ela coça a barriga dele, fazendo sua pata dianteira se mexer.

A Menos nos segue de um quarto a outro. O meu — e sabemos que é o meu quarto pelo que há nele — é algo que nunca vi igual. Há uma cama — uma cama de verdade — *enorme*. Nessa toca os pontos de costura da colcha de retalhos, que tem um fundo escarlate com manchas coloridas salpicado de flores silvestres e pequenos sóis. É uma das coisas mais lindas que já vi, e eu também preciso tocá-la para acreditar que é real.

Há uma estante na parede comprida, já cheia de livros e uma estatueta de porcelana como as lá de baixo pousada no centro de um paninho branco na cômoda.

Na parede oposta há um pano bordado com uma moldura de madeira escura: *Lar é onde o coração está.*

— Agora vamos lá ver o seu quarto.

Levo-a ao que parece ser outro mundo.

"SÓ É PERMITIDA A ENTRADA DE PRINCESAS!" anuncia a placa na parede, e Nessa bate palmas, encantada. As cores rosa e branco predominam no ambiente, com paredes amarelinhas. Ela também tem uma prateleira lotada de livros e a própria colcha de retalhos de fundo rosa-claro e quadrados com borboletas. Nessa ergue os braços para uma prateleira de bibelôs onde um cão de porcelana monta guarda para uma menina de porcelana, os bonequinhos sabiamente fora do alcance de uma criança de seis anos e seus dedos ágeis.

— Mais tarde vamos pegá-los para que você possa vê-los, mas esses bonecos não são brinquedos, Nessa. São feitos de alguma coisa tipo vidro... Lembra quando deixei aquele pote de conserva cair e ele se espatifou todinho no chão do trailer?

Nessa assente devagar, paralisada. Ela não ouve uma palavra do que estou dizendo.

— Como você acha que eles sabiam que você gosta de rosa? Vou deixar minha porta aberta, tá? Estarei do outro lado do corredor, se precisar de mim.

Mas quando saio para ir até o meu quarto, minha irmã está bem ali comigo, subindo na minha cama e pulando em cima dela descalça.

Há uma porta na parede menor. Dali vem um cheiro de cedro, libertando outra lembrança que eu não acessava havia anos: a arca de cedro onde mamãe guardava suas recordações antes da floresta. As fotografias de seus recitais, uma jovem magra com o que minha mãe chamava de corte de cabelo "desfiado"; as cordas arrebentadas do seu violino, que ela colecionava compulsivamente; um caderno com recortes de jornal; e cartas da vovó misturadas a cartões antigos de meu pai.

O closet está vazio. Arrumo os cabides que balançam, seus esqueletos tilintantes batendo uns nos outros pendurados em uma barra de metal que vai de uma ponta à outra.

— Nessa, olha! Um quartinho inteiro só para roupas... Acho que é maior do que o trailer!

Eu me viro para ela. Minha irmã está sentada, apoiando-se como uma boneca em tamanho real na cabeceira da cama, roncando baixinho. A Menos, enroscado no corpo dela, olha para mim.

— Tudo bem, garoto. Eu não ligo.

Os olhos dele se fecham. Esse foi mais um dia longo.

Delicadamente, pego da prateleira de cima uma manta de crochê, a única coisa que há no closet. Os pés de Nessa estão sujos outra vez, mas é uma sujeira justa, como diria minha mãe. Ela cheira a suor, mas é um suor doce. Cubro-a com o cobertor, esperando que não tenha problema usá-lo. Minha irmã nunca foi boa em se ater a planos ou horários.

— Ela não deveria tomar um banho primeiro, antes de você botá-la na cama? Está com os pés sujos.

— Só porque o mato já estava dentro dos sapatos dela. Nessa tomou banho de manhã.

Delaney está parada na porta, com as mãos nos quadris.

— Esse não é o quarto dela.

— Vai ser, se ela quiser. — Dividimos tudo durante a vida inteira. — Não ligo se ela quiser ficar aqui comigo.

— Minha mãe não vai gostar do A Menos estar na cama. Esse vira-lata já tem sorte de poder dormir dentro de casa.

Delaney chega para o lado quando meu pai entra se arrastando, largando um dos sacos de lixo no chão, apoiado na parede.

— Deixei os outros no quarto de Jenessa — diz ele suavemente, sorrindo ao ver Nessa e A Menos roncando juntos. — Vi um monte de coisas cor-de-rosa e livros do Pooh. Imaginei que eram dela.

— Obrigada, senhor.

Delaney nota o saco de lixo, os lábios contraídos em uma linha fina.

— Ela vai ficar bem até amanhã. O banho pode esperar — acrescenta meu pai, lançando um olhar severo para Delaney. — E tenho certeza de que Melissa não vai se importar com o A Menos.

— O que tem de errado com ela, afinal? — Delaney olha de Nessa para mim, com o olhar firme.

Certifico-me de que minhas palavras vão devolver a grosseria.

— Não há nada de errado com ela. Ela está dormindo. Está cansada.

— Não. Quer dizer, por que ela não consegue *falar*?

Delaney observa meu rosto, como que esperando que eu mentisse.

— Ela consegue, se quiser. Só não quer, na maior parte do tempo.

— Minha mãe vai ter algo a dizer sobre isso.

— Você não tem dever de casa para fazer, Del? — questiona meu pai, embora seja mais uma ordem do que uma pergunta.

Fico preocupada, imaginando Nessa sendo obrigada a falar e o chilique que ela daria se fosse pressionada. Não há jeito de obrigá-la a fazer algo que ela não quer, principalmente quando está certa. As palavras são dela. É problema dela usá-las ou não.

Delaney o ignora.

— Por que você chama seu próprio pai de "senhor"?

Essa garota está me irritando, mas pelo menos se esqueceu dos sacos de lixo.

— Minha mãe diz que é sinal de respeito chamar homens adultos de "senhor" e mulheres de "senhora".

Delaney zomba, como se eu fosse a última pessoa a saber de alguma coisa, vindo de onde venho.

— Bom, eu chamo os dois pelo que eles são: mãe e pai. São família, e não desconhecidos.

Para ela, talvez.

Sofro em silêncio, como se eu fosse um quebra-cabeça com uma peça faltando. É óbvio que Delaney pensa que ele é pai dela, não meu, apesar de eu e ele termos o mesmo sangue. Talvez esteja certa. Eu me pergunto se ela sabe que ele costumava bater na mamãe e em mim, e se ele já bateu nela alguma vez. Só que esse não é o tipo de coisa que se pergunta a uma pessoa, principalmente a uma desconhecida.

— Acho que somos meias-irmãs. Foi o que minha mãe falou. Mas não sei se quero ser meia-irmã de uma menina retardada.

— Ela não é retardada.

Minha voz não deixa transparecer nada, apesar da minha irritação, tão forte quanto um relâmpago, queimar minhas veias. Conheço garotas como Delaney de alguns dos meus livros. Implicantes, que gostam de provocar. Garotas de espírito ruim que riem quando outras meninas tropeçam ou choram.

— Nos dê licença, por favor — peço.

Ela finca os pés e estreita os olhos. *Olhos de falcão*, penso. *Indignos de confiança. Atacando os pequenos e os fracos.*

— Eu disse, por favor, saia!

Delaney faz bico e sai, agitada, porta afora. Afundo na cama, caída na beirada, tentando acompanhar minha nova vida. Na floresta, a pessoa tem o dia e a noite inteiros para processar as coisas. Aqui fora é diferente. Não há tempo.

— Ela não é tão má depois que você passa a conhecê-la — comenta meu pai, enfiando o rosto no quarto ao passar.

Fico me perguntando quanto ele ouviu.

— Tem sido difícil para ela também, todos esses anos. É minha culpa, na verdade, então fique brava comigo, não com ela, está bem? Porta aberta ou fechada?

— Fechada, senhor.

Respiro fundo. Pisco, na tentativa de impedir as lágrimas que ameaçam escorrer. Sinto na barriga um frio como o das noites na mata. *E se eu não conseguir fazer isso? O que vai acontecer?*

A Menos solta um ganido baixinho e desliza de baixo do braço de Nessa, se arrastando de barriga na minha direção até começar a empurrar o corpo no meu. Suspirando, descansa a cabeça grisalha em meu joelho e, hesitante, dá uma provada no gosto da minha pele. Me inclino para a frente e fungo. Ele tem cheiro de sabonete, algo com jasmim, o que me faz lembrar do cabelo da sra. Haskell.

As lágrimas escorrem, quentes como o rio no verão. Não sei nada sobre vida civilizada. Estou com a cabeça cheia, como uma sala com muita mobília, até que braços de cadeiras e pernas de sofás me cutuquem, almofadas e travesseiros conspirem para me sufocar. Não tenho espaço para me mover. *Para pensar.*

Viro para a janela, o vidro escuro e enevoado devido a nossa respiração conjunta. Em minha mente, escuto as árvores da mata assobiando com o vento e meu coração derrete, formando uma poça, porque não estou mais lá para assobiar de volta. Uma mãe ausente e um suprimento escasso de enlatados não são nada comparado a isso aqui.

Eu me inclino e envolvo A Menos com os braços, uma alma gêmea, se é que algum dia já existiu uma. Nós, duas criaturas arrancadas da vida selvagem. Uma perna perdida. Uma menina perdida. Examino minha calça jeans, me fixando no buraco embaixo do joelho que se formou após eu ter ficado presa no arame farpado ao voltar (de mãos vazias) de uma pescaria. Não é de surpreender que Delaney tenha rido de nós. Aparentamos exatamente o que somos: crianças pobres.

— Entre — respondo à batida na porta. Sento-me e rapidamente enxugo as lágrimas. — O que é agora? — resmungo ao ver o rosto de Delaney na soleira da porta.

— Pegue — diz ela, jogando uma manta de crochê para mim. — Não achei que você fosse querer acordar sua irmã puxando as cobertas. Pode usar essa pra você.

— Obrigada.

Ela olha para o saco de lixo, com uma expressão diferente dessa vez.

— O que é isso? — pergunta, apontando para o estojo do violino apoiado ao lado do saco.

— Um violino.

Quase engasgo com a palavra que começa com *v*, por causa de toda a história que envolve aquele objeto, uma história que poderia me despedaçar se eu deixasse, expondo parte de mim, como acontece quando cortam o primeiro pedaço do bolo de geleia da vovó.

Trocamos olhares.

— Você sabe tocar?

Eu a observo: o cabelo loiro perfeito, brilhante, a calça jeans bordada salpicada com pedrinhas cintilantes, as meias muito brancas, deixando claro que não há lavagem de roupa no riacho envolvida.

— Toco desde os quatro anos. Mamãe... minha mãe me ensinou. Ela era uma concertista.

— Foi o que papai disse. Ele falou que sua mãe poderia ter ficado famosa se não tivesse se envolvido com...

— Estou mesmo muito cansada — falo e, dessa vez, Delaney cora. — Ainda tenho que acomodar nós duas...

— Ah, tá. — Ela faz uma pausa. E então: — Precisa de alguma ajuda?

Penso em nossas coisas, perfeitas para serem guardadas em sacos de lixo, se formos parar para analisar.

— Ah, obrigada, eu me viro.

Ela fecha a porta e fico sozinha em uma terra estrangeira, nesse reino chamado Quarto Novo, tão limpo que faz meu cérebro doer. Conforme mexo em minhas coisas, tomo cuidado para não espalhar o saco pelo tapete. Giro entre os dedos a haste de uma folha perdida e então a pressiono na bochecha. *Lar.* A Menos se levanta, vai até Nessa e volta a dormir.

— Bom menino — digo, e ele abre um olho para me avisar que sabe disso.

A porta se fechou fazendo um som pegajoso. Paro para sentir o cheiro. Pintura. *Eles realmente pintaram o quarto para a gente.*

É fácil desempacotar o saco. Pouco tempo depois, meus poucos itens estão balançando juntos em cabides enquanto a prateleira inferior do armário continua abandonada e praticamente vazia, exceto pelo caderno com recortes da minha mãe e meu bloco de desenhos. Acomodo o estojo do violino na prateleira mais alta, desejando que ninguém soubesse dele.

Eu me encolho ao pendurar meu casaco em um dos cabides e pelo espelho de corpo inteiro no interior da porta dou uma olhada rápida nele. É um casaco de inverno azul-marinho remendado nos cotovelos, a cor desbotada em alguns pontos, nada diferente da minha calça jeans. Tinha achado o casaco no mato, o material cheirando a folhas molhadas e xixi de gato, e deste último não consegui me livrar, não importava quantas vezes o lavasse no riacho.

— *Num ligue pra isso* — *fala mamãe, com olhos severos.* — *Cê tem um casaco, um bem quentinho, exatamente como rezei pra que conseguisse.*

Eu preferia que ela tivesse rezado por um casaco comprado em uma loja, novo em folha, com o forro de pele falsa fofinho, não emaranhado, e com todos os botões. Não quatro dos seis.

— Mas você tem um casaco. Um com zíper e que foi comprado numa loja.

— Olhe como fala, garota. Eu sou a a-dulta. Sou eu que cuido de vocês duas.

Num falo nada, mas ela num faz isso, nem nenhuma outra pessoa. Pelo menos ela num age como se cuidasse.

— Seja grata pelo que tem, Carey — diz ela, me conhecendo tão bem que nem se eu desviar o olhar adianta. — Aquele casaco bate nos joelhos. A gente num tem frescura pra usar aqui. Quente é quente, num importa a aparência.

Nem o cheiro, pensei, resignada.

Mas ela tinha razão. Quando o inverno chegou, e Jenessa e eu usamos meias como se fossem luvas, nós duas tínhamos casacos para brincar na neve em vez de ficarmos trancafiadas no trailer. Nós dormíamos com os casacos também, para não tremer a noite inteira e acordar uma a outra.

Dou uma olhada em Jenessa, que respira pela boca, e A Menos, com as orelhas atentas como se esperasse mais instruções, decidido a nos dar afeto. Definitivamente não me incomodo.

— Fique aqui. Já volto.

Deixo a porta entreaberta e vou em silêncio até o quarto de Nessa. Pego os brinquedos e as roupas dela do saco. As roupas ainda retêm o aroma da fumaça de madeira da fogueira que fiz na penúltima noite. O próprio casaco dela veio do Exército da Salvação, um pano qualquer rosa-claro, que bate na cintura. Eu o pego e sinto seu cheiro, mas isso só faz minha dor aumentar.

Não demora muito para que as prateleiras do quartinho fiquem arrumadas com as caixas de quebra-cabeças e jogos, o Scrabble e o Sobe-Desce. Uma Barbie de nariz manchado e sem roupa está recatadamente sentada, as pernas balançando na borda da prateleira. Disponho seus tênis no chão e arrumo o cachorro de pelúcia e o ursinho de apenas um braço na cadeira de balanço infantil. *Vão ficar bonitos na cama depois que estiverem limpos.*

Vou enchendo uma prateleira vazia oposta à cama com os livros do Ursinho Pooh, incapaz de contar quantas vezes li cada um deles para Nessa, as histórias já gravadas em meu coração tanto quanto no dela.

Suas meias, calcinhas e blusinhas vão para as gavetas da cômoda. Quando acabo, dobro os sacos de lixo em quadrados, voltando a pensar na carta da minha mãe, como uma língua sempre encostando num dente de leite mole. Posso sentir o papel no bolso, tocando na minha pele quando me mexo. Enfio os sacos na última gaveta da cômoda e então volto para o meu quarto, fechando a porta do quarto de Nessa ao sair.

Há um relógio na cômoda ao lado da cama marcando oito e meia em números digitais. Não era nem preciso saber ver a hora, pois aquele objeto dizia para você.

Fico encantada com os interruptores de luz; nenhum funcionava no nosso trailer, mas todos funcionam muito bem aqui. Mexo o interruptor para baixo e o quarto fica escuro, exceto por um lindo retângulo bege de porcelana ligado a uma tomada. Parece uma escultura e me agacho no chão para ver. Esculpidos na superfície há um lindo anjo ajudando duas crianças roliças a atravessar uma ponte. A envergadura das asas do anjo me lembra a de uma coruja, ou a de uma águia, de tão gloriosa.

Eu me enrosco ao lado da minha irmã, A Menos de um lado e eu do outro, fazendo um sanduíche de Jenessa. A manta que Delaney me deu está limpa, macia e quentinha. Tem cheiro de flores. Eu mesma me sinto como uma flor.

Sendo embalada pela inspiração e expiração de A Menos, minhas pálpebras ficam pesadas e se fecham. Primeiro rezo por mamãe, para que ela também esteja a salvo e aquecida, com a barriga cheia. E então me entrego, um sentimento que me é tão desconhecido depois de todas aquelas noites sozinha na floresta, com uma espingarda aninhada na dobra do braço. Relaxo, como não faço desde a noite da estrela branca ou talvez desde quando Jenessa era um bebê. Desde então, tenho vivido em um mundo de cansaço sem fim.

* * *

Procuro pela minha espingarda, mas não está ali; meu coração bate acelerado conforme as sombras do Bosque dos Cem Acres se transformam em gigantes desajeitados de mais de seis metros. *Quem, quem?* ecoa pela folhagem, uma coruja pestaneja para baixo, e respondo: *Sou só eu. Sou só eu.* Jenessa sumiu. Desvairada, procuro pelo trailer, pelo camping, pela costa curva do turvo rio Obed.

Quem, quem?

Não sei!

Caio da cama, aterrissando pesado de lado.

— Calma — diz Delaney da porta, dando um sorriso afetado. — Minha mãe disse para acordar vocês para o café da manhã. Já que dormiram no jantar e tal. — Ela torce o nariz. — Você dormiu com esse saco de pulgas na cama a noite inteira? Eca!

Tecnicamente, não sei o que é *eca*, mas a expressão facial dela faz um trabalho mais do que adequado para explicar o significado daquilo. Ela marcha para dentro do quarto e puxa A Menos pela coleira. O cão choraminga, pressionando Nessa, fazendo de seu corpo um peso morto.

— Deixa ele ficar — ordeno, minha voz ainda rouca de sono. — Nós vamos levá-lo lá para baixo.

— Tanto faz. É melhor vocês pularem da cama. Se minha mãe se deu o trabalho de cozinhar para vocês, o mínimo que podem fazer é comer enquanto ainda está quente.

Pular?

Eu me levanto do chão, ignorando-a, e sacudo o ombro de Jenessa delicadamente.

— Está na hora de acordar, maninha. É um novo dia.

Delaney dá um risinho, um som horrível que prometo nunca fazer igual. Puxo Nessa, colocando-a sentada e apoiada na cabeceira, na posição que ela pegou no sono na noite passada.

Disposta na cadeira de balanço está a calça jeans de ontem. Fico corada quando Delaney se enfia pela porta, me observando vesti-la.

Não vou trocar minha camiseta na frente dela, independente do que ela pense.

— Você é reta como uma tábua. Não tem umas porcarias de uns peitos na floresta?

— Umas porcarias que nem os seus?

— *Touché* — diz ela, dando um sorriso afiado, em vez ficar irritada como eu esperava. Eu me envolvo com a manta de crochê. A Menos abre um dos olhos, como se soubesse o que está por vir.

— Vamos lá para fora, garoto — digo.

A Menos se desenrosca da minha irmã e pula para baixo com cuidado. Observamos ele se alongar.

— Ele tem artrite, esse velho vira-lata. Achei que você tivesse dito que nunca teve um cachorro.

— Não precisa ser nenhum gênio para saber que ele teria que ir lá para fora de manhã.

— Quer que eu fique para ajudar Jenessa a se vestir?

Encontro o olhar dela, observando a fundo. Não encontro malandragem, nem malícia.

— Fique à vontade. Mas ela não é fácil de manhã. Garanta que não vai voltar a dormir. Se isso acontecer, tire o cobertor dela. Diga-lhe para vestir meias limpas, calcinha e uma blusa por baixo. Estão na gaveta de cima da cômoda do quarto dela, e a calça jeans e as camisetas estão no closet... E fique de olho para que escove os dentes. Você tem que vigiar, senão ela não vai escovar.

Delaney parece surpresa que a gente se importe com algo como roupa íntima limpa e dentes escovados. Reviro os olhos e sigo A Menos pelo corredor até o andar de baixo.

É verdade: podemos não ter tido muita coisa. Nada de casa chique, roupas caras nem bens para ostentar. Mas sempre me certifiquei de que estivéssemos limpas. Limpeza é de graça.

Uma vez mamãe falou que os dentes são como os pais: a gente só tem aqueles com que nasce. Ser pobre não servia de desculpa para não dar valor a eles. Eu e Nessa tomávamos banho na grande tina de metal durante o ano todo, o sol ajudando a aquecer a água no inverno, apesar de, nessa época, termos sido corajosas a ponto de encarar a água uma vez por semana. Mas, no resto do tempo, tomávamos banho dois dias por semana, sem contar todas as vezes que nadávamos no rio. Mamãe dizia que as pessoas devem se virar com o que têm e foi o que fizemos.

A Menos está esperando por mim no início da escada, me observando descer, enquanto me fortaleço para lidar com meu pai, Melissa e todo o barulho do mundo civilizado. Mas meu pai não está em nenhum lugar à vista. Meu estômago ronca e resmunga com os aromas vindos da cozinha.

Bacon, de novo.

Uma chapa crepita. Uma mulher sussurra para si mesma. Como um fantasma, passo na ponta dos pés, segurando A Menos pela coleira e levando-o para fora pela porta da frente. O cão sai trotando, dispersando um bando de pássaros pelo ar, levantando sopros de poeira atrás de suas patas apressadas. Absorvo o ar cortante do fim de outubro, mas que fica suportável porque tenho a manta sobre os ombros. Entretanto, quem me dera ter um roupão como o de Delaney: grosso, quente e à prova de arrepios.

Delaney não dorme de camiseta. Na noite passada, ela vestia uma camisa de manga comprida com botões e calças combinando, de um material bege lustroso com estampa de gatos se contorcendo. Só de olhar para ela, já sei que usa sutiã, como minha mãe, e não blusas por baixo, como eu.

Olho para o meu peito. Assim como Jenessa, sou tão magrela que dá para ver minhas costelas, o que me deixa magra na parte de cima do corpo também.

A Menos volta com um graveto na boca, ofegante e sorridente, e então vai trotando atrás de mim. Quando ouço uma vaca mugindo a distância, me lembro do que meu pai disse ontem durante a viagem. Vacas e cabras, um cavalo velho, uma mula e burros. Uma fazenda. Não como sustento, mas como um lugar com bastante espaço para perambular.

Dou um pulo quando sua voz grave surge atrás de mim.

— Pelo visto está acordada.

Fico tímida ao me virar para ele. Meu pai está com uma xícara nas mãos, um par de luvas de trabalho surradas escapando do bolso do casaco de pele de ovelha.

— A Menos precisava sair. Jenessa está se vestindo e já vai descer.

— Imagino que tenham descansado bem?

Estou sem graça de dizer a ele o quanto. Dois travesseiros para cada uma; um colchão de verdade, nada de dois cobertores velhos costurados e recheados de jornal amarelado forrando um berço pequeno demais para duas garotas em fase de crescimento. Mantas de verdade para nos aquecer, sem precisar dormir com os casacos de inverno... Penso em Delaney rindo, mas assinto com a cabeça.

— Ótimo. Não tivemos coragem de acordá-las. E vocês dois aqui fora nesse frio.

Afetuoso. Desvio os olhos de suas botas. Praticamente já as conheço de cor a essa altura.

— Obrigada pela hospitalidade, senhor.

Não sei mais o que dizer. Ele acena com a cabeça para um local mais distante.

— Vejo que fez um novo amigo.

A princípio, acho que ele se referiu a Delaney e penso no quão errado ele está. Mas quando sigo seu olhar, vejo A Menos brincando de correr atrás do próprio rabo. Cachorro bobo.

— Estou muito agradecida a esse velho cachorro — digo, em nome da minha irmã.

— Você já tomou café?

Nego com a cabeça e penso em Nessa. Sinto uma aflição de saber que ela ainda não comeu também. Pior, a deixei com Delaney.

— É melhor eu ir dar uma olhada em Jenessa — falo, com os ombros encurvados pelo vento gelado, lutando com a urgência de olhar por cima deles enquanto me arrasto até a casa. Sinto os olhos do meu pai em mim, tentando me entender do jeito que estamos tentando entendê-lo; voz, andar, palavras... tanto as ditas quanto as não ditas.

Penso no dia anterior. A sra. Haskell estava certa. Nessa e eu precisamos ficar juntas. Ela vai precisar da minha ajuda para decifrar esse novo mundo, com todas as coisas que ela nunca viu, como banheiras dentro de casa, luzes sem chamas que não têm cheiro de querosene, carne comprada já embrulhada em pacotes lustrosos e transparentes. Tenho certeza de que ela vai gostar mais do que de truta pescada no riacho e esquilos e pombos caçados.

Eu me odeio por pensar isso, mas ter cama e comida compensa o risco de estar aqui. Pelo menos vale dar uma chance. No entanto, eu gostaria de estar com a minha espingarda. Quando fiz uma última varredura pelo trailer, esqueci que tinha deixado a arma no toco da árvore. Eu não sabia como justificar minha necessidade dela, então não pedi a sra. Haskell nem ao meu pai para voltar e buscá-la.

Algo a que sempre volto, como se fosse uma fotografia muito manuseada, é a primeira visão de Melissa nos degraus da varanda. Esbanjando sorrisos e boas-vindas calorosas, sua voz carinhosa e sincera, tão diferente das frases irritadas e cortadas de mamãe, que soavam mais como latidos roucos por causa do cigarro.

Não consigo imaginar alguém como Melissa deixar que meu pai nos machuque. Talvez no passado ele apenas estivesse com raiva de mamãe. Pode ser que ele a tivesse flagrado fumando metanfetamina ou bebendo. Talvez eu tivesse as alergias de pele que minha irmã sempre teve até que eu a assumisse e tratasse Nessa como se fosse meu bebê, trocando-a e limpando-a regularmente.

É fácil ficar brava com a minha mãe. Com frequência, ela nos esquecia totalmente, e acabava, tipo, sem vir para casa por semanas e sem lembrar de nos abraçar nem de lavar nossas roupas. Eu não me importava de realizar as tarefas por ela, pois teria feito qualquer coisa por Nessa. Mas tinha vezes que a mamãe ficava enlouquecida de raiva, deixando vergões raivosos de vara nas nossas costas e nos traseiros.

Minha respiração se acelera quando penso nos homens que ela trouxe da cidade para casa, começando quando eu tinha oito anos. As mãos sujas deles, parecendo lixa, me esfregavam no lugar mais secreto, mais aveludado de todos. Eu os via dando dinheiro a ela e, no dia seguinte, havia pipoca quentinha, chocolate ou, uma vez, até o novo casaco do Exército da Salvação de Jenessa e um par de tênis.

Tive sorte de ficar vermelha cedo. Não houve mais mãos depois que isso aconteceu. Só esse fato já compensou as cólicas e a chateação daquilo.

Penso nesse homem, nesse pai, comparando-o à versão dele em minha mente. Eu o odiei por ter nos machucado, por ter feito aquilo, nos fazendo ir embora, por não ter ligado a mínima para a gente. Mas talvez tenha sido minha mãe que nos machucou. Talvez ela tenha confundido tudo.

Ela disse que gambás não trocam suas caudas.

Certamente soou verdadeiro, para ela.

6

— Aí está você, Carey. Venha tomar café.

— Obrigada, senhora.

Melissa sorri radiante para mim, e é um sorriso verdadeiro; fica óbvio, por ser tão largo quanto o céu. Relaxo observando-a um pouco, mas sua bondade também funciona como uma espécie de queda livre, me tirando do equilíbrio. *Tenho que me manter forte, por Nessa. Não posso deixar que nada interfira.* Escondo a angústia como um esquilo esconde suas nozes em um toco de nogueira apodrecido.

Melissa me guia com uma mão tranquilizadora até uma cadeira vazia em volta de uma mesa grande em um canto da cozinha.

Nessa se senta em sua cadeira, vestindo uma calça jeans e uma camiseta. Está hipnotizada pela comida, observando Delaney cortar panquecas em pedaços que caibam na boca.

— Nessa consegue cortar a própria comida — falo mais rispidamente do que pretendia.

Delaney joga as mãos para cima, virando-se para Melissa para confirmar. Sou impossível. Ela desaba em uma cadeira no lado oposto a nós, me encarando.

— Não tem necessidade de tanto drama, Delly. Carey conhece melhor a irmã que você.

— Tá bom. Eu só estava tentando ajudar.

Melissa me observa, assim como Nessa.

— Desculpe, senhora, mas ela num... *não* precisa de babá. Já é ruim o suficiente ela não falar. O mundo é duro com os fracos e oprimidos.

— Por que ela fala assim? É melhor ela não falar desse jeito na escola, mãe, ou eu vou ser a mais zoada na turma do segundo ano! Ela fica melhor calada, que nem a Jenessa.

Melissa a ignora e se vira para mim.

— São palavras sábias, Carey, e entendo suas preocupações. Mas todo mundo precisa de uma ajudinha de vez em quando. Jenessa e Delaney são irmãs agora. Você precisa deixar que elas se acostumem uma à outra.

— Sério, mãe? É isso? Você vai deixar que ela fale comigo desse jeito e tudo bem? Você me disse para ser legal com ela. Talvez deva falar para ela ser legal *comigo*.

— Chega, Delly.

Eu sei que falei de forma ríspida com Delaney. Sei que retomei meu jeito de falar do mato e preciso melhorar a escolha das palavras antes de pronunciá-las. Tenho que falar como o novo mundo para que não me considerem diferente.

— Desculpa, Delaney — murmuro, com o olhar fixo no prato. — Eu me preocupo com Jenessa, é só isso. Não estou acostumada a ter ajuda de ninguém.

Pego meu garfo e espeto duas panquecas da pilha.

— Pelo menos me diga que consegue falar como uma pessoa normal. Você parece que tem, tipo, oitenta anos ou algo assim.

— Eu estava citando uma frase da mamãe. Sei falar muito bom.

— Muito bom? Mãe!

Eu me estico e alcanço o xarope de bordo, derramando um pouco nas panquecas cortadas de Nessa. Balanço a cabeça negativamente quando ela enfia um pedação inteiro na boca, ficando com xarope na ponta do nariz.

— Pedaços menores, Nessa. Você sabe o que acontece.

Vejo uma tristeza invadir os olhos de Melissa e desvio o olhar. *Não há espaço para pena. Sentir pena de si mesmo não faz bem a ninguém.*

— Faça ela falar normal, mãe. Porque a escola só vai ficar ainda mais difícil se ela se comportar toda esquisita assim.

Melissa lança um olhar demorado e severo para a filha.

— O que foi? — Delaney faz beiço. — Só estou dizendo. — Ela abaixa o garfo. — Vocês me dão licença? Kara me convidou para testar a nova cama elástica dela.

— Isso parece divertido, Delly.

A menina suspira, olhando da mãe para mim.

— Você pode vir também, se quiser.

Melissa sorri para a filha, mas a má vontade do convite fica clara.

— Obrigada pela gentileza, mas prefiro ficar aqui com Jenessa. Pra começar, ela precisa de um banho.

— Isso com certeza — diz Delaney baixinho ao se levantar, dando um beijinho na bochecha da mãe.

Ouvimos o barulho de seus passos enquanto ela corre para o andar de cima. Relaxo no encosto da cadeira. Por sorte, Nessa está muito ocupada mastigando para prestar atenção em gente grande batendo boca.

— Senhora, Nessa está precisando de um pouco de carne nos ossos, mas ela não é muito boa em parar. Sugiro tirar o resto das panquecas da mesa. Ela surrupia comida quando não estão olhando.

— Obrigada, Carey. — Melissa se levanta e recolhe o prato, levando-o rapidamente para a cozinha. — Vou me lembrar disso.

Nessa olha para mim, seus olhos implorando.

— Só mais uma e acabou — digo, lhe dando uma das minhas panquecas.

Nessa dança na cadeira, agindo como se eu tivesse dado a ela o mundo. Eu me levanto para derramar o xarope, mas Melissa faz um gesto com a mão para que eu volte a me concentrar no meu próprio café. Ela serve o xarope para Nessa e coloca um guardanapo na frente da blusa da minha irmã.

Depois, ela finge estar lendo um jornal, mas posso sentir seus olhos em nós. Eu me concentro no meu prato, aceitando o próprio conselho que dei de comer devagar, sem exagerar, especialmente no bacon. É difícil demais, porque tudo é muito gostoso. Quero dançar na minha cadeira também. Eu não tinha ideia de que a comida podia ter um gosto tão bom, mas meu estômago parece ter o tamanho do porta-moedas de camurça da mamãe que se fechava ao puxarmos dois cordões.

Estou recolhendo os meus pratos e talheres e os de Nessa para levar para a pia quando meu pai entra, uma onda de frio vindo atrás dele. Tem o mesmo cheiro da floresta nas manhãs do início do inverno, com a chaleira de cobre cantando mais alto que a fogueira, eu tocando violino com meias nas mãos, fazendo bagunça só para fazer Nessa dar risada.

— Minhas meninas — diz ele, com a voz rouca, e Melissa e Jenessa sorriem ao mesmo tempo. Mantenho a cabeça abaixada, mastigando com força.

Eu me lembro das palavras de Delaney e as pego emprestadas.

— Vocês me dão licença?

— Damos — concorda Melissa, com aprovação na voz. — Estou aqui pensando que vocês duas vão querer tomar banho. Vou preparar um banho de banheira com espuma para Jenessa e ajudá-la a se lavar, se você achar que não tem problema, Carey.

Hesito quando uma lembrança instantânea das costas de Nessa invadem minha mente. Não há como esconder isso para sempre, penso, embora eu ache que seria ótimo se isso fosse possível. Dou uma resposta abafada:

— Obrigada, senhora.

Fico feliz de poder tomar banho sozinha. Estou me sentindo encardida e empolgada de poder me lavar com água que é realmente quente. Engraçado como o corpo se acostuma rápido às conveniências modernas. A tina de metal parece tão distante, como tomar banho ao lado de um bando de dinossauros.

— Você já usou um chuveiro?

Olhando para os meus pés, fico vermelha.

— Uma vez, no hotel. A água quente e fria se misturam.

— Isso mesmo. Lá em cima, a água quente é a torneira da esquerda e a fria, a da direita. Quando a temperatura estiver boa, vire o puxador do meio e a água vai sair do chuveiro acima.

— Obrigada, senhora. — Olho para Nessa e é impossível não rir do seu nariz sujo de xarope. — Melissa vai lhe dar banho. Obedeça ela, tá?

Nessa concorda e pega uma das mãos de Melissa, segurando-a entre suas mãos grudentas. Sinto uma dor no coração porque sempre fomos eu e ela... mas isso não é normal. Não para a maioria das pessoas no mundo, e gostaria que Nessa fosse normal. Quero que minha irmã saiba andar com as próprias pernas, que tenha outras pessoas com quem possa de fato, de verdade, contar. Ela não é mais um bebê. Merece uma mãe de verdade, uma mãe como Melissa.

Desculpe, mãe.

Melissa a leva pela mão e eu vou enxaguar nossos pratos na pia, fascinada pelo sabão azul de esguicho e pela esponja, que é macia de um lado e áspera como casca de árvore do outro.

— Isso é uma lava-louça — diz meu pai, se aproximando e ficando ao meu lado. Ele abre uma porta e puxa as grades de cima e de baixo, que rolam para fora sobre rodinhas. — Você não precisa lavar os pratos na mão. É só enxaguar na pia e empilhar nas grades. Xícaras e copos em cima, pratos e panelas embaixo. A máquina lava para a gente.

— Com eletricidade?

— Garota esperta.

Ele vai e volta da mesa, me passando pratos e xícaras, que enxáguo debaixo de um fluxo de água quente e empilho como me instruiu. Meu pai assobia uma música que não conheço, mas uma coisa ou outra da melodia me soa familiar.

Deixo um prato escapar e ele o resgata no ar. Recuo antes de perceber que ele só o está me entregando de volta. Eu me concentro em encher a lava-louça. Se ele notou, não fala nada.

— Safados escorregadios, né? — diz, e as palavras soam ásperas.

Aceno com a cabeça para suas botas até que o último prato é empilhado, o último garfo enxaguado e colocado na máquina.

— Viu?

Ele pega uma caixa azul-clara de uma prateleira no armário e despeja o que parecem ser cristais coloridos em um compartimento pequeno construído na parte de dentro da porta da lava-louça e então fecha com um clique. Observo-o girar um disco acima da porta para *Lavagem Normal*. Dou um pulo para trás quando a máquina ganha vida. Nós dois sorrimos.

— Suba e vá tomar seu banho. Temos um encontro às duas da tarde com a sra. Haskell. O escritório dela fica a uns trinta quilômetros daqui. Ela tem testes para vocês, que vão prepará-las para a escola.

Aceno com a cabeça porque minha voz falha. *Escola, como as garotas nos meus livros.* Meu estômago se revira quando passo por Melissa, que está de joelhos ao lado da banheira no primeiro andar, semicerrando os olhos enquanto Nessa espirra bolhas por todo o chão.

Penso nas costas de Nessa e traço uma linha reta escada acima, indo direto para o banheiro ligado ao meu novo quarto, fechando a porta atrás de mim com o pé. Alcanço a privada bem a tempo de as panquecas e o bacon serem postos para fora, aterrissando com um baque e meu próprio esguicho na água.

Não quero ir para a escola. A floresta é minha escola.

Relembro o hotel e como ensinei Nessa a usar o vaso depois de ela ter pegado um montinho de folhas do bolso do casaco e ter seguido em direção às árvores perto do estacionamento. Lágrimas brotaram em meus olhos ao ver a alegria dela em não ter que ir até a escuridão de lugares estranhos e frios. Ela deu descarga com um sorriso largo, observando o conteúdo rodar sem parar e, então, como mágica, desaparecer.

De novo, seus olhos gritaram. *De novo!*

Ligo o chuveiro, a água sem ter o cheiro de peixe do riacho com o qual cresci acostumada e do qual até passei a gostar depois de um tempo. Juntando as mãos em forma de concha debaixo do jato, jogo água no rosto. Depois que confiro mais uma vez que estou trancada, tiro toda a roupa, pronta para me observar no espelho de corpo inteiro na parte de trás da porta do chuveiro. Nunca vi todo o meu corpo de uma vez.

Vejo ossos de muitos ângulos. Me viro e olho por cima do ombro, meus olhos percorrendo as linhas brancas deixadas pela vara e as duas cicatrizes circulares vermelho-arroxeadas dos cigarros de minha mãe, logo abaixo do meu ombro esquerdo. A única marca recente é um arranhão na parte de cima do meu braço, de quando escorreguei em algumas pedras ao perseguir uma codorna.

Fico em pé embaixo do fluxo de água quente. Eu poderia ficar aqui para sempre. O frasco rosa-pêssego na prateleira esguicha sabonete líquido em uma coisa que serve para esfregar pendurada na base do chuveiro. Há algo escrito com letras pretas no frasco: *Lave o cabelo*. E outro frasco, chamado condicionador, tem mais palavras pretas: *Depois do xampu, passe no cabelo. Espere alguns minutos. Enxague.*

Então passo os dois, me demorando no calor e no vapor até estar limpa de dentro para fora. Penso em são José e agradeço a ele por tudo isso: a comida de sobra, o milagre da eletricidade, privadas com descarga, água limpa e corrente, bolhas para Jenessa, aquecimento, cobertores e a toalha grossa e felpuda que quase dá para dar duas voltas em meu corpo, batendo nos meus tornozelos ossudos.

Há uma leve batida na porta e a voz de Melissa flutua como um fantasma pela madeira da porta.

— Sua irmã está limpinha. Ela está pegando umas roupas. Temos meia hora, está bem?

— Sim, senhora.

— Tem uma escova e um pente para você, Carey, na gaveta de cima.

— Obrigada, senhora.

Ouço-a ir embora e me viro para a pia, abrindo a gaveta de baixo. Ao olhar lá dentro, encontro um antigo conjunto de prata de escova e pente com minhas iniciais gravadas no metal: C.V. B.

Carey Violet Blackburn, em homenagem à minha avó.

— *Me deixe pentear seu cabelo, docinho.*

— *Está bem, vovó.*

— *Sente-se aqui no banquinho. Que boa menina. Um docinho para o meu docinho quando acabarmos.*

— *Eu te amo, vovó.*

— *E eu te amo, docinho.*

Vovó tinha um conjunto exatamente como esse. Jenessa, uma verdadeira mulherzinha, vai pirar quando vir.

Penso na velha escova de cavalo que usamos nos últimos anos e no pente com mais buracos do que dentes. Eu morreria se Delaney ou Melissa os vissem. Sem perder um minuto, saio no quarto e tiro a escova e o pente escondidos debaixo da minha camiseta e os jogo no fundo do lixo do banheiro. Vou até o quarto de Jenessa, pego os dois sacos de lixo na última gaveta da cômoda e os coloco em cima da escova e do pente, só para garantir.

Fico lá de pé, olhando para o lixo. Mais uma vez, o calor se arrasta pelo meu pescoço e pelas minhas bochechas.

— *Cê é uma fracassada conservadora* — dissera mamãe, de forma nada gentil — *destinada a se enfiar num buraco.*

Como se escovas de prata fossem capazes de fazer com que eu me enquadrasse.

— *Finja até que se torne real* — dissera mamãe também, durante todo o mês em que ela foi à cidade para ter reuniões. Era uma das muitas mulheres que aparentava ser bem mais velha. — *Pela primeira vez eu num era a única que tinha dentes faltando!* — declarara ela, seu falatório se transformando em uma tosse longa e intermitente.

— *A reunião foi boa?*

— *Fumamos pra caramba, bebemos chá de graça e contamos histórias da nossa vida louca, se é o que quer saber. Fiz até uma nova conexão de metanfetamina.*

Prometo seguir o lema de mamãe, que me parece muito inteligente. Jenessa vai ter que fazer o mesmo. Fingir até que nos tornemos reais. Temos que ser garotas modernas, normais, garotas com uma segunda chance.

— Quinze minutos! — avisa Melissa, batendo outra vez na porta. Escuto uma batidinha mais suave, mais baixa, e sei que ela está com Nessa a reboque.

Escovo meu cabelo até as costas, jogando-o por cima do ombro para pentear as pontas. Dobro a toalha ao meio, triste por vê-la ir embora, e penduro-a com perfeição na barra na parede do banheiro.

Se eu não quiser usar uma extensão de corda como cinto, então só tenho uma calça jeans viável, a que estou usando já faz três dias. Melissa lavou nossas outras roupas, mas ainda não consegui me separar dessa calça, sequer por um ciclo de lavagem de 12 minutos, nem mesmo com o varal sendo visível da janela do meu quarto.

Cheiro a calça, o odor familiar da fumaça da floresta invadindo meu nariz. Mas, novamente, não quero ficar fedendo. Sem muita certeza do que estou fazendo, derramo um punhado de talco de bebê na mão e o esfrego no gancho da calça, por dentro, onde ninguém consegue ver.

Minha única camiseta tem um símbolo de paz e amor na frente, como nos sessenta, dissera mamãe, apesar de eu não saber o que isso significa. *Sessenta maçãs? Sessenta elefantes? Sessenta símbolos de paz?*

Tenho outra ideia: pego minhas blusas de usar por baixo em uma grande bola e as jogo no lixo também. Ficam por cima do resto, mas não me importo. Visto uma regata no lugar e minha camiseta, que está com um cheiro bom, por cima: um aroma de pinho e falso nascer do sol. "Amaciante de tecido", como Melissa o chamou. Visto meias limpas e saio do quarto com minhas botas estilo country, tomando cuidado para não espalhar lama pelo chão limpo.

No corredor, aplaudo Nessa em sua camiseta rosa e amarela com um boneco laranja na frente. Mamãe o chamava de "Elmo". Nos pés, ela colocou tênis Keds azuis, um par antigo de Delaney, de acordo com Melissa. Eles servem perfeitamente e quase parecem novos. Os cachos loiros de minha irmã estão brilhantes, afastados da testa com um laço rosa que Melissa amarrou em um nó de um lado.

— Você está tão bonita — digo, meus olhos ficando cheios d'água.

Jenessa sai correndo, abraça minhas pernas e ficamos ali por um instante, agarradas uma à outra. Pego sua mão e sigo Melissa para o andar de baixo.

— Obrigada, Mel. As meninas estão ótimas — diz meu pai, sorrindo. — Todo mundo pronto?

Ele estende a mão e toca em um dos cachos de Jenessa. Minha irmã apoia a cabeça na mão dele e meu pai pisca, sua voz saindo áspera ao dizer:

— Você é um amorzinho, né?

Nessa escapa e sai correndo para a porta quando vê A Menos roendo um osso na varanda. Ele o larga por causa dela, que o abraça, puxando-o para perto, seu rosto enterrado no pelo dele.

— Eu ainda não consigo acreditar nisso. Farinha do mesmo saco, esses dois — fala meu pai, balançando a cabeça.

— Os únicos bichos que a gente tinha eram para o jantar — digo a ele, que me olha, seu sorriso desaparecendo como acontece com as montanhas durante algumas das piores tempestades, aquelas que faziam o teto pingar em panelas enferrujadas de metal enquanto nos aconchegávamos juntas na cama dobrável para nos aquecer, nossos dedos e lábios azuis de frio.

Jenessa reaparece e reboca meu pai pela mão, puxando-o pela porta. Noto os sentimentos que passam pelo seu rosto — felicidade, tristeza, choque, arrependimento — antes que ele desvie os olhos.

Cascalho é triturado embaixo dos pneus assim que irrompemos pelo caminho. Nessa se ajoelha no banco virada para trás, acenando para Melissa na varanda até que ela suma de vista.

— Vire-se, Nessa, e me deixe colocar o cinto de segurança.

Primeiro, coloco seus pés em cima da minha coxa e amarro os sapatos — os laços sempre ficam frouxos —, formando orelhas de coelhos com os cadarços.

— Onde aprendeu a fazer isso? — pergunta meu pai, com admiração na voz.

— Você — digo baixinho quando vislumbro outra lembrança, como se fosse uma peça de quebra-cabeça que sabe onde pertence, mesmo antes de mim.

Visualizo a mim mesma, uma garotinha de outro mundo, na caminhonete com o pai.

— *Ah, não. Meus papatos tão queblados.*

Faço beicinho, balançando os pés no ar na cadeirinha no banco de trás.

— *Quer que eu faça orelhas de coelhos pra você?*

— *Olelhas de coelho! Olelhas de coelho!*

Meu pai mantém os olhos fixos na estrada, os nós de seus dedos ficam amarelo-claros ao segurar o volante.

A voz de mamãe também surge na minha mente.

— *Aquele filho da mãe nos deixou pra nos virarmos sozinhas.*

— *Mas você falou que a gente deixou ele.*

Seu golpe veloz com as costas da mão me atinge no pé.

— *Num fale desse jeito malcriado comigo.*

— *Desculpe, mamãe.*

Minha voz de nove anos é mais baixa do que o guincho de um esquilo quando seguro minha bochecha, lágrimas fazendo meus olhos arderem.

— *Pode apostar que fomos nós que deixamos ele. Eu tinha que salvar a minha garota.*

— *Eu sei, mamãe.*

— *E num fica falando com desconhecidos sobre os nossos assuntos. Os assuntos de família num saem da família.*

Balanço a cabeça vigorosamente, seu aperto, que parece o de um torno, amassando meu braço.

— *Se você vir alguém nessas matas* — *diz ela, me soltando apenas pra envolver meu rosto tão apertado que os meus olhos saltaram* —, *se esconda. Num deixa ninguém te ver, garota, e o que quer que faça, num fale seu nome.*

— *O que ia acontecer, mamãe?* — *pergunto, com o rosto doendo.*

Nessa choraminga, querendo que eu vá até ela. Mas mamãe num deixa.

— *Eles vão te tirar de mim e fazer você ir morar com ele. E aí num vou tá lá pra te proteger.*

— *Sim, senhora.*

-— *Agora vá ver tua irmã, antes que eu dê motivo pra ela chorar.*

O estacionamento do Serviço de Proteção à Criança está cheio de carros, coberto de veículos assim como feijões derramados ficariam cobertos de formigas. Meu pai precisa dar mais de uma volta para achar uma vaga.

— Segure a mão da sua irmã — pede ele quando saltamos.

Levanto nossos braços, descrevendo um V, os dedos entrelaçados.

— Já segurei, senhor.

— Claro que já. Eu esqueço...

— Tudo bem, senhor.

— Talvez seja bom que eu continue esquecendo, hein?

Entendo o que ele quer dizer.

Sou uma garota, só uma garota, que, pra começar, nunca deveria ter precisado ficar no comando.

Jenessa inclina a cabeça para trás. Seus olhos grandes me atormentam com perguntas.

— Melissa disse que são só alguns quebra-cabeças ou alguma coisa assim, lembra? Você não precisa falar, se não quiser.

O aperto da mão de Nessa se afrouxa. Eu não diria algo que não fosse verdade para ela. Eu me inclino e pego sua mochila do banco, um presente de Melissa antes de sairmos de casa. Dentro dela há dois sanduíches, uma calcinha limpa e algumas revistas de criança.

— *Essa aqui atrás é a Branca de Neve* — diz Melissa, virando a mochila.

Olhamos para ela sem entender.

— *Vocês não conhecem a Branca de Neve? Ela é uma princesa. As princesas da Disney, sabem?*

— *Ela conhece a Cinderela, senhora. Da camiseta.*

— *Isso! Cinderela é uma das princesas. Vou ter que desencavar os livros de princesa da Delly para você, Jenessa.*

Nessa bate palmas e faz uma dancinha boba.

Sorrimos, a Cinderela estabelecendo uma ligação entre nossa mata e a civilização. Por um instante, estamos todos em pé de igualdade, confortáveis. Por um momento, todos pertencemos.

Nessa estende a mão para o meu pai e formamos um trem esquisito, ziguezagueando ao subir os degraus do prédio e ziguezagueando pelos corredores lustrosos. Eu o imagino em minha mente, empurrando a porta bege com a placa SRA. HASKELL colada na frente, discutindo a carta e o nosso caso enquanto eu cozinhava feijões, lavava roupas no riacho e esmagava baratas que corriam pela pequena bancada, sem ter ideia do fim iminente do nosso mundo.

A sra. Haskell parece incrivelmente feliz de nos ver.

— Oooown — fala quando Nessa corre para os seus braços.

Rostos familiares não têm preço para minha irmã. Após inúmeras árvores se transformarem em inúmeros totais desconhecidos, familiaridade significa tudo.

— Olá, querida. Olá, Carey. Não vai entrar?

Meu pai me guia adiante com um movimento de mão. Todos nos acomodamos nas cadeiras em frente à sra. Haskell.

— Como estão indo as coisas até agora, sr. Benskin?

Há pilhas altas de pastas em todas as superfícies, menos na mesa dela. Até mesmo uma cadeira vazia ostenta uma torre crescente de papéis seguindo em direção ao teto, estabilizada pela parede ao lado.

— Estamos indo bem, eu acho. Não é, meninas?

Jenessa larga os braços da sra. Haskell e anda até meu pai, subindo em seu colo. A mulher se vira para mim, aguardando.

— Sim, senhora. Estamos indo bem — comento, forçando um sorriso.

— Que bom ouvir isso. Arrisco dizer que devemos ter um final feliz a caminho. "E viveram felizes para sempre." Quem não ama um final feliz?

Penso em Jenessa. *Temos que ficar juntas.* Esse *é o nosso final feliz.*

— Vamos ao que interessa. Vou trabalhar com Jenessa hoje e você vai ficar em uma sala sozinha — diz ela, apontando para algumas páginas soltas em cima da escrivaninha. — Esses são alguns testes escritos. Responda ao que puder.

Ela hesita e eu espero, observando o empenho em seu rosto.

— Desculpe perguntar, mas você sabe ler *e* escrever, não sabe?

Minhas bochechas coram.

— Sim, senhora. Nós duas sabemos. Ensinei Nessa com os livros. Também a ensinei a somar. A mamãe encontrou um quadro-

-negro numa venda de garagem e a gente usava. Tínhamos alguns livros escolares antigos, um monte de livros do Ursinho Pooh e de poesia do sr. Hopkins, sr. Wordsworth, Lord Tennyson, sr. Tagore e sra. Dickinson, só para citar alguns.

A sra. Haskell respira fundo, parecendo aliviada.

— Isso é ótimo, Carey. Jenessa é muito sortuda por ter uma irmã como você. É muito mais fácil ensinar a ler, a escrever e os números às crianças quando elas são mais novas.

Nessa abre um grande sorriso, como se fosse superinteligente e tudo não passasse de mérito dela.

— Tudo o que peço — digo, a mamãe urso surgindo dentro de mim — é que não a force a falar, se ela não quiser.

— Tem certeza de que ela é capaz de falar?

— Sim, senhora.

— Como você sabe?

— Porque ela fala comigo.

Mudo de posição na cadeira, sentindo como se estivesse traindo a confiança de Nessa. Mas a verdade é que sua escolha de permanecer muda também me preocupa. Como se não fosse ruim o bastante sermos pobres e caipiras; a falta de fala de Jenessa é o bastante para fazer dela uma aberração. É tão crédula, tão inocente. Isso é o que mais me preocupa.

— Ela fala com você? Quando foi a última vez?

Olho para minha irmã, que está folheando a revista *Highlights* que tirou da mochila. Ela encara a página, hipnotizada por um cachorro que tem uma clara semelhança com A Menos.

— Ontem.

Meu pai olha de mim para Jenessa. Surpresa e alívio inundam seu rosto. Ele suspira alto enquanto remexe no seu boné.

Ele também não quer que ela seja uma aberração.

— O que ela disse?

Olho novamente para Nessa, que parece relaxada, sem se importar.

— Ela disse que o A Menos era dela.

Meu pai gargalha até seus olhos lacrimejarem e seu rosto ficar vermelho-feijão. Quando ele finalmente se controla, cospe as palavras:

— É isso aí, querida. Aquele velho cão de caça estava quase morto quando o encontramos na mata. Aposto que ela entenderia a sensação mais do que ninguém. Ele é dela, tudo bem.

E essa é a questão com as crianças pequenas. Mesmo quando elas não estão prestando atenção, estão ouvindo.

Nessa alcança depressa o meu pai e entrelaça os braços em volta de seu pescoço. Ela parece um galho fino que se quebraria com facilidade, envolvida nos braços de tronco de árvore dele.

Sou dominada por um sentimento com o qual não sei como lidar. É o oposto de dificuldade e preocupação. *O oposto de queimaduras de cigarro, suprimentos de acampamento escassos e riacho de gelar os ossos.*

A sra. Haskell, com os olhos brilhantes, pigarreia.

— Muito bem, pessoal. Carey, você pode ir para a sala ao lado. Isso mesmo, a que fica à direita. Sr. Benskin, o senhor pode se sentar na sala de espera. Ficarei trabalhando com Jenessa aqui na mesa. Carey, leve isso com você.

Ela segura umas páginas. Eu me inclino para a frente na cadeira e as pego de suas mãos.

— Por favor, escreva seu nome e sua idade na parte de cima à direita e responda quantas questões conseguir. Não tem aprovação nem reprovação... Só queremos ver em que nível está.

— Sim, senhora. — A palma de minhas mãos estão suadas e minha calça jeans gruda nas pernas. — Vou fazer meu melhor.

— Ótimo. Agora, Jenessa, seus testes são como jogos. Você gosta de jogos?

Os olhos de Nessa ficam arregalados e ela concorda com a cabeça.

— Ótimo. Pode sentar naquela cadeira.

Eu e meu pai nos arrastamos porta afora, ambos hesitantes por deixá-la.

— Jenessa vai ficar bem comigo. Prometo. Agora, tchauzinho.

Meu pai segue para a sala de espera, mas eu demoro um pouco mais.

— Está tudo bem, Carey. De verdade. — A sra. Haskell me olha fixo. — Ela vai se divertir.

— Se ela precisar de mim, a senhora a manda para a sala ao lado?

— Mando. Ah, quase me esqueci.

Seus saltos passam por mim e ela segura um longo graveto amarelo com uma ponta preta afiada em um dos lados e um cilindro laranja-amarronzado no outro.

— Isso é um lápis. Sei que você sabe o que é uma caneta, não é? Vi algumas no trailer.

Concordo com a cabeça. Tinta preta, chamada Bic. Mamãe as juntava em uma lata de chá vazia.

— Bem, um lápis é parecido, um instrumento de escrever. Você escreve com o lado afiado e, está vendo essa parte aqui? É uma borracha. Se cometer algum erro, pode apagar o que fez com ela.

Fico maravilhada com aquilo.

— Podíamos ter usado um desses quando Jenessa estava aprendendo a escrever.

Pego-o de sua mão estendida.

— Bem, pode ficar com ele, se quiser. Consegue ver o que está escrito ao lado?

Leio em voz alta.

— Serviços de Proteção à Criança e à Família do TN.

— TN é abreviação de Tennessee.

— Onde moramos — digo suavemente.

— Isso mesmo. Agora, vá.

Eu e meu lápis entramos na sala designada e disponho as páginas na mesa comprida. Não consigo mais ver mesas sem pensar em um prato de bacon. Queria que tivesse bacon aqui também.

A primeira parte é fácil:

Carey Violet Blackburn

Idade: 15

Podia ser pior, penso enquanto me empenho nas primeiras perguntas. *Você podia não saber ler nem escrever. Podia não ter tido livros, livros didáticos ou, pior, nenhuma motivação para ensinar a Nessa ou a si mesma.*

Para minha surpresa, quando começo, sei a maioria das respostas, e a parte de matemática é ainda mais fácil. Penso nos textos de álgebra e de trigonometria que mamãe levou para casa depois da venda de garagem e naquelas horas sem fim que preenchemos com história e ciência, poesia e Ursinho Pooh.

Não vou mentir. Tinha vezes em que eu sonhava acordada sobre como seria sair da floresta, ir para a faculdade e tocar na orquestra sinfônica quando Jenessa fosse mais velha e não precisasse tanto de mim. Eu não viraria minha mãe de jeito nenhum. Meu humor é constante, seguro. Não sou bipolar, tenho certeza disso. Não vou usar drogas. Tomei conta de mim *e* de um bebê. Eu nos mantive seguras, alimentadas, inteligentes.

Termino as páginas rapidinho, em menos de duas horas, de acordo com o relógio de pulso que Melissa me deu antes de sairmos.

— *Carey, querida, espere.*

Puxo depressa a blusa para baixo antes que ela abra a porta do meu quarto.

— *Sim, senhora? Precisa de ajuda com Nessa?*

— *Não, ela está lá embaixo, pronta para ir. É só que tenho algo para você. Para dar sorte.*

Fico paralisada, sem saber o que fazer.

— *Para mim, senhora?*

— *Isso era meu quando eu estava na faculdade. Foi um presente do meu pai pela formatura da escola.*

Delaney, que passava por ali, para e fica escutando.

— *Estique o braço.*

Obedeço. Melissa afivela as tiras finas do relógio de pulso. É a coisa mais linda que já vi. Não acredito que ela está dando aquilo para mim.

— *Mãe!* — *grita Delaney.*

— *Você tem o meu relógio da formatura da faculdade. Tem um monte de relógios, Delaney* — *berra ela enquanto a filha sai batendo o pé pelo corredor.* — *Não se preocupe com Delly. Ela pode ficar com algum dos meus, se quiser outro tanto assim.*

Agora estou olhando para os ponteirinhos, tão finos quanto um fio de cabelo de Nessa, enquanto fazem *tick tick tick* em volta do visor. O relógio é delicado, com uma moldura dourada retangular e um mostrador bege de madrepérola, com tiras amarelo-claras de couro e uma pequena fivela de ouro para mantê-lo no lugar.

É lindo, muito lindo. Nunca tive algo tão bonito.

Respondo a última pergunta e pouso o lápis. Percebo que adoro lápis. Uma invenção tão conveniente, como poucas. Esticando as pernas, espio pelas janelas na parede do fundo. O vidro é retangular e os painéis consecutivos se estendem da altura da cintura até bem mais que meus 1,70m.

Analiso um pátio repleto de crianças da idade de Nessa e mais novas, brincando em balanços, se pendurando em barras e escalando uma gaiola quadrada com degraus.

Mulheres vestidas como a sra. Haskell carregam pastas nos braços e falam com adultos que, dos bancos onde estão, observam as crianças. Algumas das mulheres fazem eu me lembrar da mamãe, com roupas gastas e cabelo bagunçado, fumando cigarros como se ninguém tivesse nada a ver com aquilo e, até mesmo da minha posição mais alta, noto com clareza que querem parecer importantes, apesar de serem tão comuns quanto um pedaço de carne de rato mofada.

Uma onda de sentimentos me invade quando penso na mamãe. A memória dela me envolve como se fosse uma armadilha vagabunda para ursos que nunca vai se soltar.

Onde ela está? Por que nos deixou? Podia, pelo menos, ter se despedido de Nessa.

Dou um pulo de susto ao som da porta se abrindo. Um homem de cabeça lustrosa espia dali.

— Estou procurando uma sala vazia.

— Pode ficar com essa, senhor.

— Não esqueça seus papéis — diz ele, apontando.

Tropeçando, recolho as folhas e passo pelo homem na porta, tomando cuidado para não encostar nele.

Sentindo-me sorrateira, olho atentamente pela pequena janela de vidro na porta do escritório da sra. Haskell. Mantendo a sua palavra, ela e Jenessa estão inclinadas sobre algum tipo de quebra-cabeça feito de pedaços de madeira amarela, azul, vermelha e verde.

Observo-as por um instante. Nessa está sorrindo. É tudo o que preciso saber. Sigo em direção à sala de espera.

Meu pai está sentado em uma cadeira na ponta, a luz do sol entrando por uma janela acima enquanto ele lê o jornal. Ao me ver ele dobra o jornal e o joga no colo.

— Como foi o teste?

— Bem, senhor.

Sento-me na cadeira mais distante dele, balançando os pés.

— Fico feliz de saber. Você se importa se eu der uma olhada?

Ando até lá e lhe entrego as folhas, com relutância. O local onde minha mão ficou segurando o papel está enrugado e úmido. É impossível não perceber o olhar em seu rosto quando ele examina a folha de cima, olhando para mim e então de volta para a página.

Eu me inclino para a frente para ver em que ponto ele parou, seguindo seu olhar. É só meu nome no topo, como a sra. Haskell me falou para escrever.

Meu pai ergue os olhos de volta, com a testa franzida.

— O que está errado, senhor?

— Você deveria colocar a sua idade aqui...

— Eu coloquei. Olhe... — Aponto para a página, sem entender. — Está bem abaixo do meu nome.

— Mas você colocou *15*.

— Sim, senhor.

Meu estômago dá uma cambalhota oscilante, percebendo algo que ainda não sei. Aconteceu o mesmo quando o vi na floresta.

Ele expira longa e lentamente, exalando um cheiro de pasta de dentes e cigarros.

— Você nasceu há 14 anos, Carey.

O sangue pulsa em meu cérebro como um tambor.

— Quinze, senhor.

Meu pai desvia o olhar, piscando para a luz da tarde. Ele nega com a cabeça. A sala se encolhe à minha volta, como se eu fosse Alice e tivesse comido o bolinho. Meus olhos voltam a focar e minha mente usa toda a energia que tem para compreender as palavras dele.

— *Quinze* — digo novamente, enfatizando bem a palavra, como se eu pudesse tornar aquilo real só por repetir.

— Catorze. Sinto muito, Carey.

O corredor é apenas um borrão conforme corro por ele, saindo pela porta da frente e chegando ao estacionamento. *Não consigo respirar*. Eu me agacho atrás da caminhonete do meu pai, ofegando, a camiseta grudando nas minhas costas.

Não! Não posso ter 14 anos se eu já tinha 14! Mamãe não podia estar tão louca assim!

Minha mente se enche com o sussurro e o curso das águas do rio Obed. As árvores sussurrantes, me chamando, se perguntando por que as deixei. Sou que nem minha mãe.

Quero ir para casa! Minha *casa!*

Os filhotes de águia. Eu me concentro nos filhotes de águia. Nessa e eu os observávamos todo dia depois que eles saíram do ovo. Ela ainda estava falando nessa época.

— *Ah, não!* — choraminga Nessa. — *O ninho dos filhotes de águia tá caindo aos pedaços. Olha, Carey. Tá queblado!*

— *Não, num tá.*

— *Tá, sim. Olha só!*

Pego minha irmã no colo, suas bochechas escorregadias de lágrimas.

— *Não, Nessa. Com o tempo, a mamãe águia tira cada palhinha por vez até que os bebês fiquem balançando nos galhos.*

— *Você tá mentindo, Carey Blackburn! Por que ela seria tão má assim?*

— *Num é maldade. É amor. Se a mamãe continuasse trazendo comida e eles ficassem no ninhozinho confortável, os filhotes nunca seriam corajosos o bastante pra aprender a voar nem se aventurar pelo mundo.*

Jenessa inspira de forma irregular, pensando. Brinco com seu cabelo, esperando.

— *Os passarinhos bebês são que nem a gente, né, Carey?*

— *Como assim?*

— *Corajosos, que nem a gente. Nossa mamãe também não tá aqui. Isso quer dizer que a gente tá voando também?*

Dou um abraço nela. Nessa não sabe disso, mas ela é as minhas asas.

— *Pode apostar que a gente tá, meu amor. Do nosso jeito, a gente tá voando também.*

Eu me pergunto se o jarro lascado de água e a chaleira ainda estão lá. Penso na chave dentro da nogueira oca. E se alguém a encontrar?

Odeio a mamãe. ODEIO ela. Que tipo de mãe esquece a idade de um filho? Que tipo de mãe não consegue nem saber o aniversário dele direito?

— Ei, você.

Meu pai está de pé na minha frente, bloqueando o sol. Ele cutuca minha bota com a sua.

— Sinto muito, querida. Não sei por que ela teria mentido para você, a não ser que fosse para manter vocês duas disfarçadas.

— Ou ela esqueceu. — Não ergo o olhar. — Jenessa ainda tem seis anos, né?

— Tem. Ela acertou essa.

Abraço os joelhos junto ao peito, meus braços doendo de tão apertado que seguro. Compartilhamos o silêncio por um tempo — seis minutos, de acordo com meu relógio de pulso — e então ele se ajeita para voltar ao prédio, parando depois de dar alguns passos para se virar para mim.

— Não vá a lugar algum, ouviu? Não sei se está pensando em fugir, mas sua irmã precisa de você aqui.

Olho para ele, meu rosto inchado e manchado de lágrimas.

— *Eu* preciso de você aqui. E Melissa ia arrancar meu couro se eu voltasse para casa sem você. Ela está muito ligada a vocês duas, se você já não percebeu isso. Está esperando que eu leve suas duas meninas de volta para casa.

Engulo minhas emoções em um gole ruidoso. Ele anda de volta até mim e cutuca meu pé de novo.

— Estamos conversados?

Assinto, tão muda quanto Jenessa. Então vejo seus pés se afastando, ainda que pareça que ele está vindo na minha direção de todas as maneiras que importam.

Eu me pergunto, com a peça mais sombria do quebra-cabeça do meu coração, se ele diria essas palavras se soubesse, se de fato soubesse, sobre a noite da estrela branca.

Jenessa nunca contaria. Aquela noite sugou as palavras de dentro dela.

Carrego o segredo tão junto de mim quanto a pele, a respiração ou o xixi. Isso viajou comigo na caminhonete com tanta certeza quanto aqueles três sacos de lixo. Mesmo com horas e quilômetros entre nós, a verdade se acomoda como um carrapato encolhido no lugar mais úmido e sombrio de mim.

Tão depressa quanto os coelhos que eu costumava abater para o café da manhã, atravesso o asfalto correndo até os arbustos e deixo meu café da manhã voar.

— *Você tem um estômago de passarinho* — diz mamãe, nem um pouco feliz. — *Precisa controlar esses nervos, menina. Por que tá tão assustada? Num tem ninguém aqui a não ser sua mãe.*

Ela mal apareceu no último ano, e ainda assim não estava presente, mesmo quando estava lá. Sem contar as vezes em que estava lá e eu desejava com toda a força que ela não estivesse.

7

Faz três semanas que chegamos à fazenda do nosso pai e ainda assim, de algum jeito, parece um ano.

Olhando para Jenessa, não dá para saber que ela é aquela mesma menininha. Seu corpo, fininho e só ossos quando chegamos, está mais corado e rechonchudo, com pequenas cavidades que Melissa chama de "covinhas" surgindo em suas bochechas e atrás dos joelhos. Seus olhos enormes e assustados estão tão doces como sempre foram, porém os cantos de preocupação sumiram, não totalmente, mas bastante. Seus olhos faíscam com mais brilho quando ela está com A Menos.

Em várias ocasiões, nos sentamos e os assistimos brincar juntos, sua companhia fazendo desaparecer o avançado dos anos do velho cão de caça, "retrocedendo o grisalho", como meu pai gosta de falar brincando.

Na semana passada, Melissa levou Nessa à cidade para cortar o cabelo e minha irmã voltou com os cachos loiros batendo nos ombros, emoldurando suas maçãs do rosto rosadas. Usando as novas camisetas, calças jeans e de algodão, vestidos, sapatos, chinelos e camisolas, ela parecia uma menina, uma menininha normal, e não a alma desamparada se debruçando sobre um copo de estanho cheio de feijões sem fim.

Não tenho me alimentado tão bem, com tanta coisa na cabeça. Devo ter ganhado pouco mais de dois quilos, com sorte. São os nervos de passarinho, como a mamãe falava.

No café da manhã, como o bacon, mas só dou uma beliscada nos ovos. Estou confortavelmente quentinha em um roupão azul-claro de tecido atoalhado, um presente de Melissa. E, ainda assim, anseio pela fogueira, pelo som dos pássaros de manhãzinha lançando o sol em órbita enquanto tremo e cutuco a brasa adormecida para acordar, a manhã não apenas uma visão, mas um sentimento, um aroma, um gosto que entra em meus poros e corre por minhas veias até que acenda a própria alma.

Melissa interrompe meu devaneio, de costas para mim enquanto se serve de uma xícara de café da garrafa que fica na bancada da cozinha.

— Acho que é sua vez, Carey. Precisamos arranjar umas roupas novas para você. Não só para a escola, mas para mantê-la aquecida e confortável também. O inverno está chegando. Você precisa pelo menos de um casaco novo.

— Sim, senhora.

É impossível dizer não a Melissa (especialmente quando ela está falando sobre um casaco novo!), mas não porque ela seja mandona. É mais porque suas intenções são sempre boas.

Melissa espera até meu cinto de segurança ser afivelado antes de girar a chave e seguir caminho. Ela acena para o meu pai cortando lenha, e para Nessa e A Menos, que estão brincando de pegar.

Ela liga o rádio, que toca músicas lentas que eu nunca tinha escutado. Lanço alguns olhares furtivos para ela, que me pega no flagra, piscando para mim, e não consigo evitar um sorriso em resposta. Pelo menos até chegarmos no gigantésimo (palavra de Delaney) lugar movimentado chamado "shopping" e eu mudar de ideia a menos de um metro e meio da entrada.

— Qual é o problema, querida?

Meus pés continuam fixos no asfalto. Não consigo olhar para ela.

— Carey? Olhe para mim, querida.

Encaro seu rosto, o meu próprio expressando a confusão de emoções que remexem meu café da manhã e coram minhas bochechas.

Melissa parece aflita, o que me surpreende. Ela respira profunda e firmemente por nós duas e então sorri, mostrando sua confiança, com o tipo de força vindo de uma espinha dorsal de aço. Aço. *Por mim.*

— Aqui. Pegue isso.

Ela coloca o chaveiro da picape na palma da minha mão.

— Você pode esperar no carro, não pode? Vou pegar algumas coisas e então vamos para casa. Que tal?

— Está certo, senhora. — Abro um pequeno sorriso, tão desajeitado quanto braços de macaco. — Obrigada, senhora.

— Você sabe a sua altura?

A saudade transborda de minhas entranhas como o mel do pote do Ursinho Pooh quando penso nas Árvores do Crescimento, duas nogueiras lado a lado onde talhei marcas ascendentes conforme marcava minha altura em uma e a de Nessa na outra.

— Um metro e setenta.

— E seus pés? Sabe quanto calça?

— Meu tênis é 37. E ele serve direitinho.

O mesmo tamanho da mamãe. Mas não digo isso em voz alta.

Afundando no banco do carona, mal piscando, observo pessoas até cansar. Há muitas garotas da minha idade dançando em volta de mulheres como Melissa, tão empolgadas quanto A Menos quando seguro um osso e ele dá voltas entre minhas pernas com uma ansiedade intensa.

Mexo no meu cabelo, vendo as cabeleiras perfeitas das outras meninas. Melissa deixou o meu perfeito na semana passada.

— *A não ser que queira mudar o corte, só preciso tirar uns três centímetros das pontas. Posso fazer isso para você, se quiser.*

Por isso, as pontas estão encorpadas, e não consigo parar de me virar para vê-las no espelho.

Observo algumas mulheres guiarem crianças com fios brancos pendurados nas orelhas, as cabeças balançando ritmicamente. Sigo os fios para baixo até caixinhas brancas quadradas grudadas nos cintos ou desaparecendo dentro dos bolsos dos casacos.

Algumas falam em aparelhos retangulares apertados nas orelhas, chamados "celulares", ou os seguram diante de si, os dedões batendo selvagemente. Se alguém fizesse isso em Obed, poderia cair num barranco ou pisar em uma cobra venenosa. Sem prestar atenção, a pessoa perderia o coelhinho passando rápido ou a raposa-vermelha que podia ser facilmente persuadida a fazer visitas de tempos em tempos em troca de migalhas de pão, amoras silvestres, papel-alumínio cintilante ou um cadarço arrebentado.

Delaney tem esses dois aparelhos e riu de mim quando perguntei a Melissa o que eram. No meio da conversa, a cabeça de Nessa se virou depressa para mim, seus olhos enormes como a lua cheia. Balancei a cabeça negativamente.

— *Não podemos ligar para a mamãe.*

Por que não?, gritam os olhos de Jenessa.

— *Porque mamãe num... não tem um desses telefones chiques.*

Delaney se vira para Melissa, incrédula.

— *Ela está brincando, né? Como pode alguém neste século, neste planeta, não saber o que é um celular?*

Os lábios de Melissa se contraem em uma linha fina. Delaney joga as mãos para cima, seu gesto característico, o que já aprendi a essa altura. Ela me encara antes de se virar para a mãe.

— *O quê? O que foi que eu disse dessa vez?*

Melissa balança a cabeça devagar, trocando olhares com a filha.

— *Tá. Se você pensa que sou má, mãe, espere só até ela ir pra escola. O pessoal vai comer ela viva se não ficar esperta!*

Escola.

Toda vez que relembro aquela conversa meu sangue pulsa em minhas orelhas e meu estômago se revira como fazia o bagre no rio Obed.

Melissa leva só uma hora e meia fazendo compras, e o final desse tempo passo cochilando. Logo me canso de examinar meu reflexo no espelho, analisando a garota que existe por trás daquele vidro. Eu não sabia que era bonita até Melissa confirmar. Me guiando por sua voz, é para ser uma coisa boa — como ganhar na loteria, que meu pai joga duas vezes por semana, ou arranjar um namorado lindo.

Só que não vejo isso. Tudo que vejo sou eu. E me conheço. Essa palavra não se adéqua a mim. Eu ainda pareço exatamente a mesma garota que morava no mato. Você pode tirar a garota do mato, mas não o mato da garota, penso. Ainda pareço ter olhos de coruja, queixo pontudo e ser séria. Ainda pareço saber mais do que deveria, o que é verdade. Ainda pareço carregar grandes segredos da estrela branca. Todos os dias me surpreendo que ninguém mais consiga notar isso.

Rap rap rap!

Abro os olhos e percebo que Melissa está olhando para dentro, com várias grandes sacolas brancas batendo nas suas coxas.

— Você pode abrir o porta-malas para mim?

Vejo nos olhos dela que se lembrou. Gosto que ela esqueça.

— Aqui. Deixa eu lhe mostrar como.

Ela some de vista, reaparecendo ao lado da porta do motorista.

Eu sei destrancar as portas, então faço isso. É o toque de um botão. Incrível.

— Obrigada, Carey. Está vendo esse botão aqui?

Eu me inclino em direção a ela, concordando. Melissa o aperta e me viro no banco para ver o porta-malas se abrir automaticamente.

— Agora você sabe.

Ela dá um largo sorriso e desaparece lá atrás. Eu me sento direito, esfrego os olhos para afastar o sono, ajeito o cabelo novamente e espero.

— Só um segundo e já vamos para casa — grita ela.

Casa.

Essa palavra. A qual se arrasta em minha consciência como uma lagarta roliça. Você não quer machucá-la, mas também não sabe o que fazer com o bicho. E assim digo a mim mesma: casa é onde Jenessa está. É bem simples, na verdade. Não precisa significar mais do que isso, a não ser que eu queira. Uma palavra com c não é capaz de apagar minha vida em Obed. Nem mamãe. Mesmo que algumas vezes uma grande parte de mim gostaria que pudesse.

Levamos as sacolas gigantescas para o meu quarto. Carrego uma pesada com caixas brancas retangulares. Não faço ideia do que há dentro de caixas brancas retangulares. Mas elas parecem tão claras, tão frescas e novas. Por um momento, tudo o que é bom no mundo inteiro deve caber nessas caixas.

Prometo guardá-las também.

Estou tão curiosa e empolgada que nem me retraio quando Melissa se inclina na minha direção e me dá um abraço, os olhos denunciando sua alegria.

— Vamos desembrulhar essa pilhagem — diz ela e não sei o que *pilhagem* significa, mas parece ser no mínimo tão bom quanto as caixas brancas retangulares.

A primeira sacola está repleta de tantas cores que não sou nem capaz de nomeá-las. Definitivamente não posso chamar os primeiros itens de "roupas de baixo" porque essas simples palavras desonram a beleza sedosa das lindas cores e estampas. Há sutiãs combinando, alguns com pequenas taças e outros que me fazem lembrar de regatas cortadas ao meio. Deslizo os dedos pelo material enquanto Melissa tira pacotes de meias, várias coloridas, outras brancas, algumas que vão até as panturrilhas e outras parando nos tornozelos. Tem até dois pares de meias-calças que eu poderia jurar que são feitas de teias de aranha coloridas.

Em outra sacola há um par de luvas feitas do material mais macio que já toquei. "Cashmere", nomeia Melissa, e então me explica o que é isso.

— Não é a coisa mais maravilhosa que você já sentiu?

— Tão macia. — Delicadamente, passo minha bochecha na luva, imaginando um travesseiro inteiro feito daquele material.

— Você sabe o que é cashmere?

Nego com a cabeça.

— É a lã mais sedosa, fina, que vem da raiz do pelo da cabra da Caxemira.

— Uma cabra?

— Pois é. O mundo não é muito interessante?

Sorrio concordando, minha atenção voltada para a pilhagem, para outro par de cobertura para as mãos, com um dedão, mas sem ter os dedos separados, feita de um material grosso, que arranha mais.

— Isso é lã e vem da ovelha. Não é tão macia, mas é grossa e quente. Elas se chamam "mitenes". Às vezes faz muito frio no inverno aqui.

Ela fala isso como se eu não soubesse, como se eu não conhecesse o frio do jeito que conheço. Gosto quando ela se esquece. Penso nas manhãs que passei com minhas mãos roxas desajeitadas enquanto esfregava os dedinhos de Nessa, sua pele com marcas amareladas, e então emitindo brilhos brancos quando nos abraçávamos forte no trailer, podendo congelar se não tomássemos cuidado, nossos casacos de inverno abotoados além do pescoço e, por baixo, suéteres, os capuzes amarrados confortavelmente abaixo do nosso queixo. Usávamos duas calças jeans cada uma e um par extra de meias nas mãos quando voltávamos a sentir nossos dedos.

Era mais quente do lado de fora, na neve, onde nos sentávamos em tocos em volta da fogueira que eu persuadia para a vida com carvões toda manhã, e se tivéssemos saquinhos de chá, bebíamos xícaras de chá preto. Lá, eu podia tirar as meias que serviam de luvas e aquecer as mãos a ponto de conseguir tocar para Nessa, tendo os fantasmas de Bach, Vivaldi e Beethoven agachados nas toras, as notas reluzindo como os pingentes de gelo pendendo dos galhos acima de nós.

Algumas vezes, Nessa saltitava e dançava ao som da música para se manter aquecida, seus pés escavando círculos brancos em volta do fogo enquanto eu requentava as sobras de esquilo, escondendo os pedaços de carne em feijão grosso adoçado com açúcar mascavo, me sentindo sortuda por ter alguns pedaços de gordura boiando.

Minhas roupas novas não têm cheiro de fumaça de madeira, nem meu cabelo ou o de Jenessa. Nunca achei que fosse sentir falta disso, mas sinto... Da mesma forma que sinto saudade do teto vivo de estrelas e da cobertura de folhas que formava nosso chão.

— Olhe na próxima sacola — incentiva Melissa, sua voz adornada com a empolgação.

Desembrulho duas calças jeans, chiques pra caramba. Como as de Delaney.

— Jeans com brilho. Eles são enfeitados com pedras e imitação de diamantes — explica ela enquanto passo os dedos pelos calombos e padrões cintilantes na barra das pernas. — Delaney e as amigas dela fizeram com que isso voltasse à moda.

Junto a outras simples, conto sete calças jeans ao todo. *Sete calças jeans*. Isso é totalmente inimaginável. Meus dedos vagueiam por um par, de um tom desbotado de azul, e observo que há um pequeno furo em volta do joelho.

— Você acredita que isso é o que está na moda? Até na floresta você ostentava esse estilo — diz Melissa, dando uma piscadela.

Eu rio, me espantando com esse som. Mas é engraçado. Todas essas meninas com água quente, casas aquecidas e roupas compradas em lojas usando calças jeans desbotadas com furos.

A sacola seguinte está cheia de blusas e casacos — alguns pulôveres, várias camisas de botão de flanela, também macias em minhas mãos, e outras que Melissa chama de "gola rulê" para usar por baixo. Há mais camisetas, de manga curta e também comprida. Minha cama é um arco-íris para os sentidos. Melissa sai e depois volta com seis pacotes de cabides brancos, azul e rosa-claros.

Nós nos voltamos para a sacola seguinte, aquela com as caixas brancas retangulares. Minha respiração fica presa na garganta. Todas as caixas estão cheias de sapatos. Tiro um par de botas de cano curto que se parecem com as botinas do meu pai, um par de tênis Keds branco, outro par de tênis azul-escuro com a palavra *Converse* e uma estrela nas laterais, além de um par lustroso de sapatos de salto baixo que parecem tão chiques e cambaleantes quanto os da sra. Haskell. Em outra caixa há um par de botas de neve modernas com pele falsa nas bordas. Ofego quando, da última caixa, tiro botas justas de cano longo em um opulento couro marrom, tão lindas que meus olhos ficam tão arregalados quanto os de Jenessa.

Isso não pode ser verdade. Não pode ser tudo para mim. *A sorte é tão rara como manteiga para mamãe, para Jenessa e para mim.*

— Com essas coisas deve dar para começar bem. Seu closet vai ficar como deveria: lindo e cheio. Entre lá e experimente alguma coisa.

Sem precisar falar duas vezes, pego um sutiã de um tom de roxo brilhante com taça e uma calcinha combinando, uma calça jeans com brilho e uma camisa de manga comprida com estampa de flores derretendo em cores diferentes na frente. Fecho a porta do closet ao entrar.

Meus dedos do pé limpos e quentinhos afundam no tapete de pelúcia e prendo a respiração ao enfiar os braços pelas tiras do sutiã, as taças acolchoadas e o fecho complicado me obrigando a tentar algumas vezes até conseguir encaixar. Eu me viro de lado diante do espelho. Agora parece que realmente tenho alguma coisa ali. Visto a calcinha, encantada por Melissa ter acertado meu tamanho tão perfeitamente. Me viro outra vez para o espelho, segurando o fôlego, com medo de abrir os olhos. Quando abro, não consigo acreditar que a garota me encarando de volta *sou* eu.

É tão maravilhoso e verdadeiramente assustador, mas de um jeito bom, como diz Delaney.

Deslizo para dentro da camisa e da calça jeans e dou um sorriso tímido para a desconhecida no espelho.

Melissa bate na porta.

— Está vestida?

Abro a porta sem me virar, paralisada diante do espelho. Melissa junta as mãos e suspira, olhando para os meus olhos no reflexo. Encaramos aquela garota desconhecida, o cabelo superliso penteado por suas mãos delicadas naquela manhã em uma grossa trança embutida, e os grandes olhos castanhos piscando, sem acreditar. A calça jeans com brilho cintila na luz quando me viro para a esquerda e depois para a direita.

— Olhe só pra você, Carey. Está absolutamente linda. Podia ser uma modelo em uma revista.

Não consigo tirar os olhos de mim mesma. Cabelo limpo e penteado, sem manchas de fumaça no nariz nem nas bochechas. Mãos finas, hidratadas, unhas limpas. Minha antiga vida ainda está viva dentro de mim, mas por fora, o mato se foi. Estou parecida com Delaney. Com as garotas no estacionamento do shopping. Uma Carey novinha em folha. Ninguém poderia adivinhar o que fiz.

Desvio meus olhos dos de Melissa quando se enchem de lágrimas.

— Ah, querida — diz ela. — Não tem problema as coisas darem certo pra você. Já estava na hora, não acha?

— Acho que sim. — Abaixo a cabeça, notando que ela também tem Keds brancos. — Muito obrigada pelas roupas. Por fazer compras para mim... — Minha voz falha e a frase se esvai. Ela dá um sorriso largo o suficiente por nós duas.

— Foi um prazer, querida. E, ei...

Encontro seus olhos novamente.

— Obrigada por não me chamar de senhora.

Eu me viro de volta para a garota no espelho e posso ver, claro como o dia, como um negativo de foto da floresta. A garota em pé no tapete ensaia um sorriso. A garota no espelho vibra por dentro. Melissa me abraça, me apertando em seu corpo. Sinto a suavidade feminina em meus ossos e as batidas do seu coração nas minhas costas. Ela descansa o queixo na minha cabeça, seus olhos sérios. Nós duas olhamos para a garota no espelho, uma criatura que não pode ser totalmente apreendida, nem mesmo em um espelho.

— Você merece tudo isso, Carey... tudo isso. Sempre mereceu.

Ela para, me olhando, *realmente me enxergando*. Como se soubesse.

— Aquela menina da floresta é incrível. Nunca deixe de ser aquela garota, está me ouvindo? Tranças e roupas novas não podem levar embora as melhores partes de você. Agarre-se à sua herança. Aquela menina da floresta criou um bebê, tomou conta da irmã, manteve-a alimentada, aquecida e segura. Aquela menina da floresta é especial. Ainda mais aqui fora.

Assinto, minha voz saindo como um sussurro vacilante:

— Obrigada.

Espero que ela saiba que é a menina da floresta que está agradecendo.

— Você é mais corajosa do que a maioria das garotas da sua idade jamais vai precisar ser. Não deixe ninguém lhe dizer o contrário.

Sinto o ar frio substituir seu calor, quando ela sai do meu quarto para dar uma olhada em Jenessa. Ela não precisa dizer; já a conheço bem o suficiente a essa altura para saber aonde está indo.

Vou até a janela e vejo Jenessa sorrindo, dando risadinhas e sussurrando para A Menos lá embaixo, mais confiante quando não tem ninguém por perto. A Menos está deitado de costas com as pernas para o ar, pegando o braço de Jenessa em sua boca enorme e soltando-o em seguida enquanto ela gargalha sem parar.

Melissa anda até ela e o sorriso de Nessa aumenta a ponto de conseguir engolir o sol. Ela corre para os braços de Melissa, rindo quando a mulher a gira.

Por favor, não me faça acordar. Por favor, são José, não permita que isso seja um sonho. Me deixe ter isso. Me ajude a saber como ter isso. Não permita que a gente acorde com frio e fome, com os olhos de Jenessa me implorando para melhorar aquela situação. Por favor. Nunca mais. Talvez eu não mereça, mas Jenessa merece.

Melissa pega a mão de Jenessa e elas andam pela grama em direção à porta da cozinha, enquanto A Menos corre em volta, fazendo o que meu pai chama de "salto do coelho", movendo-se muito rápido para a frente e depois voltando atrás, como se soubesse, de algum jeito, que essas ocasiões são especiais. Eu sei porque tenho a mesma sensação.

Por um momento, quase me esqueço de como a data do meu início na escola está se aproximando rapidamente.

— Você vai começar dia 1º de dezembro e só vai ter algumas semanas de aula antes do recesso de Natal. Isso vai lhe dar a chance de sentir o gostinho sem exageros — dissera Melissa, com coragem o suficiente por nós duas.

Não sei. Não sei como vai ser. Tudo o que sei é que se quero ser normal, vou ter que começar a agir normalmente. A falar normalmente.

Fingir até que se torne real.

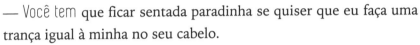

8

— Você tem que ficar sentada paradinha se quiser que eu faça uma trança igual à minha no seu cabelo.

Jenessa está empolgada de ir para a cidade e fica se contorcendo sob minhas mãos. A Menos está deitado ao seu lado na minha cama, empurrando sua mão com um focinho molhado cada vez que ela para de coçar as costas dele.

— Meninas, estão quase prontas?

Meu pai espia pela porta aberta e abre um grande sorriso para nós duas.

— Sim, senhor — respondo, fazendo a trança um pouco mais rápido. Meus dedos se esbarram em uma volta e deixo essa parte de fora, então refaço para que os fios não formem nenhuma proeminência.

Lá embaixo, sentada no sofá, meu coração bate acelerado, enquanto penso nos resultados dos testes. *E se tivermos sido reprovadas? E se formos mesmo idiotas e eles não nos quiserem mais?*

— Ela vai para alguma das minhas turmas? — Delaney se detém para falar com meu pai no caminho para a sala. — Não, né, porque ela vai ser, tipo, uma caloura, e eu estou no segundo ano. Melhor ainda, se eles a atrasarem uma série, ficaremos em escolas separadas — acrescenta ela, se empertigando com a ideia.

— A sra. Haskell vai nos dizer. Eu ainda não vi os resultados dos testes.

Meu pai fez a barba e está animadinho. *Animadinho*: palavra dele. Fico olhando para ele por um tempo. Ele pisca de volta.

— Algumas vezes, umas pessoas de 14 anos acabam na aula de inglês do segundo ano — comenta Delaney, se queixando. — Se ela acabar no inglês do segundo ano, pode ir para um turno diferente?

Ainda não conheço meu pai bem o suficiente, mas sinto que Delaney o está levando ao limite.

— Ela é sua irmã, Delaney. É de se imaginar que você gostaria de ajudar a sua irmã — diz ele.

Delaney apenas olha.

— Ela *não* é minha irmã! Não é nem minha *meia*-irmã. Se minha mãe tivesse me deixado manter o nome do meu pai biológico, as pessoas na escola nem iam saber...

— As meninas estão registradas com o sobrenome de solteira da mãe delas. Então seu segredo está bem-guardado. Vá arrumar seu quarto, Del. Sua mãe disse que está um desastre — ordena ele, com uma voz que espero que nunca precise usar comigo.

— Ashley está recebendo todo mundo para um grupo de estudo. Eu vou toda quinta de tarde e fico lá até o jantar. Você sabe disso.

— Pode fazer seu dever de casa aqui hoje à noite no seu quarto.

— Isso é muito injusto! Mãe!

Observo Melissa pelo vidro da janela, juntando folhas.

— A vida não é justa. Pode subir.

Nessa se encolhe na minha direção quando Delaney passa por ela batendo os pés, soltando fogo pelas ventas como o próprio diabo. Olho de volta para ela. Já vi coisas mais assustadoras na floresta. Nessa também.

Eu me lembro das palavras do meu pai, dizendo que somos irmãs. Não tinha pensado muito sobre isso, nem havia ajustado em minha mente dessa forma.

Mas ele está certo. Só que somos meias-irmãs, como Melissa falou. Apesar de não compartilharmos o mesmo sangue.

— Vamos, Nessa. Não quero que a gente se atrase.

Nessa me segue para o lado de fora, com A Menos na retaguarda. Melissa segura o cão pela coleira, que puxa, choraminga e reclama com um uivo alto.

— Hoje não, meu velho. Você pode passear comigo amanhã — diz meu pai, com afeto, suavizando as palavras.

De carro, chegamos depressa no escritório da sra. Haskell, agora que sabemos o caminho. Ficamos sentados na sala de espera, Nessa folheando um livro ilustrado, *O guia sorrateiro para fadas*, que pegou da prateleira na parede. Eu me pergunto se ela sente falta das fadas da floresta, as únicas amigas que já teve, além de mim.

— Olá, pessoal. Entrem.

Jenessa corre para dar um abraço dela. A sra. Haskell engole o resto do café e vai direto ao ponto.

— Vai ficar satisfeito em saber que as duas meninas pontuaram além dos grupos de suas idades, sr. Benskin. Jenessa, pela sua idade, você deveria estar no primeiro ano. Mas segundo seu resultado, já poderia estar até no terceiro!

Sorrio para Nessa, que ri com doçura, sem entender os termos, mas sabendo que é algo do que se orgulhar. Meu pai dá um tapinha no joelho e abre um largo sorriso.

— Macacos me mordam!

— Você fez um ótimo trabalho, Carey, mantendo você e sua irmã estudando. Você, meu bem, se saiu tão bem que poderia estar no segundo ano do ensino médio. As duas pontuaram duas séries à frente.

Meu pai então sorri para mim, e forço um riso, meu rosto parecendo estar estranho. Ainda mais quando penso em Delaney.

— O que isso significa? — pergunto, cética.

— Ah, não é nada com o que se preocupar. Vou recomendar colocar cada uma de vocês uma série à frente. Dessa forma, não vão ficar muito longe dos outros da mesma idade. Se as matérias forem fáceis demais, repensaremos a situação no futuro. O que é mais importante é o ajuste social de vocês. — Ela se vira para o meu pai.

— Embora eu acredite que as meninas conseguiriam acompanhar o conteúdo acadêmico se entrassem dois anos à frente, elas também precisam se enquadrar socialmente. Levando o histórico das duas em consideração, e a dificuldade que Jenessa tem para falar, acho que encaixá-las uma série à frente é um acerto sensato. Essa seria minha recomendação para o tribunal.

Meu pai assente ao ouvir as palavras dela. Todos o observamos esfregar o queixo enquanto continua a sorrir.

Para minha surpresa, ele se vira para mim.

— O que acha, Carey? Parece possível?

Não tenho certeza do que acho. Ainda nem acabei de agradecer a são José por não sermos tão idiotas quanto um monte de feijões depois de todos esses anos na floresta.

— Não sei. — E então surpreendo a nós dois. — O que acha que deveríamos fazer?

Todos os olhos se direcionam para as minhas pernas, que estão balançando freneticamente.

— Acho que Jenessa vai ficar bem começando no segundo ano. Ela é esperta o bastante. E você vai se sair bem como uma aluna do segundo ano do ensino médio. Acho que a floresta a fez amadurecer, comparada a garotas com uma educação mais contemporânea — diz ele.

Dou um pulo quando ele se inclina e envolve minhas mãos com as dele. Meu pai as aperta e, então, tão repentinamente quanto, as solta.

— Não tenho dúvidas de que você dá conta de pular direto para o segundo ano. Há aulas avançadas, se precisar de mais estímulo, e sempre podemos passá-la para outra série no ano que vem — comenta a sra. Haskell.

Concordo com a cabeça, ainda insegura.

— O ensino médio é uma experiência social — acrescenta ela. — Vai lhe dar tempo para se ajustar antes de ter que começar a pensar na faculdade.

Faculdade? Isso sempre me pareceu tão improvável quanto ir à lua.

— Então está combinado — falo, com o jeito firme da floresta. Talvez a floresta *tenha* nos deixado mais maduras. Só que nunca vi isso como uma coisa boa. — Darei o meu melhor, senhora.

Sorrio para Nessa com toda a confiança que consigo reunir.

— Tem certeza absoluta? — pergunta a sra. Haskell, analisando meu rosto.

— Sim, senhora. Nessa e eu não tínhamos muito mais o que fazer *a não ser* estudar. Nós duas gostamos de aprender e minha irmã é bem determinada. Falando ou não, ela consegue se virar.

— O que nos leva ao próximo item da nossa lista de assuntos a serem discutidos. A fala de Jenessa, ou a falta dela. Carey, você mencionou que ela foi diagnosticada no passado?

Nessa olha para fora da janela, se desligando do que está acontecendo na sala. Traio minha irmã, deixando transparecer o que parece — como se Nessa estivesse entediada com o papo dos adultos. Meu coração se acelera, depois se acalma. Nessa nunca entregaria meu segredo.

— Sim, senhora. Ela sempre foi quieta, mas parou de falar há pouco mais de um ano.

— Sua mãe deve ter ficado preocupada.

Incomodada seria mais o caso.

— Como ela não voltou a falar, mamãe a levou a um fonoaudiólogo na cidade.

— *Então, quem são vocês?*

Mamãe espera, seus olhos inflexíveis como mármore.

— *Nessa é Robin, como Cristóvão Robin, e eu sou Margaret de Goldengrove, que perde suas folhas.*

— *Vocês e suas maluquices dos livros. Certo. Robin e Margaret. Seu pai?*

— *Morto.*

— *Seu endereço?*

— *Você responde isso. Eu e Nessa falamos o mínimo possível.*

— *Boa menina* — diz mamãe, sorrindo. — *Tá certo. Pode deixar que eu falo.*

A sra. Haskell anota algo no seu bloco.

— Você se lembra do nome do médico?

— Não. Mas me lembro do prédio, que era cinza, e tinha uma terapeuta infantil na porta ao lado. Sei disso porque entramos naquela sala primeiro, por engano.

A sra. Haskell se vira para o meu pai.

— Provavelmente não conseguiremos o registro daquela consulta, mas isso não me preocupa. Só que acho que um fonoaudiólogo é uma boa ideia. Gostaria de recomendar consultas semanais. Como Jenessa tem uma vida estável em casa, com uma mãe e um pai, acho que uma vez por semana será suficiente.

Meu pai se vira para Jenessa, sua voz a atraindo da vista da janela com palavras tão suaves quanto um abraço.

— O que você acha, querida? Gostaria de visitar uma moça legal que poderia lhe ajudar com as palavras?

Nessa acena com a cabeça, evitando meus olhos, e engulo em seco. Mas abro um sorriso fraco para ela, que também sorri, como se pedisse desculpas, tudo sem olhar para mim.

Não posso culpá-la, querendo ser normal. Querendo se livrar do passado.

São José, por favor, faça com que as palavras de Nessa voltem devagar para que eu tenha tempo de pensar no que fazer antes que ela desembuche tudo.

A sra. Haskell me olha de um jeito, deixando claro para mim que ela sabe que há algo mais, só que o momento passou. Nessa voltou a olhar para os pássaros no parapeito da janela e meus olhos estão vazios dos segredos que a mulher procura.

— Ela forma frases inteiras quando fala?

Tiro os olhos da minha irmã e me viro para a sra. Haskell, me sentindo com duzentos anos, pelo menos.

— Sim, senhora. Frases e parágrafos, como todo mundo. Mas ela fala baixo que nem um sussurro. Não quer que ninguém a escute.

A sra. Haskell se vira para o meu pai.

— Tenho que concordar, na minha opinião profissional, que o diagnóstico de mutismo seletivo está correto. A mente dela está bem, obviamente. Só que, por alguma razão, ela prefere não usar a voz.

Os dois olham na minha direção, esperando que eu acrescente algo à conversa, mas não o faço. Não posso.

— Então, essas serão minhas recomendações ao tribunal: que Carey entre no segundo ano do ensino médio, Jenessa entre no segundo ano do fundamental, com acompanhamento semanal de um fonoaudiólogo. Alguma pergunta?

Nego com a cabeça e olho para o meu pai.

— Obrigada, sra. Haskell. Precisamos comparecer à próxima audiência?

— Vocês são bem-vindos, se quiserem ir, mas não é necessário. Vou apresentar as questões que discutimos, dar um relatório da situação e tudo estará terminado em minutos. Depois vou preparar e arquivar a papelada.

— Deixaremos o assunto nas suas mãos capazes. — Meu pai se põe de pé, acenando para que a gente o siga. — Vamos, meninas. Melissa está preparando um jantar especial para vocês duas. Para comemorar.

Jenessa se levanta e abraça a sra. Haskell sem sua determinação de sempre.

— Ela só está cansada — afirmo.

Mas os olhos da sra. Haskell me atravessam, cavando tão fundo quanto as raízes das nogueiras do Bosque dos Cem Acres, se não mais fundo ainda. Meu olhar encontra o dela e sou a primeira a desviar.

Seguro a mão de Jenessa enquanto atravessamos o estacionamento e ela se inclina na minha direção do mesmo jeito de sempre. É difícil evitar que minha mente volte àquela noite, a noite da qual juramos nunca falar a respeito.

— *O que acontece na floresta fica na floresta. Escutou?*

Balanço os ombros ossudos dela, forçando-a a me olhar nos olhos.

— *Escutou?*

Só que aquela noite virou o dia seguinte, a noite seguinte, e o dia próximo.

Sei que é culpa minha Nessa ter parado de falar. Vivo repetindo para mim mesma que há coisas piores do que o silêncio. Pior do que Jenessa perder suas palavras teria sido ela me perder, como perdemos mamãe. Eu daria minhas próprias palavras para mudar as coisas, com certeza. Na caminhonete, cerro minhas mãos em punhos, as unhas deixando meias-luas vermelhas marcadas na palma das mãos. Quero que façam isso. Quero que machuque.

Você só está tentando salvar a própria pele, sua covarde. Sempre foi assim e você sabe muito bem.

Tendo são José como testemunha, espero que isso não seja verdade. Eu me inclino e beijo a cabeça de Nessa, seu cabelo fino grudando em meus lábios.

O que mais eu deveria ter feito?

Mais uma vez, sinto um ódio enorme da minha mãe. Deixo o sentimento me invadir sem os filtros habituais e me sinto bem com isso porque é a verdade. Ela nos deixou sozinhas enquanto fazia sabe-se lá o quê. Os livros que trouxe de volta, os brinquedos quebrados, as roupas velhas fedorentas: isso tudo eram os prêmios de consolação.

Só que não é consolo nenhum para duas meninas sozinhas na floresta com poucas opções. Ela nunca deveria ter nos deixado lá, nem naquela época, nem em nenhuma outra.

O que mais eu poderia ter feito?

Nada. Nós não éramos fortes o suficiente. Um dia, vou ter que encarar as consequências, eu, e não a minha mãe, e sinto ainda mais raiva.

Mas não hoje, e isso é o que me consola.

9

Jenessa está adorando os jantares em família. A essa altura, ela já controla quanto come, sem se entupir ou devorar a comida. Ela utiliza os talheres de forma civilizada, não usa mais os dedos, exceto para coisas como batatas fritas, hambúrgueres ou sanduíches, e espera ansiosamente por arrumar a mesa e ajudar Melissa na cozinha antes e depois das refeições.

Todos nós já encontramos Nessa na despensa em mais de uma ocasião, com o dedo erguido lendo em silêncio os rótulos, contando o número de latas, mas agora é diferente. Basta olhar o seu rosto para ver que ela está deslumbrada por toda essa abundância.

A sra. Haskell disse que não deveríamos nos preocupar, que a fascinação de Nessa por comida vai passar com o tempo. Fico aliviada por não ter mais que me preocupar em nos alimentar. Tenho muito tempo livre agora que não estou mais caçando ou preparando nossas refeições. Melissa diz que isso é trabalho dela, menos a parte da caça.

Seu estoque de alimentos enlatados, alinhado em várias prateleiras em uma despensa onde dá para andar com folga, fazendo até meu closet grande parecer pequeno, consiste em mais do que apenas feijões. Há latas de azeitonas, legumes variados, beterrabas, milho, vagens, aspargos, cogumelos, molho de tomate, macarrão instantâneo e assim por diante, ainda que Melissa prefira alimentos frescos a pré-prontos, sempre que possível. Ela diz que gosta de ter os enlatados para o inverno, quando a fazenda fica coberta de neve e ela tem poucos suprimentos.

Essa é uma descrição apropriada para o momento (exceto pela pequena quantidade de suprimentos). Até Delaney tem ficado em casa na última semana de novembro, com a escola fechada por causa dos dias de neve.

Chegando em casa, ajudo Nessa a tirar o casaco e as botas, meu estômago roncando com a rajada de aromas do jantar de comemoração de Melissa: espaguete e almôndegas, com pão de alho dourado e crocante com uma camada generosa de manteiga.

À mesa, pego a mão de Delaney de um lado e a de Jenessa do outro, baixando a cabeça.

— Obrigado pelo que estamos prestes a desfrutar — diz meu pai, olhando para mim e para Nessa.

Delaney larga a minha mão o mais rápido que pode.

— Chega de suspense! Contem para a gente como foi.

Meu pai sorri para Melissa e uma corrente elétrica passa entre os dois. *Amor*. É a mesma coisa que corre entre Nessa e eu, melhor do que um milhão de dólares, e capaz de satisfazer mais do que uma despensa inteira de enlatados.

— *A gente num tem nada.*

Ela joga os braços para trás e o deixa voar.

— *Jenessa Blackburn! Pegue isso agora mesmo!*

Ela bate o pé em protesto, e eu me levanto e recolho o livro do Pooh, limpando a terra escura e abundante de dentro das páginas.

— *O que quer dizer com a gente num tem nada? Você tem esses livros, pra começar. Livros são como novos mundos* — *falo de forma respeitosa.*

— *E daí?*

— *E daí que isso significa que você tem o mundo. E é melhor tomar conta dele* — *acrescento, devolvendo o livro pra ela.*

— *Eu quero uma Barbie* — *diz Nessa, fungando. Ela abraça o livro no peito como se pedisse desculpas.*

— *Você tem uma Barbie.*

— *Não aquela lá. Quero uma Barbie de verdade. Da loja. Com roupas, sapatinhos, um cabelo bonito e um rosto limpo.*

— *Peça pra são José.*

— *Já pedi. E ele num me deu. Eu num ganho nada.*

— *Isso num é verdade. Você tem amor. O meu amor. Isso é melhor que uma Barbie porque nunca se perde nem fica velho ou sujo.*

— Não pode ser!

Um grão de comida voa da boca de Delaney e aterrissa ao lado da bandeja de pão.

Isso sim é "eca". Volto a mim, prestando atenção na conversa.

— De jeito nenhum ela vai ficar na minha turma! Ela tem *14* anos, tá lembrado? Eu tenho *15*. Isso faz dela uma aluna do *primeiro* ano, não do *segundo*. Faça as *contas*.

Delaney se vira para Melissa, seus olhos brilhando. Meu pai segura uma fatia de pão, que está na metade do caminho para a boca. Percebo pela posição de sua mandíbula que ele está furioso. Quase espero ver fumaça saindo de suas orelhas, como o personagem de uma das histórias em quadrinhos de Nessa.

Nós o observamos molhar o pão no molho e mastigá-lo metodicamente. E então:

— Cuidado com a língua, Delaney. Não vou falar de novo.

— Mãe!

— Ele está certo, querida. Não fale com a gente desse jeito. A não ser que você queira ficar de castigo.

— Mas *mãe*!

— Delly, querida, os estudos de Carey e Jenessa em casa fizeram com que elas pulassem uma série. Não é o fim do mundo. Seu pai e eu já discutimos e concordamos que adiantá-las ao menos um ano é o melhor a ser feito.

Minhas bochechas coram quando Delaney zomba do uso de Melissa da expressão *estudos em casa*. As veias estremecem na testa do meu pai, seus olhos fixos em Melissa. Ele fica parado, mesmo quando Delaney arrasta a cadeira pelo chão, deixando arranhões no piso.

Fica esperando. *Será que ele vai bater nela?* Estou preparada para agarrar Jenessa e sair correndo.

Delaney joga o guardanapo no prato e, para minha surpresa, seus olhos se enchem de lágrimas.

— Eu não tenho mais nenhuma importância aqui, né? Não desde que a filha *verdadeira* dele chegou.

— Delaney!

Melissa fica horrorizada, e meu pai parece ter levado um soco.

Jenessa, de queixo caído fica com a boca aberta cheia de comida semimastigada. A cozinha cai em silêncio enquanto ouvimos Delaney sair batendo os pés pela sala e pela escada acima.

— Meu Deus. Adolescentes. — Melissa força um sorriso que sai tremido, olhando para a gente e depois para longe, colocando uma mecha de cabelo atrás da orelha. — Isso correu muito bem.

— Mel, juro por Deus...

O rosto de Melissa fica feroz, como uma mãe urso protegendo seu filhote.

— Há muitas coisas com as quais se acostumar, Charlie. Para *todas* as meninas.

Fico comovida com o esforço que Melissa faz para morder a língua, decidida a não falar mais nada na minha frente e na de Nessa. Ela foi criada direito, diferente da mamãe. O resto das palavras flui entre os olhos deles, até que a expressão do meu pai se suaviza visivelmente.

Sem bater. Sem olhos roxos nem arranhões.

Olhando para baixo, sigo o leve movimento de pernas quando os pés do meu pai encontram os de Melissa por baixo da mesa.

— Vou falar com ela depois do jantar — anuncia ele.

Vejo nos olhos dela o quanto ama o meu pai.

— Obrigada, Charlie.

Acho que *seria* uma grande adaptação ter irmãs de repente, mas não sou a melhor pessoa para julgar. Sempre tive Jenessa. Não consigo imaginar a vida sem ela.

Tendo minha irmã como público cativo, eu recitava poesias e histórias, e Jenessa, empacotada em seu macacãozinho de frio durante os invernos no trailer, dançava em sua cadeirinha de carro depois que a coloquei dentro do trailer e a apoiei num canto. Eu tocava a minha versão turbinada de canções infantis populares como se os personagens das músicas cantassem em suas próprias florestas. Nessa golpeava o ar com as mãos gordinhas ao balbuciar a música.

Ainda vejo reflexos daquele bebê em seus olhos, aqueles olhos que poderiam engolir uma pessoa inteira e cuspi-la toda pegajosa de amor.

Enquanto meu pai lê o jornal depois do jantar e Melissa enche a lava-louça, escapo para o meu quarto, fecho bem a porta e pego meu violino. Aprendi a tocar observando mamãe, imitando suas notas e as posições dos dedos, acertando algumas vezes, outras sendo corrigida. Minha mãe tinha mais paciência naquela época.

— *Isso mesmo, Carey. Segura a corda aí e mantenha o nível do arco.*

— *Assim?*

Até eu me surpreendo com as notas perfeitas que construo na madeira e no ar.

— *Assim mesmo! Tá tocando muito bem. Você nasceu pra isso, menina. Tudo que precisa fazer é desenvolver seus calos e vai poder tocar todas as músicas que existem.*

Tocamos juntas algumas vezes, a interpretação dela perfeita, e a minha cheia de falhas. Mas, por fim, melhorei, e nossa música desabrochou suave e sem emendas.

Uma vez, quando mamãe foi para a cidade com seu violino e voltou sem ele, ela não explicou, mas supus que o tivesse vendido em troca de comida. Foi o que fez, mas isso não era tudo.

— *Isso é pra você.*

— *Pra mim?*

Mamãe me entrega uma variedade de livros finos, cheios de linhas paralelas e marcações estranhas.

— *São livros de música. Essas coisas são notas. Caso você aprenda a tocar a partir de partituras, vai conseguir tocar qualquer coisa no mundo.*

— Que nem você, mamãe.

— Bom, é. Só tome cuidado com seu jeito de falar e continue aprendendo com os livros. Desse jeito, vai parecer esperta nas cordas e no mundo.

Com o passar dos anos, aprendi cada peça, da primeira página à última, tocando para ela e Nessa nas noites que minha mãe passava no trailer, o que não aconteceu mais depois da noite da estrela branca. No fim, eu não precisava mais dos livros. Ela chamava isso de "saber de cor".

Ainda que tocar me faça lembrar da minha mãe, me sinto pior quando não toco. Parece que minha alma está perdida fora do corpo, uivando para voltar. Nessas últimas semanas que meu violino ficou abandonado na prateleira do closet, tenho certeza de que ele ansiou por mim como eu por ele. Eu só queria que as coisas não fossem tão confusas e complicadas.

Esta noite, meu público cativo é Nessa, que se aconchegou em A Menos na cama. Sei que estou tocando de forma comovente quando A Menos aponta o focinho para o teto e uiva em um acompanhamento triste.

Imediatamente, percebo uma sombra sob a porta, que permanece ali enquanto toco. Penso no que Melissa disse sobre *a grande adaptação* e me pergunto como seria ter uma irmã mais velha ou mesmo uma amiga da minha idade.

Espionei Delaney pela janela da cozinha enquanto fingia lavar um prato ou secar uma xícara. Os trenós e discos pareciam divertidos, assim como as meninas rindo e empurrando umas às outras na neve.

Melissa aparece na soleira da porta, as bochechas rosadas com o frio.

— Por que não se junta a Del e às amigas dela? Não parece divertido?

— Obrigada, senhora — respondo, mas meus pés não saem do lugar.

Uma-duas-três-quatro-cinco-seis-sete-oito garotas, conto, com a rainha Delaney.

Sorrio timidamente para Melissa, mas parece que dentro de mim uma avalanche de neve está derretendo. Nunca vou ser igual a essas meninas.

— Vai fazer amigos quando começar na escola — comenta ela, com sabedoria. — Você vai ver.

Mas não tenho certeza disso. Penso na floresta e ainda me sinto como aquela menina: suja, pobre, caipira. Não conheço a música da moda, as gírias, as referências culturais, o que é "maneiro".

Não sei ser como elas, pensar como elas.

Espero que seja mais fácil para Nessa, porque ela ainda é muito nova. Mas será que alguém consegue fazer amigos se não fala? Será que as outras crianças vão provocá-la, fazê-la chorar, fazê-la ansiar pela floresta como eu?

Eu me pergunto onde a mamãe está, o que está fazendo, se tem amigos. Quero ter raiva dela, mas ultimamente o que tenho sentido é pena. Ela continua no mundo antigo, um mundo frio, sem cores, com toda a energia que uma pessoa pode reunir para gastar simplesmente para sobreviver.

Assim que a *Mazurka-Oberek* termina, Jenessa quica na cama e bate palmas, rindo quando A Menos enterra a cabeça em seu colo, olhando para a gente de cabeça para baixo.

Eu me curvo como se fosse uma artista de verdade, imaginando as pessoas jogando rosas no palco como faziam para a mamãe.

Olhando para baixo da porta, a sombra tremula e então desaparece.

— *A música é uma ponte* — diz mamãe, *soprando metanfetamina através da melodia melancólica que meu violino deixa pairando no ar, as notas decorando a mata como enfeites em uma árvore de Natal.* — *Conecta as pessoas em um nível mais profundo, expressando o que as palavras não conseguem.*

Talvez ela também expresse o que Delaney não consegue dizer.

PARTE 2

O MEIO

É sempre útil saber onde um amigo-e-
parente está, querendo-o ou não.

— Abel, em *Pooh's Little Instruction Book*

10

Melissa diz que é obra do destino quando a escola reabre na quarta-feira, 1º de dezembro, o dia exato em que eu deveria começar. A neve foi dividida e conquistada, empurrada para os lados da estrada, e os ônibus estão rodando novamente. No entanto, Melissa leva seu trabalho de mãe a sério, conduzindo Delaney de carro à escola nesses dias de neve escorregadia — o que agora significa levar nós três.

— Vou deixar vocês duas no colégio primeiro, para poder acomodar Jenessa na nova sala de aula.

— Não se preocupe com Carey, mãe. — Delaney se vira para mim do banco da frente, com uma expressão doce no rosto. — Vou levá-la para a sala de aula e apresentá-la a todo mundo.

Melissa parece estressada quando liga a seta e vira à direita, percorrendo o estacionamento do colégio até parar junto à calçada na entrada.

— Bem, eu fiz a matrícula dela na semana passada e cuidei de toda a papelada. Tem certeza, Delly?

— Tenho, tenho sim. Nenhum aluno do segundo ano de respeito aparece na sala de aula junto com os pais.

Nesse momento, quase não estou mais prestando atenção nas duas, pois é quando percebo o prédio, tão grande que tenho que piscar para ter certeza de que realmente estou vendo aquilo. Eu poderia me perder lá dentro e ninguém me encontraria por semanas.

— Certeza absoluta? — Melissa lança um olhar para o relógio de pulso.

— Sim, temos *certeza*. — Delaney joga os braços em volta de Melissa e meus dentes doem. — Podemos cuidar uma da outra. Você não disse que é isso que irmãs fazem? É mais importante que você vá cuidar da Jenessa. Né, Carey?

Engulo o nó na garganta e concordo com a cabeça. Melissa me examina pelo espelho retrovisor. Tento forçar um sorriso doce como o de Delaney.

— Se perguntarem, a sra. Haskell enviou os registros dela duas semanas atrás, então não há necessidade de Carey ir à secretaria, pelo menos, não que eu saiba.

— Então vamos direto para a sala de aula. Venha, Carey.

Melissa parece tão incerta com relação a como estou me sentindo, mas outra olhada no relógio encerra o assunto.

— Muito bem. Conto com você, Delly, para mostrar a sala das aulas que ela tem hoje.

Melissa se vira para mim.

— No fim do dia, você já vai estar acostumada.

Delaney ri quando saio do carro e escorrego num remendo congelado de asfalto. Eu me atrapalho com o estojo do violino, me perguntando por que diabo eu trouxe essa coisa maldita. Devo parecer uma boboca (palavra que mamãe usava para me descrever). Imagino qual palavra Delaney usaria — algo diferente, talvez, mas querendo dizer a mesma coisa. Mal tenho tempo de dar um beijo e um abraço em Nessa, com Delaney puxando meu braço e me dando ordens.

— Você vai ficar bem, Nessa. Não se esqueça do que eu falei. Seja uma boa garota. Divirta-se.

— Tá bom, tá bom, tanto faz — fala Delaney, acenando para Melissa ao sair do carro. — Se você não andar logo, nós duas vamos nos atrasar.

Fico observando o carro até que desapareça, quase morrendo de susto quando um carro buzina atrás de mim. Corro para cima da calçada. Delaney me cutuca no peito.

— E não se esqueça, você é *Carey Blackburn*, não *Benskin*. Entendeu?

Isso era bem fácil. Desde a época da floresta tenho sido Carey Blackburn.

São José, cuide da minha irmãzinha hoje. Faça as outras crianças serem boas para ela e permita que ela faça alguns amigos. Por favor, que seja um dia de sorrisos. A vida dela já tem sido difícil demais.

Em nome dos feijões, eu lhe peço.

Respiro fundo e ajeito a alça da mochila para que pare de beliscar meu ombro. Meu violino também tem uma alça, que foi colada com SuperBonder no estojo pela mamãe. Viro para Delaney, já preparada para suas palavras de zombaria e seu olhar de aborrecimento.

Mas ela já se foi.

Tiro o gorro de lã com pompom (o pompom me faz pensar em árvores que acabaram de brotar) e o enfio no bolso do casaco. Só imagino o estado do meu cabelo. Penso em Delaney, sem gorro de manhã, com o cabelo perfeitamente penteado e cacheado.

Disfarçadamente seco a umidade do meu lábio superior. Cabelo sem graça (mas limpo), rosto brilhante, carregando um estojo gasto de violino, que obviamente é *usado*... Delaney tem razão. Sou um caso perdido.

Controle-se. Tudo o que tem que fazer é perguntar a alguém aonde ir. O que tem de errado com você? A floresta de noite era pior do que isso aqui.

Sigo um grupo de meninos que estão rindo e dando cotoveladas uns nos outros ao passar pelas portas, parecendo que estavam sendo varridos como folhas numa ventania. Há uma formidável estrutura de vidro exibindo estátuas — troféus — e placas junto à parede. O vidro é tão limpo quanto um espelho e vejo o meu reflexo, de bochechas rosadas, a boca paralisada no formato de um O assim como as bocas dos anjos de coral da Renascença — ou como uma cara de peixe. Fecho os lábios e engulo com força.

O corredor se estende infinitamente para a esquerda e para a direita, com uma escadaria de cada lado da estrutura de vidro, os corrimões polidos curvando-se para cima até o segundo andar.

— Mexam-se. Vocês estão bloqueando o caminho.

Um cara que deve ser do último ano, a julgar pelo seu tamanho e voz, empurra a multidão. Dou um passo para trás conforme os inúmeros rostos passam por mim como uma corredeira. Eu poderia matar Delaney naquele exato momento, por duas razões: primeiro porque ela se "livrou" (palavra dela) de mim no meu primeiro dia *da vida* na escola e, segundo, porque estou, na verdade, examinando os rostos para tentar encontrar sua cara de Barbie e seu andar elegante, pois, queira ou não, ela é tudo o que tenho.

Patético. (Palavra minha.) Mas tenho certeza de que ela concordaria.

Tantos rostos desconhecidos.

Olhamos estupidamente uns para os outros feito animais selvagens e seres humanos, só não tenho certeza de quem é quem.

Muitos rostos.

Engulo o café da manhã que ameaça subir pela garganta, argumentando comigo mesma, só que com a voz da mamãe.

Era tudo que você precisava, menina, ficar conhecida pra todo o sempre como a Garota Vômito. Aguente firme! A vida num é mole!

— Você está perdida?

Concentro-me no rosto dele quando paro de ver tudo duplicado. Ordeno a mim mesma que respire.

Um garoto! Estou falando com um garoto.

— E-eeeu pareço perdida?

Ele abre um sorriso.

— Na verdade, sim. Está com aquele olhar confuso de garota nova.

Penso na menina no reflexo do vidro, que tinha os olhos maiores que um faisão encurralado. A voz dele é firme, então me apego a isso, e ele sorri para mim, segurando meu braço pelo cotovelo para me firmar.

— Para onde você está indo?

— Sou aluna do segundo ano — consigo dizer — e não faço ideia de aonde devo ir.

— Você sabe o número da sua sala?

Nego com a cabeça.

— O nome do professor?

Isso eu sei.

— Sra. Hadley — respondo. — Sabe onde ela fica?

— Tive aula com ela ano passado. Venha. Vou levar você.

— Não vou te atrasar?

— Você — diz ele com os olhos brilhando como os de Nessa quando ela vai aprontar alguma — vai ser minha desculpa. Uma decente dessa vez, pra variar.

Sem perguntar, ele pega minha mochila e a suspende nos próprios ombros.

— Não se esqueça do seu violino.

Seguro a alça com mais força e ele vai na frente, abrindo espaço entre os inúmeros alunos, alguns dos quais sorriem ou acenam para ele.

— Olhe por onde anda! — exclama uma menina de óculos, quando a ponta do estojo do violino bate nela.

— Desculpe — murmuro. *Por que fui trazer esse trambolho comigo?*

Restam só alguns retardatários no corredor e eu pulo mais alto que um coelho quando toca um sino acima de nós.

— Esse é o sinal. Não se preocupe, estamos quase lá.

Eu o sigo como A Menos segue Nessa e, ao perceber isso, sinto um calor subindo até minhas bochechas. *Controle-se!* Quase passo direto pela porta, mas ele segura meu braço.

— Essa é a sua porta. A segunda no final, não se esqueça. A sra. Hadley vai escolher um colega pra levar você às aulas. É assim que ela faz.

Ele estende a mão.

— Ryan Shipley, vice-presidente da turma do terceiro ano e ótimo guia para os perdidos e confusos.

Aperto sua mão e ele olha para mim como se esperasse alguma coisa.

— Oi, Ry!

— Oi, Travis.

Fico lá parada, zonza como se tivesse dado de cara em um tronco.

— Carey — diz ele por mim — Blackburn. Né?

É como se uma rajada de vento do Bosque dos Cem Acres atingisse as árvores chacoalhando suas camadas de gelo, só que na verdade são meus ossos que estão chacoalhando. Vovó chamava essa sensação de "alguém andando sobre seu túmulo".

E então a sensação desaparece. Ele solta minha mão. Quero perguntar como sabia meu nome. Mas as palavras não saem.

— Boa sorte, Carey — diz ele, virando-se para sorrir para a mulher que aparece na porta, que tem os lábios enrugados da mesma forma que os de Nessa ficaram depois de tomar seu primeiro gole de suco de toranja. (Cor-de-rosa, é claro. Mas ainda assim.)

— Não está atrasado para a aula, sr. Shipley?

— Certamente, mas é por um bom motivo: assumi a responsabilidade de entregar essa nova aluna em suas mãos capazes. — Ele pisca para mim.

Escuto a conversa, percebo o carinho relutante na voz dela e, com a atenção dele desviada, o encaro descaradamente. Ele é o único garoto que já toquei, na verdade, o primeiro com quem falei. Quero estender a mão e encostar no seu cabelo. *Será que o cabelo de um garoto é diferente do de uma garota?* Gosto do rosto dele. Vejo tanto nuvens quanto sóis.

— Bem, é uma desculpa válida, apesar de eu achar que você é cheio delas, sr. Shipley — comenta a professora, me olhando de soslaio e depois se demorando mais, como as pessoas fazem desde que cheguei aqui, como se não conseguissem parar de olhar. Ela desvia os olhos dos meus e balança a cabeça para Ryan. Seu dedo de giz apunhala o ar. — Tenho certeza de que há mais do que cavalheirismo aqui. É melhor você dar o fora.

Ela vai até sua mesa e retorna com uma tira de papel amarelo.

— Agora, desapareça.

— A senhora não é fácil, sra. Hadley — afirma ele, piscando para ela dessa vez.

— Ah, cai fora!

Ele sai correndo pelo corredor, desliza até a beira da escada e então desce dois degraus por vez.

— E você é? — A sra. Hadley me examina, com uma expressão profissional.

— Carey Blackburn.

— Ah, Carey. Estávamos esperando por você.

Espio pela porta, onde um grupo barulhento de meninas ri e cochicha. Delaney, no meio delas, faz uma careta.

— Bom rapaz, Ryan Shipley — comenta a sra. Hadley, observando meu rosto.

O calor sobe pelo meu pescoço e assinto.

— Delaney Benskin concordaria.

Retribuo o olhar de Delaney, que me olha feio.

— Entre e escolha um lugar. — A sra. Hadley me guia pela porta com a mão em minhas costas. Meu cotovelo ainda está quente no local em que Ryan o segurou. — Depois que estiver acomodada, vou fazer as apresentações.

Mantenho a cabeça baixa enquanto ando pelo corredor mais distante de Delaney. Eu me sinto como se estivesse passando por um corredor polonês. Há mais risadinhas quando meu estojo do violino bate nas minhas coxas e eu tropeço, me apoiando no canto da carteira de uma menina magra com coisas de metal nos dentes.

Escolho a carteira no canto de trás, tão segura quanto uma chave guardada no buraco de uma árvore. Deixo o estojo do violino atrás da minha cadeira e largo a mochila ao lado, no chão, sem nem me lembrar de que Ryan tinha me devolvido.

— Delaney passou o ano passado inteiro gostando do Ryan. E ele nem anda com os pops.

A menina é pequena, como as garotas que dançam nas traves e dão piruetas nos programas de TV do fim de semana.

— Os pops?

— Os populares. Ryan tem um lance próprio. Sei que ele gosta de astronomia. Ano passado, construiu um telescópio! Bem a tempo de ver as chuvas de meteoros Gemínidas. Ele disse que foi *in-crí-vel*.

Noto suas bochechas rosadas, as sardas cor de caramelo, o cabelo vermelho-berrante e a pele mais branca que já vi em uma pessoa viva. Não deve ser muito mais velha que Jenessa e, no entanto, aqui está ela na carteira ao lado da minha.

— Você é Carey, obviamente — diz ela. — A sra. Hadley nos disse que você se juntaria à turma. Meu nome é Courtney Macleod e vou acompanhar você pela escola. Mas me chamam de "Fadinha" — ela faz um gesto amplo, indicando sua altura — por causa dessa minha questão específica. Também tenho o azar de ser a menina de 12 anos mais inteligente do estado do Tennessee, ou talvez a mais baixa. Nunca lembro exatamente.

Eu rio, gostando dela de cara.

— Carey Blackburn — sussurro, oferecendo minha mão como Ryan fez. — Tenho 14 anos, mas no meu teste deu como se eu tivesse 17. Eles me fizeram pular uma série.

Não digo a ela que estou me sentindo melhor com isso depois de conhecê-la.

Courtney sorri.

— Nós, nerds, temos que nos unir. Claro que digo *nerds* no melhor sentido. Se quer saber de mais uma coisa, Delaney me despreza — comenta ela maldosamente.

— Um bônus.

— Com certeza...

A voz de Fadinha some quando ela me encara de cima a baixo.

Será que tem alguma coisa no meu rosto? Estou fazendo algo esquisito sem perceber?

— O quê? — sussurro.

— Desculpe. Não quero ser grossa. Mas você é a garota mais bonita que já vi sem ser em uma revista. É difícil não ficar encarando. Olhe, não sou só eu.

Dou uma olhada e encontro tantos pares de olhos que sinto vontade de me encolher até virar uma doninha e me esconder no fundo da mochila. As amigas de Delaney desviam o olhar depressa. Ela está espumando de raiva.

— Você deve estar acostumada. Aposto que as pessoas fizeram isso a sua vida inteira.

Dou um sorriso fraco.

— Não que eu seja sapatão ou algo assim — acrescenta Fadinha rapidamente. — É só que é impossível não notar.

Sapatão? Ela quer dizer que tem pé grande? Faço uma anotação mental para perguntar a Melissa mais tarde.

A sra. Hadley pigarreia alto em nossa direção e então se dirige aos alunos.

— Pessoal, por favor, quero que deem as boas-vindas a Carey Blackburn à turma do segundo ano.

Então todos os olhos me encaram descaradamente. Delaney e os amigos fingem indiferença prestando atenção nos livros, cadernos e canetas.

— Vamos começar, turma. Carey, seu primeiro tempo é de literatura inglesa. Você está com seu livro aí?

Ignoro os sussurros e procuro pelo meu exemplar de *Conto de inverno* na mochila, minhas mãos nervosas fazendo outros livros caírem no chão. As meninas soltam risadinhas. Fadinha usa o pé para me ajudar a juntar os livros teimosos, empurrando-os para perto da minha carteira. Pego o meu, a capa marcada pela poeira do coturno de Fadinha.

— Bem — comenta a sra. Hadley. — Delaney, por favor, leia em voz alta de onde paramos.

— "Agora, meu lindo, queria flores só da primavera pra sua hora do dia."

Sua voz não deixa transparecer nada do drama nem da angústia que nos faz passar em casa. Enquanto ela lê, recolho os livros que se espalharam e os enfio de volta na mochila, esmagando o saco com meu almoço, mas não ligo. Fadinha projeta a cabeça na direção da minha mochila.

— Ninguém te mostrou onde fica seu armário?

Nego com a cabeça. Não digo a ela que não entendo por que teria um armário na escola. Aposto que Delaney e suas puxa-sacos dariam uma bela gargalhada.

— Eu te mostro depois da aula — diz ela.

Pego meu livro e me escondo atrás dele, fingindo acompanhar, mas só vejo as palavras borradas na página. Tento me adaptar à luz amarelada das lâmpadas compridas no teto. Sinto as paredes se fechando ao meu redor, me sufocando. Consigo sentir o cheiro do animal humano: hálito, cabelo, perfume, chiclete e até a fumaça de cigarro. *Não consigo respirar.* Eu me sinto como um dos esquilos de Nessa apertado no fundo da gaiola de passarinhos enferrujada enquanto se recuperava de machucados ou de uma perna quebrada.

Dou uma olhada em Fadinha. Ela murmura as palavras de *Conto de inverno* de cor, de olhos fechados, deixando mais do que óbvio seu amor por alguém chamado Shakespeare. As palavras de Shakespeare soam como uma língua estrangeira para mim, uma língua que todos parecem conhecer, *menos* eu.

— Você não ama Perdita? — comenta ela, abrindo um olho. — Já viu o quadro de Anthony Frederick Augustus Sandys? Ela tem um cabelo vermelho incandescente, como o meu.

Balanço a cabeça para indicar que não.

— Uma vez, Hermíone apareceu num sonho para Antígono e falou: "Chame sua filha de Perdita." Significa "perda" ou "ela perdida". Eles deixam a criança numa praia qualquer, mas um pastor a pega e a cria. Mais tarde, é revelado que ela é a princesa da Sicília. Dá pra acreditar? Ela cresceu pensando que era uma pessoa para depois descobrir que era outra.

A princesa dos Feijões. Que nem eu.

— Os quadros estão no livro de arte que tenho em casa. Vou trazer pra você ver.

— Obrigada, eu gostaria muito.

Ninguém me contou que poderia acontecer quando eu menos esperasse, sem um plano, um mapa ou uma oração para são José.

Uma amiga. Realmente fiz uma amiga.

Dessa vez, é a voz de Melissa que escuto:

Coisas boas acontecem a quem se permite. Tudo o que você precisa fazer é dar uma chance.

Depois da aula, vou com Fadinha até a secretaria, onde ela fica na ponta dos pés numa tentativa de enxergar por cima do balcão, batendo a palma da mão três vezes em um sino de metal redondo. Ela se vira para mim, suspirando.

— Dá pra você ver por que eu encho o saco da minha mãe para ela me deixar usar salto. Ela acha que estou tentando crescer muito rápido. Eu só quero enxergar por cima dos balcões.

Ela é uma figura, como diria mamãe.

— Courtney Macleod. Em que posso ajudar?

Uma mulher elegante se aproxima, parecendo ser o que Delaney chamaria de "super na moda". Imediatamente cobiço suas botas negras como carvão, justas e com um zíper que chega até as coxas.

Eu adoraria ter um par de botas assim.

Fadinha aponta em minha direção.

— Essa é Carey Blackburn. Ela precisa de um cadeado e de um armário.

A mulher me encara por um instante antes de se recobrar e pigarrear.

— Ah, a menina nova. O sr. Alpert me falou para cuidar de você, Carey. Prazer em conhecê-la.

Ela estende a mão e então sou eu que fico encarando. As unhas dela parecem joias de tão lindas: compridas, perfeitamente quadradas, rosa-claras, com uma linha branca na ponta de cada uma.

— Prazer em conhecê-la, senhora — digo, pegando sua mão com cuidado e apertando-a.

— O sr. Alpert é o diretor e ele não é muito aterrorizante, contanto que você não esteja metida em encrenca — explica Fadinha de forma prática e a mulher atrás do balcão sorri. Fica claro que conhece Courtney e também gosta dela.

— Isso é verdade — concorda a mulher. — Mas nenhuma de vocês duas me parece ser do tipo que se mete em encrenca.

— Não, senhora.

— Menina, eu já chamo atenção o suficiente — afirma Fadinha, gesticulando para si mesma.

— Sou a srta. Phillips, aliás. A secretária do sr. Alpert. Se tiver qualquer pergunta ou precisar de *qualquer coisa*, sou a pessoa que você deve procurar.

— Obrigada, senhorita.

— Ela não é toda educadinha? Diferente de algumas garotas da nossa sala. Não é que nem a Del...

O rosto da srta. Phillips exibe reprovação, mas Fadinha continua provocando.

— Só estou dizendo... — Ela dá uma olhada no relógio da parede. — Droga. Vou me atrasar pra física avançada *de novo*. Até mais, senhoritas!

Fadinha sai correndo pela porta num borrão com sua calça listrada e a mochila quase tão grande quanto ela.

— Aqui está o número do seu armário, seu cadeado e sua senha. — A srta. Phillips coloca um pedaço de papel e um cadeado frio de metal na minha mão. — Não traga nada contrabandeado ou teremos permissão para revistar seu armário. Isso quer dizer nada de remédios sem receita, nada de armas, nada de drogas ilegais, acessórios nem materiais censuráveis.

— Sim, senhorita.

Ela me olha, satisfeita. Continuo sem saber que armário é esse.

— Você vai se dar bem aqui, Carey. Apenas chegue no horário das aulas e obedeça aos professores.

Ela me entrega uma daquelas tiras de pedaço de papel amarelo.

— É o seu passe de atraso. Está atrasada para o segundo tempo.

A Srta. Phillips aponta para o papel com o horário das minhas aulas, e eu o entrego para ela.

— Economia. Primeira porta à direita, segundo andar. Suba a escada e vire à direita.

— Sim, senhorita.

— E não se preocupe — afirma ela enquanto me acompanha até o corredor. — A maioria de nós não morde.

Até um bicho do mato como eu sabe bem o que é ser a garota nova em um grande grupo de adolescentes. O cheiro de comida vem de baixo das portas de vidro enquanto observo as mesas redondas, as pessoas se movendo de maneira confusa, ouvindo o bater de pratos misturado a palavras, música, risadas. Isso me faz lembrar de uma matilha de lobos celebrando uma matança.

Acho que a conversa com Delaney de manhã não ajudou nem um pouco.

— *Vai levar marmita?*

— *Por quê?*

— *Você é uma mané mesmo.*

Escuto pela janela Melissa ligando o motor do carro. Mané é uma gíria para boba, de acordo com um livro que li na Geórgia, Estados Unidos. Mas eu provavelmente soaria como uma mané contando isso para ela.

Delaney sacode uma nota de vinte dólares na minha cara.

— *É assim que se almoça no mundo civilizado.*

Encaro aquelas pessoas ricas. Eu nunca nem segurei uma nota de vinte dólares, apesar de ter tocado em uma de cinco uma vez, enrolada formando um tubinho que mamãe usava para cheirar. Não deu para ver as figuras muito bem.

Vinte dólares. Vinte dólares compravam meia hora comigo, com mamãe recolhendo o dinheiro primeiro, antes de empurrar o homem de dedos gordos no trailer e fechar a porta atrás de nós. Eu odiava ter que me despir. Fazia tanto frio que dava até para ver a respiração saindo em fumaça.

— *Você é sem noção. Totalmente sem noção, Blackburn. Leve seu saco com almoço. Seja uma mané no primeiro dia. Só não se sente perto de mim. Entendeu?*

Lanço um olhar furioso para ela, que está prestes a dizer mais e então seus olhos focam em meus pés.

— *Sei que minha mãe comprou botas novinhas pra você. Por que está usando esse troço velho?*

— *Porque sim.*

Penso em Jenessa e em seu polegar na boca. Eu e meu violino. Eu e essas botas. Melhor ainda se irritam Delaney.

Decido ignorar completamente o refeitório. Meu crânio pulsa com o acúmulo de barulho, gente, visões, cheiros. Descubro uma porta que dá para um pátio sem graça com várias árvores e bancos de pedra, frios, mas secos. Eu me sento, com o violino ao lado. Eu o encaro. Ele me encara de volta.

De vez em quando, passa um aluno me olhando por um corredor de vidro que forma uma das paredes do pátio, mas, fora isso, o espaço é todo meu.

Coloco o gorro no banco para ficar com a bunda mais quentinha e repasso mentalmente os acontecimentos da manhã. Como não tinha mais visto Fadinha, finalmente cedi e perguntei para uma garota alta e desengonçada se ela podia me levar até meu armário. Eles são uma ótima ideia; tornam tão mais fácil carregar os livros para uma aula ou duas em vez de a mochila, que pesa uma tonelada.

Delaney e as amigas nunca seriam flagradas carregando uma mochila por aí.

Até o momento, Delaney faz duas aulas comigo: literatura inglesa e história americana. Ela me evita em ambas, assim como suas amigas.

"Farinhas do mesmo saco andam juntas", dizia mamãe.

É ainda mais verdade aqui.

Solto o ar demoradamente e de uma vez só, sem agitação pela primeira vez no dia. Considero a floresta um luxo em certos aspectos, separada do resto do mundo. O mundo cheio de pessoas é tão rápido, tão barulhento e ocupado. Sempre tem coisas para fazer, nenhuma delas parecendo tão importante assim. Comecei a tomar aspirina na maioria das tardes, pois minha cabeça fica latejando com toda essa confusão, pressa e barulho.

Vejo um bem-te-vi pousando na beirada do telhado e abrindo a cauda de forma característica. Nessa curou a asa quebrada de um no Bosque dos Cem Acres. As penas do passarinho eram de um marrom--acinzentado aveludado, e ele tinha a barriga amarela, o que foi uma feliz surpresa. Finjo que o pássaro nos seguiu até aqui, ao perceber como é um bicho resistente e engenhoso.

Bem-te-vi! Bem-te-vi!

Parece que o passarinho está chamando a si mesmo.

Tiro o violino do estojo e, posicionando o arco, imito o som.

Bem-te-vi! Bem-te-vi!

Quando Nessa era mais nova, adorava observar a marca escura e descolorida embaixo do meu queixo, onde o violino se encaixava. Uma marca que ela chamava de "flor roxa", surgida após anos tocando.

Fecho os olhos e embarco na "Primavera" de Vivaldi, e até mesmo o bem-te-vi fica para escutar. Levo as notas de volta para o Bosque dos Cem Acres, para o viço e deslumbramento dos galhos banhados pelo sol, o solo como um tapete temperado, o ar fresco como uma mordida em uma maçã rara, como o rio Obed correndo para coisas de maior importância.

Alguns dias, a saudade da floresta quebra a dor em duas até eu não conseguir respirar. Passo à "Sonata nº 1 em sol maior" de Brahms, meu almoço completamente esquecido, assim como o movimento constante, as garotas barulhentas, a adaptação esquisita nesse mundo de estrangeiros. O arco desliza pelas cordas e toco de cor, de coração, como mamãe me ensinou, meus cílios ficando molhados e, em seguida, minhas bochechas, as cordas fazendo vibrar as estrelas escondidas pela luz do dia, as notas tão deliberadas quanto as mudanças de direção do arco, um carinho de são José para os outros.

— U-hu! Bravo!

Eu me atrapalho, quase deixando o violino cair. Ele se apoia na porta, as luvas estalando juntas, os olhos brilhando com o sol de Obed sobre a neve recém-caída.

— Uau. E pensar que estavam chamando você de "desajeitada" essa manhã.

— É disso que estão me chamando? — pergunto, secando meu rosto, torcendo para que ele não perceba. — Podia ser pior, acho.

Abaixo o arco, descansando o violino no colo.

— Parecia que você estava em outro mundo. Em órbita.

Fico corada, mas não desvio o olhar. *Ryan Shipley*. Meu coração dá um pulo, mas não entendo por quê.

Diga alguma coisa.

— Você parece estar com frio — comento, sendo que meus próprios dentes estão batendo.

— Fique onde está.

Ele volta menos de um minuto depois com um casaco grosso nos braços. Espero ele vesti-lo. Em vez disso, vem até mim e o coloca sobre meus ombros.

Meu coração bate acelerado quando ele desaba ao meu lado. *Tão perto*. Penso no que Fadinha falou sobre ele, minhas bochechas queimando. *Está com frio*, digo a mim mesma. Mas nem eu acredito nisso.

— Você realmente sabe tocar. Quer dizer, *uau*.

Um pingente de gelo cai no chão atrás de nós.

— O que você está fazendo aqui fora, afinal? — pergunta ele, como se tivesse andado me procurando. *Será que ele estava me procurando?*

— Tocando violino — afirmo.

Nossas risadas ecoam nas paredes.

— Onde você aprendeu a tocar?

Sinto que estou sorrindo do jeito que Jenessa faz quando Melissa a elogia. Sempre soube que eu era boa; treinei o bastante. Mas o alvoroço que todo mundo faz continua a me surpreender.

— Minha mãe era uma concertista. Ela começou a me ensinar quando eu tinha uns quatro anos e eu adorava. Disse que está no nosso sangue.

— Deve estar, se você toca desse jeito.

O bem-te-vi cutuca a cabeça na cornija.

Bem-te-vi! Bem-te-vi!

Erguemos o olhar para o pássaro e respondo com meu violino.

Bem-te-vi! Bem-te-vi!

— Você deve tocar em algum lugar, né, onde as pessoas possam ouvir sem morrer de frio e tal?

Nós dois estamos com um sorriso enorme. Não consigo parar de sorrir. Penso no que a sra. Hadley disse sobre Delaney e então afasto o pensamento.

— Nunca toquei para ninguém além da minha mãe e da minha irmãzinha. Não de propósito, pelo menos.

— Você não pode estar falando sério.

Assinto, com o peito estufado como o próprio bem-te-vi. E então penso em mamãe. Mamãe, tocando suas versões loucas de drogada ou cochilando sobre o violino, e eu indo correndo pegá-lo quando ela o deixava cair das mãos. *A música não conseguiu salvá-la.* Penso na nota de vinte dólares de Delaney e no que cinquenta poderiam pagar, e visualizo o rosto desdentado da mamãe rindo de mim quando perguntei a ela por que eu não poderia tocar para os homens em vez de fazer aquilo.

— *Não é isso que eles querem que seja tocado* — diz ela, balançando a cabeça para mim.

Ryan nunca entenderia, e eu nunca poderia explicar.

— Por favor, não conte para ninguém — peço, as palavras embolando umas nas outras. Estou tremendo e não consigo parar. — Isso é particular. Está bem?

Seus olhos se enchem de desapontamento.

— Essa deve ser uma das coisas mais tristes que já ouvi — comenta ele, balançando a cabeça. — Você é um prodígio. Dons como o seu devem ser compartilhados. Senão, qual é o propósito?

Penso em um cervo que encurralei uma vez, seu terror se esvaindo do corpo. Abaixei minha arma, envergonhada. Seu rosto tinha sido engolido pelo mesmo olhar que Nessa fez na noite em que parou de falar.

Se eu não estivesse tão absorta no violino, poderia ter escutado antes. Escutado a tempo.

— Por favor, não diga nada. Por favor? — Meus olhos ficam úmidos. — Por favor?

Ele parece ter sido golpeado quando as lágrimas escorrem pelas minhas bochechas. *Malditas.* Eu quase nunca chorava na floresta.

— Sinto muito, Carey. Eu não queria forçar a barra. Eu só estava dizendo... Ah, droga.

— Sem problema — acrescento depressa, da mesma forma que ele falou comigo naquela manhã. Eu me recomponho, surpresa com a minha reação. — É só que estou tendo que lidar com tanta coisa agora e tudo é tão diferente...

— Não precisa explicar. É a sua música, e você é tão... Eu me deixei levar. — Ele se inclina, batendo o ombro no meu. — Desculpe.

— Tudo bem. Eu só... — Olho para ele, minhas bochechas corando. — Acho que por enquanto só quero passar despercebida.

Seus olhos me aquecem como nossos fogos crepitantes, aqueles que fazíamos dentro de casa.

— Você, Carey Blackburn, nunca passaria despercebida. Acredite em mim — comenta ele, suas palavras macias como cashmere. — Essa é a verdade. Mas se quer que eles continuem pensando que é a Carey Desajeitada...

Dou uma risada sem graça.

— Acho que quero.

— Então quem sou eu pra ficar no seu caminho?

Seu olhos se voltam para o prédio, onde dois garotos gritam seu nome e pressionam o rosto no vidro, fazendo caretas bobas. Ele enfia as mãos embaixo das axilas do suéter, como eu e Jenessa fazíamos na floresta. Ele sustenta o meu olhar, me dando um frio na barriga.

— Mas a gente sabe — acrescenta ele, piscando. — Não é?

Devolvo o casaco a ele.

— A gente sabe.

Observo suas costas, dando passos ruidosos na neve. Na porta, ele se vira, os olhos fixos em mim, na Carey *de verdade*.

Bem-te-vi! Bem-te-vi!

— Vejo você depois então, Dê.

A porta se fecha atrás dele e, um momento depois, o sinal toca. Coloco o violino e o arco de volta na cama de veludo, minhas mãos pesadas por causa do frio. Dou três grandes mordidas no meu sanduíche de atum e bebo até a última gota do suco de maçã antes de jogar o resto do almoço na lixeira e caminhar até a porta.

Sobrevivi ao meu primeiro horário de almoço como a novata.

Sinto tanto orgulho de mim mesma, como da vez em que pesquei meu primeiro peixe ou fiz minha primeira fogueira.

Pro-dí-gio: pessoa que apresenta alguma habilidade ou talento fora do comum; coisa ou fato extraordinário.

Olhei no dicionário assim que cheguei em casa.

— Pode passar a manteiga para Jenessa, por favor? — pergunto educadamente.

Minha irmã quer deixar um quadradinho de manteiga derretendo em cima da torta de pêssego.

— Eeeeeca. — Delaney enruga o nariz.

Mesmo depois de semanas de boa comida, Nessa continua magra como mamãe, destinada a ser alta, ágil e bonita. Onde quer que a gente vá, tanto os adultos quanto as crianças param e ficam olhando para ela. Para nós. Antes de Fadinha, eu teria pensado que era porque reconheciam facilmente que éramos caipiras perdedoras.

A minha amiga Fadinha.

Delaney ignora meu pedido, apesar de o pratinho de manteiga estar bem diante dela.

— Eu pego. — Melissa, sorrindo para mim como se pedisse desculpas, acena para que eu me sente.

Ela passa a manteiga para Nessa enquanto Delaney finge não perceber, se concentrando no próprio prato, onde empurra alguns talos de aspargos pra lá e para cá.

— Nada de cubão. Um cubinho-inho — falo para Jenessa.

Quando ela se estica para pegar outro, balanço a cabeça, negando.

Ainda não consigo me acostumar com o gosto da carne. É tão diferente de pombo, codorna, esquilo, cervo e coelho. Ao relembrar, vislumbro minha faca de caça enquanto destripo habilmente um coelho com alguns golpes ágeis. Ainda não comemos coelho na casa do meu pai.

— Com qual idade podemos conseguir permissão de ter um namorado? — pergunta Delaney, lançando um olhar de soslaio em minha direção.

Corto minha batata assada, que solta fumaça.

— Dezesseis — exclama meu pai com sua voz séria.

— Quantos anos para poder passar maquiagem?

— Quinze — responde Melissa. — Se for com bom gosto.

Delaney sorri triunfantemente.

— Por quê? — perguntam Melissa e meu pai juntos.

— Ah, nada não — murmura Delaney, tomando cuidado para não olhar para mim. — Só conferindo.

Os dois trocam um olhar. Melissa dá de ombros.

— Ei, mãe — chama Delaney, com a boca cheia de torta. — Você já trabalha muito. Que tal se eu e Carey tirarmos a mesa e enchermos a lava-louça?

Melissa pousa a colher, o prato vazio a não ser por uns grãozinhos de açúcar no prato de sobremesa e poucas migalhas nas beiradas.

— Seria ótimo, minha filha, tão prestativa.

Ela me olha buscando confirmação. Dou um sorriso de consentimento. Posso ser muito tímida para demonstrar, mas eu faria qualquer coisa por Melissa. Só por tudo o que ela fez por Jenessa, tudo que eu nunca poderei retribuir.

Eu me viro para minha irmã.

— Dentes escovados e dever de casa antes de ver TV, está bem?

Nessa concorda com entusiasmo.

Fica óbvio pelo bom humor e apetite voraz que seu primeiro dia na escola transcorreu bem.

Melissa comprova.

— Falei com a professora de Jenessa hoje, a sra. Tompkins. Ela disse que as crianças foram muito receptivas, especialmente depois que explicou o problema de fala da sua irmã. Ela disse que, quando perguntou às crianças quem queria ser a dupla de Jenessa na turma, todo mundo levantou a mão.

Nessa sorri sentada na cadeira.

— O projeto da turma é linguagem de sinais, para que as crianças possam se conectar com Jenessa e ela com as outras. Não é muito atencioso da parte da sra. Tompkins?

Melissa empurra a cadeira para trás, limpando a boca com o guardanapo antes de colocá-lo na mesa. Ao passar, ela aperta meu ombro de forma tranquilizadora e penso em como Ryan bateu em meu ombro mais cedo.

Nessa faz como Melissa e esfrega bem a boca com o guardanapo antes de empurrar a cadeira e dar a mão para ela. As duas se reúnem com A Menos, que não para de balançar o rabo de um lado para o outro, e estava esperando ansiosamente pela chegada de Nessa diante da lareira crepitante.

Minha irmã desaba no tapete e puxa o cachorro para o colo, praticamente desaparecendo debaixo do velho animal. Penso no adesivo da mamãe na parte de baixo do estojo do meu violino, uma torção em preto e branco completando um círculo chamado de "yin e yang". São Nessa e A Menos.

Melissa pega sua bolsa de crochê, escolhendo bolas coloridas de lã para fazer o tricô da noite.

— Cinco minutos com A Menos, está bem? Depois banho, escovar os dentes e dever de casa — diz ela.

As risadinhas de Jenessa acabam sendo abafadas no pelo de A Menos, mas sua mão se agita no ar, fazendo um sinal com o dedão para cima.

— Ai. Não tem necessidade disso — reclamo quando Delaney me dá uma cotovelada forte.

— Você não ficou pensando que eu ia fazer isso tudo sozinha, ficou?

— Foi ideia sua — resmungo.

Com Melissa e Nessa em outro cômodo e meu pai do lado de fora alimentando as galinhas e os demais animais da fazenda, somos só nós duas na cozinha iluminada demais.

— Você traz os pratos — ordena ela. — Eu vou enxaguar e empilhar.

Olho para ela, sem me mexer.

— Trégua, tá bom? Só pega os pratos ou então a gente vai ficar aqui a noite inteira.

Passo um prato de cada vez para ela, que os enxágua na água levantando vapor. Observo, hipnotizada, como estou desde o primeiro dia, pela conveniência das torneiras. Delaney não faz ideia de como é bom ter aquilo.

— Marie me falou que viu você no pátio conversando com Ryan hoje mais cedo.

Examino seu rosto, mas está indecifrável. Quase deixo um prato cair ao pensar em como Ryan se sentou ao meu lado e no modo como meu coração pulou para fora da boca.

— É bom tomar cuidado com isso. Faz parte de um conjunto incrível que pertenceu à minha bisavó. E eles vão ser meus, quando eu for mais velha e me casar.

Delaney pega o prato da minha mão de forma brusca, e ela mesma quase o deixa cair. Como sempre, posso senti-la me avaliando. Me avaliando em comparação a ela.

— Se eu fosse você — continua ela — tomaria cuidado com Ryan. Ele é o maior pegador. E do terceiro ano. Fico imaginando o que o seu pai acharia disso.

Penso no riacho no meio do inverno: silencioso, duro como uma pedra, impenetrável.

Seja o riacho.

Foco em Melissa, que está falando com a minha irmã, suas palavras suaves como uma canção de ninar.

— Vamos ter que pedir agulhas de crochê ao Papai Noel para você. Tem vontade de aprender?

Nessa assente, feliz, brincando com os dedos da pata dianteira de A Menos.

— Essa é a sua defesa? Vai querer dar uma de Jenessa pra cima de mim? — reclama Delaney.

Dou de ombros e entrego outro prato a ela. Não vou discutir sobre Ryan com ela. Mal consigo discuti-lo comigo mesma. Pela janela por sobre a pia observo o lado de fora, o vidro fosco por causa do frio e embaçado devido ao calor de dentro de casa.

Delaney estica o dedo para o vidro. Observo-a desenhar um grande *R*, então um círculo em volta dele, e, por fim, uma linha inclinada dentro da circunferência.

— Apenas fique longe dele, tá ouvindo?

Para ser bem sincera, não lido muito bem com pessoas me dizendo o que fazer.

Nunca lidei, nem nunca vou lidar.

— Ou o quê? — pergunto.

O que ela realmente pode fazer contra mim?

Delaney tira do bolso um pedaço de papel dobrado em quadradinhos. O sangue desaparece do meu rosto. Eu poderia matá-la naquele exato instante.

— Ou isso — diz ela — vai acabar sendo exibido nas paredes da escola.

— Isso é meu. — Minha voz falha. — Devolva.

Os olhos de Delaney brilham e ela começa a ler em voz alta para si mesma:

A quem possa interessar,

Escrevo a respeito das minhas filhas, Carey e Jenessa Blackburn.

Tirei Carey da casa do pai sem a permissão dele enquanto ela estava sob sua custódia legal.

Seu nome é Charles Benskin e ele pode ser encontrado por meio do Centro Nacional de Crianças Desaparecidas e Exploradas.

Tenho problemas com metanfetamina e transtorno bipolar e não consigo mais tomar conta das meninas. Elas podem ser encontradas em um trailer no Parque Nacional de Obed Wild e Scenic River.

Se entrarem pelo primeiro mirante e seguirem rio abaixo, vão encontrar o trailer em uma clareira a mais ou menos onze quilômetros.

Por favor, saibam que sinto muito pelo que fiz.

Sinceramente,
Joelle Blackburn

— Uau. Sua mãe está bem ferrada.

Jogo o corpo para a frente e arranco o papel das mãos dela. Ela ri, vitoriosa de qualquer jeito.

— Isso é só uma cópia. Tenho mais de onde essa veio. Você acha que Ryan Shipley poderia realmente gostar de uma aberração caipira que nem você? Nós só a acolhemos por pena.

Fico em pé ao meu lado — é essa a impressão que tenho — e assisto, impotente, ao meu braço ser levado para trás e meu punho se fechar, pronta para bater nela mais forte do que já bati em qualquer outra coisa.

— Pode ir em frente. Eu te desafio, sua *aberração* — sibila Delaney, sem nem tentar se defender. — Mostre a todo mundo quem você realmente é: um lixo que a mãe não criou direito, e que nem ao menos queria.

Para meu horror, uma represa dentro de mim arrebenta.

— Nossa, você é patética, sabia? Bem que eu queria que nunca tivessem te encontrado. Queria que a sua mãe cheia de crack tivesse levado você com ela...

— Ela fumava *metanfetamina* — retruco. — E não pedi para vir para cá.

Nós duas respiramos pesadamente.

— Qual é o seu problema comigo, afinal? — indago, o calor incandescente dominando meu corpo. — Acho que você tem tudo o que uma pessoa poderia querer. Teve até o meu pai. Por que você detesta tanto a gente?

Delaney gargalha; é um som profundo, cheio de amargura.

— Você tá de sacanagem? Nunca tive nenhum dos dois. Nem mesmo minha própria mãe! Era tudo sobre *você*. Tudo *sempre* girou em torno de você! Será que estava viva? Estava morta? Ah, conseguiram outra pista. Não, não é ela. Você estava com fome? Segura? Aquecida? Carey isso, Carey aquilo. Era *tudo* sempre *sobre você*.

Vejo as lágrimas escorrerem por seu rosto, a fachada perfeita derretendo em sofrimento.

— Está tudo bem por aí, meninas? — A voz de Melissa é suave, calma.

— Estamos bem, senhora. Quase acabando.

Delaney bate com o pano de prato no meu ombro.

— Já terminei por aqui — afirma ela com um olhar severo. Observo suas costas, retas e cheias de orgulho, enquanto ela vai embora.

Depois de ela sair, amasso o papel em uma bolinha e a enfio no fundo do lixo.

Então me seguro na pia em busca de apoio e choro até não ter mais lágrimas. Acho que faz um bom tempo que não choro tanto e não paro até esvaziar, mas esvaziar totalmente, como as cascas manchadas dos ovos que são deixados para trás pelos filhotes de codornas ao nascerem.

Volto a pensar no Bosque dos Cem Acres e fecho os olhos, recordando a brisa gelada deixando nossas bochechas vermelhas e fazendo os galhos trepidarem; as estrelas brilhando pensativas daquela altura arriscada; o fogo crepitante acompanhando meu violino; e Nessa batendo palmas no final, encostada em mim para se aquecer.

Sinto saudades até mesmo de mamãe, mas é só por um segundo, antes de apagar sua lembrança assim como apagávamos os tocos de vela que usávamos para ler quando a nossa lâmpada de querosene ficava fraca.

Fecho a lava-louça depois de encher o pequeno compartimento com sabão como meu pai me ensinou. Seco as bancadas e, em seguida, a pia dupla de aço inox.

Bem-te-vi! Bem-te-vi!

O passarinho pousa no parapeito da janela da cozinha, inclinando a cabeça parecendo cheio de curiosidade. E me fitando com olhos simpáticos.

Penso em Ryan, em como toquei para ele, como ele fez do violino algo feliz novamente, em vez de melancólico e doloroso. Ele observou minha alma levar as notas a todos os lugares particulares: feliz, triste, incerta, assustada. Aos seus olhos, eu era Dê, não uma aberração caipira.

Isso mudaria se ele soubesse a verdade? Se ficassem sabendo na escola sobre a minha vida na floresta? Se Delaney mostrasse a ele a carta de mamãe?

Minha respiração fica acelerada e me esforço para acalmá-la. Inspira, expira. Inspira, expira. Acho que eu morreria se Ryan descobrisse, se olhasse para mim e visse a antiga Carey com as unhas sujas e o rosto manchado de fumaça, a calça jeans rasgada e o casaco sujo de mijo de gato.

— Estou levando Jenessa para o banho — avisa Melissa, aparecendo na porta.

— Sim, senhora.

Depois que ela se vai, jogo água no rosto e seco com um papel-toalha. Ainda não consigo acreditar que isso vem das árvores. O que me deixa triste no mesmo instante. Uso a folha também para apagar o círculo com o *R*, limpando o vidro a tempo de ver o bem-te-vi voar e pousar no telhado do celeiro. Um facho de luz forma um círculo no chão da porta, onde meu pai está acabando de botar a comida da noite.

Será que ele pensa o mesmo que Delaney? Que suas filhas são aberrações da floresta? Caipiras? O que quer que isso seja, até soa nojento. Delaney devia estar mentindo quando disse que ele procurava por mim. Mamãe disse que mandou cartas para o meu pai, mas que ele nunca as respondeu. Por que deixou mamãe me levar, sendo que ele mesmo sabia como ela era?

Subo a escada e fecho a porta atrás de mim, me arrastando para a cama totalmente vestida, como fazia na floresta.

Escuto Melissa cantando para Nessa na banheira. *Três ratos cegos. Olha eles correndo.* Deixo os sons me preencherem, me agarrando à paz de saber que minha irmã não é um fardo para a esposa do meu pai. Ela ama minha irmãzinha. Qualquer um pode ver.

Finjo que ela é nossa mãe, nossa mãe verdadeira, e a floresta é só um sonho ruim que foi apagado com um banho de espuma e uma canção infantil sem sentido.

A última coisa que vejo antes de cair no sono é o sorriso de lua crescente de Melissa.

Ela abre a porta sem fazer barulho, estende a mão e apaga a luz.

— Durma bem. Sonhe com os anjos.

E eu espero que a mamãe tenha muitos pesadelos.

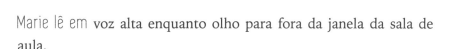

11

Marie lê em voz alta enquanto olho para fora da janela da sala de aula.

— Você está bem?

Fadinha sussurra com o canto da boca, fingindo fazer anotações enquanto a sra. Hadley nos observa com firmeza.

— Estou bem. *Shhhh*.

Fadinha acha graça por eu tê-la mandado ficar quieta. Com seu cabelo maravilhoso e seu estilo peculiar, usando uma camiseta de manga comprida *tie-dye*, uma legging listrada multicolorida por dentro de coturnos (a própria Delaney tem alguns pares bem usados) e seu vestido de alcinha amarelo-ovo por cima, Fadinha não conseguiria se destacar mais nem se tentasse.

— Bom, você não parece nada bem. Parece meio nervosa. Como se alguma coisa estivesse te incomodando — comenta ela, me pressionando.

Então sou eu que falo pelo canto da boca:

— Estou *bem*. Você vai nos meter em *encrenca*.

Fadinha finge se concentrar no livro à sua frente, enganando a sra. Hadley, que se vira novamente para as anotações no quadro-negro.

— Delaney te encheu a porra do saco por causa do Ryan?

Eu a encaro.

— Que foi? Só porque falei *porra*? É só uma palavra — comenta ela com naturalidade, voltando a *O grande Gatsby*, bocejando e virando uma página. — Dá pra acreditar que eles fazem a gente ler essa *porra*?

Ela dá uma risadinha e eu não consigo evitar um sorriso largo.

Como estou entediada, observo Fadinha usar a caneta para ligar as sardas no braço, formando o contorno de uma caneca parecida com a de inox que usávamos como concha no nosso ensopado de coelho.

Ela olha orgulhosamente para seu trabalho.

— É a Ursa Menor, como a vejo de casa à noite.

Penso na constelação do violino, brilhando sobre o trailer, e assinto em reconhecimento, voltando os olhos para o livro quando a sra. Hadley se vira.

— Courtney, gostaria que lesse a próxima página, por favor.

— Ops — sussurra Fadinha pelo canto da boca.

Sigo as palavras conforme ela lê, seu desgosto pela história ficando aparente de forma cômica. Só que algo mais atrai minha atenção: um sorriso familiar preenchendo o retângulo de vidro na porta da sala de aula.

É Ryan, apontando para seu relógio de pulso e fazendo movimentos exagerados de mastigação.

A sra. Hadley marcha até a porta e a escancara, pegando-o na metade do gesto de mastigação. Fadinha aproveita o momento para fazer uma bolinha de papel com uma folha de caderno e usá-la para me acertar na cabeça.

— Ponto — decreta ela baixinho.

— Olhem só. É Ryan Shipley — fala a sra. Hadley e até eu acabo rindo.

— Isso não é trigonometria! Vou ter que dar queixa da senhora, sra. Hadley, se não der minha aula de trigonometria de uma vez por todas — declara ele.

— Vá para a aula, Ryan, antes que eu dê queixa de *você*.

— Sim, senhora — concorda ele, piscando para mim. — Descansar — diz ele para a turma, fazendo uma continência e batendo os calcanhares.

A sra. Hadley fecha a porta, balançando a cabeça como se todos nós fôssemos impossíveis.

Eu me acomodo na cadeira, sorrindo, até que me lembro. Viro devagar para a esquerda. Delaney desvia o olhar e começa a preparar algo, dobrando uma folha de caderno em quadradinhos.

— *Pssssiu*.

Viro-me para Fadinha, que está com os olhos brilhando.

— Você é tãããão sortuda — sussurra ela. — Ryan *definitivamente* gosta de você. Droga, quem me dera ser mais velha. Acredite, você ia ter uma competição pesada.

Forço um sorriso, mas minhas entranhas estremecem como se eu tivesse comido os tumores que encontramos em alguns bagres alguns verões atrás. Consigo sentir Delaney me encarando, mas me recuso a olhar. Minha cabeça está uma confusão.

A pergunta que importa é: onde posso encontrar Ryan para o almoço dessa vez? Acho que o pátio está descartado. Tem que haver algum lugar onde Delaney e as amigas não nos encontrem.

Faço anotações como se estivesse escrevendo sobre *Gatsby*, e então destaco a folha do caderno e passo para Fadinha.

Você pode mandar um recado ao Ryan para mim? Não fale pra ninguém, está bem? Não quero que Delaney veja. Peça a ele para me encontrar na biblioteca na hora do almoço.

Fadinha concorda, dando a impressão de concordar com algo que a sra. Hadley está dizendo.

E é isso.

— Sra. Hadley? — Fadinha agita a mão no ar, balançando o braço freneticamente.

— O que é, Courtney?

— Poderia me dar licença para ir ao banheiro?

A professora verifica o relógio na parede.

— A aula está quase acabando. Você não pode esperar cinco minutos?

Fadinha balança a cabeça com violência, contorcendo o rosto em agonia.

Assim que a sra. Hadley se vira para pegar a chave do banheiro das meninas, que fica pendurada em uma tábua de madeira com o número da sala gravado, Fadinha pisca para mim e recolhe suas coisas.

— Aqui está. — A sra. Hadley acena para que ela vá para a frente da sala.

— Vejo você amanhã — diz Fadinha ao meu ouvido —, quando vai poder me contar tudo. *Bon appétit!* — acrescenta ela com uma voz estranha e em um tom alto.

Olho para ela sem entender.

— Como Julia Child. Você não conhece Julia Child?

— É uma aluna do segundo ano?

Fadinha ri.

— Meu Deus, garota. Você tem muito a aprender.

Eu o vejo antes de ele me ver. Cabelo castanho-claro, fino como o meu, mas o dele é um pouco mais ondulado. Olhos que iluminam um rosto receptivo, com um sorriso que escava um túnel sob a minha pele como se eu tivesse mordido um pedaço do sol e todo o seu calor estivesse morando dentro de mim.

Acho que pareço uma idiota, mas não há palavras suficientes para descrever a atração que existe. É como os ímãs de Nessa. Incontrolável. Penso nos homens na floresta. Mas, de alguma forma, Ryan continua sendo Ryan. Lembro o que Delaney disse na cozinha, antes que as coisas ficassem tão sentimentais.

— *Meninas como você precisam tomar cuidado, sabe.*

Lavo o prato de Jenessa, que ficou limpinho com as lambidas que A Menos deu quando Melissa não estava prestando atenção.

— *Meninas como eu?*

Ela está se referindo à floresta?

— *Você sabe que é maravilhosa. Vai ter um monte de garotos interessados em você por causa da sua beleza.*

Meu rosto queima, só de pensar em meninos gostando de mim.

— Acredite. Já estive nessa situação. Não deixe o sucesso subir à cabeça. Os garotos no ensino médio só pensam em uma coisa: naquilo. Você vai ver.

Olho para ela, horrorizada. Os homens na floresta já eram ruins o suficiente. Os garotos, também, não.

Ryan, não.

Sorrio quando ele me vê.

Por que ele gosta de mim? Está óbvio que gosta de mim. É por eu ser nova? É o violino? Será que pode ser como Delaney falou?

De repente, fico insegura. *O que estou fazendo?* Penso em Delaney e no bilhete da mamãe. Penso nos círculos queimados no meu ombro e na noite da estrela branca, o que me deixa com um nó no estômago. É estranho como aqueles tempos parecem mais reais do que o agora, não importa quantos dias tenham aumentado a distância entre aquele momento e o presente.

Mantenho meus olhos nos de Ryan, mexendo no estojo do meu violino num gesto automático. Vejo o alívio inundar seu rosto, como se ele não tivesse certeza de que eu apareceria. Ele vem na minha direção enquanto sorri para cumprimentar outros alunos no caminho. Eu me afundo na escrivaninha. *O que* estou fazendo?

Não sei nada sobre garotos e se eles gostam de mim, sem falar em como lidar com garotas como Delaney, *especialmente* se ela contar para as pessoas sobre a floresta. Estou brincando com fogo e sei o que acontece quando as pessoas brincam com fogo. Quer dizer, eu nem saberia o que são aquelas escrivaninhas se não houvesse a placa — NÃO É PERMITIDO COMER OU BEBER NAS ESCRIVANINHAS — acima de mim na parede.

— Oi. A Fadinha me falou pra te encontrar aqui. Para que tanta cerimônia?

Não sei o que ele quer dizer, mas entendo a essência.

— É uma longa história — comento, me esquivando enquanto procuro por Delaney e sua corte, Ashley, Lauren, Kara e Marie —, mas, como suspeitei, a biblioteca não é um lugar que elas escolhem para passar tempo.

— Vamos sair daqui, Dê. Está na hora do almoço, afinal de contas.

Sorrio quando ouço o estômago dele roncar e o meu responder da mesma forma.

Ryan joga minha mochila em seu ombro. Pego o estojo do violino, ainda sem saber por que o carrego por aí constantemente. Não quero ser a "garota do violino", como Delaney me chamou, nem na escola, nem em casa. Não quero que ninguém me obrigue a tocar... para me fazer lembrar de mamãe ou da época na floresta.

O melhor lugar para deixar o instrumento continua sendo jogado no fundo da prateleira do closet. Mas, todo dia de manhã, não consigo suportar a ideia de deixá-lo para trás. Penso no velho cobertor de Nessa, o "cobertor de segurança", como mamãe o chamava, tão desgastado que virou um trapo. Eu só preferia que a minha versão não fosse um trambolho tão grande para carregar por aí.

— Sei pra onde podemos ir — fala Ryan, me guiando pela biblioteca e seu labirinto de livros até sairmos pela porta dos fundos, passando por uma caverna de árvores. Cruzamos um campo cheio de neve, de tamanho considerável, daqueles onde as pessoas fazem guerra de neve e, antes que eu possa reagir, ele pega minha mão e me conduz até o bosque.

As árvores são grossas, como no Bosque dos Cem Acres, e, com uma pontada, sinto o velho cheiro familiar de terra e sombra. Ryan não sabe disso, mas sou mais Carey entre as árvores do que em qualquer outro lugar. Inalo o aroma almiscarado de folhas velhas e terra seca congelada. Encontramos uma pedra grande e plana.

— Tem uma alça no seu estojo de violino. Como num violão.

— Tem. A mamãe, minha mãe, colou uma alça. Assim ela podia carregá-lo no ombro.

— Fique aí um instantinho, tá bem? Não se mexa.

Fico paralisada quando ele tira uma câmera do bolso. O clique soa alto na tranquilidade do local.

— Pronto. Venha se sentar.

Eu obedeço.

— Posso? — pergunta ele e eu assinto. Observo-o abrir minha mochila e tirar um saco marrom de papel amarfanhado que ele coloca entre nós. — Eu também trouxe almoço de casa.

Com um floreio, ele tira uma banana do bolso lateral, um sanduíche embrulhado em papel laminado do outro e, de um compartimento dentro do casaco, tira um saquinho com lacre onde há rodelas pretas com pontos brancos no meio.

— Você gosta de Oreos?

Aceno com a cabeça, fingindo que sei do que ele está falando.

Pego meu sanduíche, uma maçã verde, um pacote de Pringles e duas caixinhas de suco de maçã, colocando tudo na pedra. Ryan sorri e puxa um pacote amassado de alguma coisa chamada Twinkies das profundezas do mesmo bolso onde estava a banana.

Analisamos a comida diante de nós.

— É um banquete — digo, agindo com naturalidade. E é verdade. De onde venho, aquilo é considerado um autêntico banquete.

— É um piquenique de inverno — comenta ele — e isso aqui vai ser nossa toalha de mesa.

Ele tira o cachecol e o estica na pedra. Ajudo-o a colocar a comida em cima.

— É lindo — observo, esperando que ele ria de mim, mas ele não faz isso.

— Só fico com pena de uma coisa. — Ele me passa metade do seu sanduíche de almôndega com ketchup. Entrego para ele um suco de maçã e metade do meu sanduíche de manteiga de amendoim e geleia.

— Do quê? — Tomo um grande gole de suco.

— Que você não consiga tocar violino com comida nas mãos.

Dou risada.

— Acho que seria pior se eu fosse cantora.

— Eu adoraria escutar você tocando de novo.

Mastigo o sanduíche devagar e nem me importo quando aquele calor familiar atinge meu pescoço e meu rosto. No fundo, gosto da sensação. *O que há de errado com isso?*

— Não ligo de tocar para você — digo, dando uma rápida olhada nele.

Fico parada quando ele estica os dedos e toca delicadamente no calo roxo debaixo do meu queixo.

— Ainda acho que você deveria tocar para as pessoas, na Orquestra Sinfônica de Memphis, talvez, ou na banda da escola.

Pego o Twinkie que ele me entrega, fechando os olhos em deleite quando sinto o recheio cremoso do bolinho na língua.

— Minha mãe tocava em público e ela achava muito estressante. Perdeu o encanto, foi o que me disse. Não sei o que faria se eu perdesse o encanto.

Procuro bem-te-vis nos galhos acima de nós. Olhando para cima daquele jeito, vejo espirais de galhos dando voltas, troncos e troncos e troncos, sem fim.

— Mas você não é sua mãe — afirma ele.

Sinto aquilo de novo, o ruído. Um arrepio súbito e inexplicável. Ao encarar o rosto dele noto tanta coisa que preciso desviar o olhar. Sinto que se eu ficasse olhando por muito tempo, ele descobriria tudo sobre mim.

A única pessoa de quem já fui próxima é Jenessa. É incrível enxergar o mesmo potencial para a proximidade nos olhos dele.

— Eu sei. Mas já estou muito em evidência por chegar aqui no meio do semestre, sem conhecer ninguém. Sendo mais nova.

— Fadinha pode ajudar você na turma. Ela está no mesmo barco e com certeza não se importa em chamar atenção.

Nós rimos, pensando em Courtney. *Se ao menos eu pudesse pegar um pouco de sua presença de espírito emprestada...*

— Onde você morava antes de vir para Tupelo?

Não posso contar a ele que morávamos no Parque Nacional de Obed Wild e Scenic River, escondidas como cupins dentro de troncos apodrecendo, divididos por relâmpagos. Mas posso dizer o nome da cidade que ficava nos arredores.

— Wartburg. Com minha mãe e minha irmãzinha.

— Em qual escola você estudava?

Uso a expressão que Melissa tão generosamente atribuiu à nossa educação anterior.

— Estudávamos em casa.

Vejo compreensão surgir em seus olhos.

— Isso explica taaaanta coisa. Então o ensino médio é uma experiência totalmente nova pra você. Agora estou entendendo.

Bebo as últimas gotas do meu suco, assentindo.

— É como um mundo completamente diferente.

Ficamos em um silêncio confortável, quebrado apenas pela cobertura de neve deslizando dos carvalhos e das nogueiras à nossa volta.

— Então Delaney é sua irmã.

Eu o encaro, boquiaberta, com comida ainda na língua.

— Não se preocupe, sei guardar segredo.

Mastigo, absorvendo a gravidade dessa ruptura em minha vida secreta. *Será que mais alguém sabe?* Engulo a comida apesar do nó na minha garganta.

— Delaney é minha meia-irmã. Meu pai se casou com a mãe dela. Não temos o mesmo sangue.

— E vocês não são lá melhores amigas, obviamente.

— Ainda não.

Nós dois sorrimos com isso. E então me surpreendo.

— Acho que é difícil, com Jenessa e eu aparecendo do nada como aconteceu.

Ryan concorda, mas faz anos que estuda com Delaney e a conhece melhor do que eu. Talvez por causa de mamãe ou da minha ligação com Nessa, isso signifique mais para mim do que para Delaney.

— E como é a sua madrasta?

Essa é fácil.

— Ela é maravilhosa. De verdade. E é incrível com a minha irmã.

— E a sua mãe?

— Mamãe?

Ele dá uma mordida na banana, me oferecendo um pedaço. Balanço a cabeça, negando.

— Sua mãe era legal com a sua irmã?

Dou outra mordida no bolinho. Mais uma vez não sei como responder. Não estou acostumada a compartilhar, ainda mais informações sobre nós duas. Depois de todos esses anos jurando discrição, não sei se algum dia vou me acostumar.

— Ela tentava ser. Acho que fez o melhor que pôde por nós. Mas tinha os próprios problemas para resolver. — A mentira tem um gosto amargo, estragando o momento. Gostaria de nunca ter dito essas palavras.

Ryan fica encarando um ponto ao longe, evitando meus olhos, como se soubesse que estou mentindo. De repente, me sinto nua como as árvores sem a camada de neve que as cobre.

— Acho que você sabe de algo que não está dizendo — arrisco. — Não sou burra.

Ele examina meu rosto, mas em seguida afasta o olhar. Minha perna começa a tremer. Coloco a mão na coxa para fazê-la parar.

— Tem uma coisa que não sei se devo dizer.

— Por favor — falo baixinho, engolindo o nó na garganta. — Diga logo.

Vejo-o enfiar a mão no bolso do casaco e tirar um pedaço de papel branco dobrado em quadradinhos. Meu coração se acelera quando penso em Delaney e no círculo com o *R* que desenhou na janela.

Ele já sabe. Está tentando encontrar uma maneira de "aliviar minha barra", como dizem na TV.

Pego o papel dele, minhas mãos tremendo, e o desdobro em cima do meu colo, alisando as dobras. Mas não é a carta da mamãe. É pior.

Vejo a foto de uma menininha com um boneco do teletubbie Po nos braços, embaixo das palavras DESAPARECIDA E EM PERIGO. Minhas palavras somem quando olho fixamente para a garotinha, que ainda se parece comigo. Com uns cinco anos. Sem os dentes da frente em cima. Usando um casaco marrom listrado, o cabelo ainda loiro como uma semente de abóbora. Sorridente. Um sorriso tão largo que sofro ao ver aquilo.

Minha voz vem de longe, muito longe.

— Onde conseguiu isso?

Minha respiração está acelerada. Não consigo contê-la e logo começo a ofegar como A Menos faz depois de perseguir várias bolas de tênis. As árvores estão rodando à minha volta.

— Tome, pegue isso. Coloque na frente da boca e inspire e expire o mais forte que conseguir.

Pego o saco do almoço e sigo suas instruções. Inspirar. Expirar. Inspirar. Expirar. Até que as árvores desacelerem de vez e o chão volte para o lugar. Ryan estende a mão para me dar apoio, mas antes que eu possa me impedir, o empurro para longe.

— Onde arranjou isso? — Balanço o folheto na direção dele com a voz à beira da histeria.

— Minha mãe. Eu estava falando de você e ela se lembrou de alguns recortes de jornal antigo. Ela guarda recortes de jornal num álbum. O folheto também estava lá.

— Quantas pessoas viram isso?

Eu me encolho quando seus olhos demonstram surpresa, e depois mágoa.

— Ninguém! Eu não faria isso. Por que eu faria isso? Só pensei...

— O quê? Que seria divertido me humilhar?

— Não é nada disso — defende-se Ryan. — Dê, eu não quis...

— Minha mãe não me sequestrou! Isso é *absurdo*.

Não sei por que estou mentindo para ele. Não sei por que a estou protegendo.

— Esquece isso. Vamos só...

Ryan observa impotente enquanto fico de pé meio sem jeito. Fico feliz de vê-lo desestabilizado, assim como eu estou. Enfio o folheto na minha mochila antes de colocá-la no ombro. Pego o estojo do violino, batendo-o em seu joelho. Ele estende a mão e segura a minha quando agarro a alça com firmeza.

— Desculpe, Dê. Não era a minha intenção... Eu não estava tentando...

— Não quero que ninguém fique sabendo da mamãe!

Quantas pessoas viram esse folheto? Quantas pessoas se lembram? Será que é por isso que encaram a gente? Porque sabem? Será que sabem sobre a floresta também?

Afasto minha mão da dele e começo a percorrer o caminho de volta para o prédio, marchando sobre as pegadas que deixamos ao sair. Meu coração está tão gelado quanto meus dedos dos pés, mas minha raiva é ainda mais forte que tudo.

Foi um erro vir aqui. Nunca vou ser igual a essas meninas, não importa quantas calças jeans com brilho eu tenha.

De volta à biblioteca, me escondo em uma escrivaninha diferente, sem ser vista por Ryan quando ele anda pelo lugar, com uma expressão atormentada e os olhos destituídos do brilho de sempre.

Foi você que causou isso. Magoou uma das únicas pessoas que se importou em ser gentil com você.

Sinto uma dor no peito. Não sei as palavras certas para expressar isso, mas é tanta dor que não consigo respirar. Minhas entranhas estão emaranhadas como uma rede de pescaria. Acho que já estou cansada demais das confusões.

Apesar de a sra. Haskell também ter usado a palavra, ainda não quero acreditar que mamãe tenha me sequestrado. Ela me levou embora para me proteger — não era uma vilã; meu pai que era! *Mas então, por que nenhuma das histórias faz sentido? Por que ele não é o homem que mamãe me disse que era?*

Sem perceber que estou fazendo isso, alcanço meu ombro esquerdo e esfrego as queimaduras nas costas. *Como o colar de contas da mamãe,* penso e, em seguida, paro.

O senhor consegue me ouvir aí, são José? Está barulhento demais para que consiga me escutar?

Penso em nossas vidas no Bosque dos Cem Acres, os dias pintados de amarelo (bem-te-vis), carmesim desbotado (Cristóvão Robins — para Jenessa, todos os robins são "Cristóvão Robins"), azul (com os gaio-azuis, ou, talvez, como as lágrimas) e a própria floresta, uma coisa viva, se expandindo em tons de beleza, dor, sofrimento, pavor, alegria, tudo misturado, sem nunca esgotar as combinações novas e diferentes.

Mamãe fez o que tinha que fazer. Ela nos *salvou.*

Então por que as queimaduras? Por que as chibatadas?

Ignoro o sinal quando ele toca e, na verdade, conheço o termo usado para descrever o que estou fazendo — *matando.* Matando aula.

Eu me misturo aos outros alunos na biblioteca, fingindo que tenho um horário de estudo livre como todos os outros.

Na sessão de referência, encontro um livro sobre parques nacionais. Folheio as páginas até achar o Parque Nacional Obed Wild e Scenic River. Analiso as fotos. Aquela onda familiar de saudade de casa me invade.

Isso nunca vai dar certo. Talvez para Jenessa, mas não para mim. Sou como o esquilinho da perna quebrada de Nessa, que precisou ser sacudido e expulso da gaiola de passarinho quando se curou, preferindo o que lhe era familiar, ainda que fosse uma gaiola. Casa é casa.

Uma árvore para cada palavra que Pooh já falou. A Senhora de Shalott fazendo reverência antes de um minueto. Lancelot se curvando, o cabelo clareado pelo sol, da cor do trigo. Minha "biblioteca metida à besta", como mamãe a chamava, um recanto escavado e esculpido por raízes de árvores antigas na margem alta, próxima o bastante para estar perto de Nessa, ainda que longe o suficiente para ficar isolada. Tábuas encravadas entre as rochas servindo de prateleiras para guardar quaisquer livros que eu estivesse lendo no momento.

Em Obed, eu era a rainha do mundo. Suspensa no momento, com o violino pranteando, todos os animais paravam para ouvir um arco extrair música da madeira.

Aqui, sempre há barulho. Sons desnecessários. Luzes elétricas zumbindo, teclados clicando, telefones se esgoelando, música tocando, pessoas conversando. Fico de cabeça cheia como no Dia de Ação de Graças e eu odeio isso.

Mas não importa, porque preciso estar no mesmo local que Nessa e minha irmã precisa ficar comigo. Ela sacrificou suas palavras por causa da noite da estrela branca. Eu vou sacrificar minha sanidade se isso for preciso para mantê-la aqui.

De volta à casa do meu pai, com toda a pompa e circunstância do funeral de um falcão vermelho de Obed, empurro meu violino para guardá-lo no fundo da prateleira mais alta do closet, coloco algumas caixas retangulares brancas na frente, bagunço um pouco mais e então me afasto, satisfeita.

Não sou mais aquela garota. A violinista da floresta está morta. Sou como um urso selvagem me equilibrando em uma bola no circo: não sou mais nem uma, nem outra. Sou Uma Nova. Aquela Que Ainda Não Conheço. E, como Delaney gosta de dizer, isso meio que é um saco.

Após o jantar, que foi silencioso, pois Delaney ficou na escola até mais tarde para um treino da torcida, me sento de pernas cruzadas na minha cama com o livro de geometria aberto no colo. Não demoro muito para resolver os problemas e anotar as respostas no caderno ao lado, mesmo que minha mente não pare de pensar em Ryan e em seu olhar.

Não posso deixar a mamãe arruinar mais uma coisa.

Tenho que pedir desculpas. Eu sei disso. Mas ainda assim hesito só de imaginar me aproximar dele e dizer as palavras. Ninguém me avisou que ficar próxima das pessoas, às vezes, significava magoar, tanto a elas quanto a mim. E então penso na mamãe. Se aprendi alguma coisa, deveria ter sido isso.

Uma batidinha e um latidinho e não consigo evitar um sorriso.

— Entre.

A Menos escala minha cama por etapas, se esticando, enfim, ao meu lado, usando minha coxa como travesseiro. Dou uma batidinha na cama.

— Senta aqui um minuto, Nessa.

Jenessa sobe na cama e se aconchega junto a mim. Sua pele cheira a bolo. Ao famoso bolo de caramelo de Melissa e, em uma inspeção adicional, noto que há farinha em sua camisa. Massa seca acima do seu lábio. Empurro os livros e papéis para o canto da cama com os pés.

— Você parece bem, Nessa. Saudável e feliz.

O que ela faz a seguir me surpreende.

— Estou mesmo — comenta ela suavemente. Eu e A Menos somos atraídos por sua voz, como flores para o sol. — Adoro morar aqui. Você não?

Seus olhos estão suplicando, cheios de esperança. Às vezes é fácil esquecer quão sensível ela é, especialmente no ponto em que estou preocupada. Seu silêncio nos faz esquecer de como sua memória é rápida, do jeito que ela lê as pessoas em braile, da sua mente mais afiada do que o texugo malandro e a raposa sorrateira juntos.

Penso no que o fonoaudiólogo falou para a mamãe.

— *Se ela falar, não transforme isso num escarcéu. Não queremos dar mais poder ao mutismo dela do que já tem. O mesmo vale para o seu silêncio.*

— Aqui é legal, sim — digo a ela, forçando um sorriso. E não é mentira. Aqui é legal, com uma cama quentinha, roupas novas, a barriga cheia, dedos dos pés aquecidos. Dá até para andar descalça no inverno.

— Eu gosto da Melissa. Ela não é legal?

Preciso me inclinar para perto dela para conseguir escutar, mas, ainda assim, é um progresso: frases inteiras.

— Ela é incrível. É óbvio que ela acha você incrível também, Nessa.

Puxo-a mais para perto, sentindo seu cheiro. Xampu de morango. Talco de bebê. Ela descansa a cabeça no meu peito e meu coração infla. Independente de como me sinto, estou tão feliz por ela que eu poderia explodir.

— Você nunca vai me abandonar, né, Carey?

Observo suas mãos brincando com as orelhas de A Menos, arrumando-as na cabeça dele como se fizesse um penteado. Fico triste por ela não saber que eu nunca faria isso.

— Onde você estiver eu estarei. Lembra?

— Como no Bosque dos Cem Acres — observa ela, levantando a cabeça para verificar meus olhos. — Você disse que a gente sempre ficaria juntas.

— E era verdade.

Mas, pela primeira vez desde que consigo me lembrar, ela não tem certeza de que pode acreditar em mim. Com isso, sinto uma dor no peito.

Recito um dos Poohismos favoritos dela.

— "Se algum dia houver um amanhã em que não estejamos juntos, há algo de que você deve sempre se lembrar. É mais corajoso do que acredita, mais forte do que parece e mais inteligente do que pensa. Mas, o mais importante é que, mesmo se estivermos separados... eu sempre estarei com você."

Ela olha para mim e por um segundo vejo novamente seus olhos brilhando como um fogueira, como acontecia antes da noite da estrela branca.

— Mas quero você aqui de verdade — comenta ela, fazendo beicinho. — Não no meu coração; de verdade.

— Estou aqui, maninha. — Pego sua mão. — Viu?

— Eu nunca vou embora, Carey. Mesmo quando eu for mais velha que velha.

— Aposto que sei qual é uma das suas partes preferidas de estar aqui — falo, provocando-a. — Nada de feijões.

— Ã-ã — discorda ela, me corrigindo com um sorriso. — Pessoas. Ela é tão fofa.

— Você terminou o dever de casa?

O brilho da fogueira em seu olhar some e ela balança a cabeça negativamente, se arrastando na cama em direção a A Menos. O cachorro desce devagar até o chão e começa a se espreguiçar, com o traseiro para cima, as patas da frente se esticando, a pata de trás erguida na parte central acima do seu corpo. Parece uma das posições de yoga de Melissa.

— Pode fechar a porta, por favor?

Eles desaparecem com um clique e fico sozinha de novo. A caipira desajeitada que não se encaixa. A Carey Urso de Circo, e acho que isso nem é a pior coisa da qual as pessoas poderiam me chamar.

Jenessa vai ficar bem. Se eles não me quisessem mais, ela ficaria bem. Isso é o principal.

Nessa sempre ficará bem se tiver Melissa. Ela a criaria como se fosse sua filha — o que já é. Até Delaney ama Nessa. Todos sabemos, não importa quanto ela tente esconder.

Outra batida na porta e fico tentando imaginar o que Jenessa esqueceu.

— Entre.

Mas é Melissa, trazendo uma bandeja com uma fatia de bolo de caramelo e um copo de achocolatado. Ela a coloca na mesinha de cabeceira, sorrindo para mim.

— É estranho ter filhas que façam o dever de casa sem serem obrigadas — comenta.

Olhamos uma para a outra, a palavra *filhas* paira no ar, frágil e inesperada, como o primeiro floco de neve do inverno.

Olho nos olhos dela, da forma corajosa como eu fazia na floresta.

— Obrigada, senhora.

— Pelo bolo? Imagina.

— Não só pelo bolo. — Meus braços se mexem sem jeito, mas é importante dizer isso. — Ela está feliz aqui.

Seus olhos sorriem para mim, me enternecendo, como os olhos das personagens maternas dos livros. Quando acho que está prestes a chorar, ela pisca, afastando as lágrimas, e dá um sorriso.

— Eu realmente me importo com a sua irmã. Com vocês duas, aliás.

Ela desvia o olhar, parando por um momento para se recompor, e então nos encaramos novamente.

— Não quero que você se sinta desconfortável. — Ela faz uma pausa, esticando o canto da colcha. — Posso supor que suas costas são como as de Nessa?

Afasto o olhar, em resposta. Sei que ela entende.

— Você deve ter sido muito corajosa, fazendo o que era preciso para manter vocês duas bem na floresta.

Gostaria muito de acreditar que isso é verdade. Gostaria de me sentir dessa forma.

— Seu pai quer saber se você pode ajudá-lo lá fora — diz ela suavemente. — Pode comer o bolo depois.

— Sim, senhora.

Escorrego da cama, me sentindo um pouco constrangida enquanto procuro por minhas meias. Melissa para na porta, me observando.

— *E você*, Carey? — pergunta ela.

— Eu o quê, senhora? — Encontro minhas botas de neve meio escondidas embaixo da cama, atrás da saia da cama.

— Está feliz aqui? Talvez só um pouquinho?

Eu me ocupo em calçar as botas. Ryan faz meu coração voar como uma pipa. Isso aqui faz meu coração se sentir corroído, como um dos ossos de A Menos. Mas não é culpa dela.

— A senhora tem sido muito boa para nós. Nunca vou poder retribuir.

— Mas... — acrescenta ela com tristeza, esperando.

— Não é... É só que... É só que eu...

Com dois passos largos, ela atravessa o quarto e me envolve nos braços. Ouço soluços, abafados por seu suéter grosso, antes que eu perceba que sou eu chorando. Sou *eu*. Quando ela beija meu cabelo, fecho os olhos, guardando aquilo na memória, uma que posso levar comigo para onde quer que eu vá.

— Nós sabíamos que seria mais difícil para você, querida. Especialmente para você. E não tem problema.

Mas tem.

Ela afunda na cama, me puxando junto. Nós sentamos, sem falar nada. Quero ser a menina que vi no reflexo, a menina sortuda que consegue as coisas com facilidade, a que esquece tudo sobre a floresta e sobre as coisas horríveis que fez. Quero ser como Delaney e ir dormir na casa das amigas, ouvir música legal e dançar pelo meu quarto com minha calça jeans nova. Mas não sei como ser essa menina.

— Na véspera do seu pai ir buscar vocês duas, passamos três horas com a sra. Haskell fazendo um milhão de perguntas. Como poderíamos fazer com que se sentissem em casa. Como poderíamos ajudá-las a se encaixar. Coisas assim.

Ela afasta meu cabelo do rosto e faz carinho em minha bochecha com as costas da mão.

— A sra. Haskell nos deu ideias do que fazer, o que não fazer, como tudo poderia se desenrolar, que problemas esperar. Mas, no fim, mesmo que fizéssemos tudo certo, ela disse que tudo se resumia ao tempo.

— Tempo? — pergunto, fungando.

— Tempo. Tempo para se acostumar às coisas, tempo para formar novos laços, novas associações. Não precisamos ter pressa. Ela comentou que nem sempre seria fácil e que vocês podiam ficar com saudades de casa, com raiva ou confusas. Falou que não importava o que acontecesse, o melhor que podíamos fazer era amar vocês do jeito que são.

— Ela disse isso?

— Disse. Seu pai não conseguia entender como vocês poderiam ficar com saudades de casa, especialmente pela forma como viviam. Mas eu conseguia. Nós nos apegamos ao que nos é familiar. Encontramos beleza até nos momentos de escassez. Faz parte da natureza humana. Fazemos o melhor com o que nos é dado.

Penso nas palavras dela. É verdade.

— E tudo isso — ela faz um gesto circular — não é com o que você está acostumada. Chegamos até a pensar se não seria melhor educar vocês em casa, mas a sra. Haskell tinha razão. É melhor encarar os medos e criar uma nova normalidade em vez de ficar por aí se preocupando com isso.

Ela se levanta e alisa o avental.

— Vai ficar tudo bem, querida. Se você permitir.

Como se ela soubesse com certeza. Ela poderia saber?

— Seu pai está esperando.

Deixo-a me levantar.

— Isso também é seu, Carey. Sei que é diferente. Mas é seu.

Afasto minha mão, como uma folha caindo. Dói muito persistir. Então por que dói tanto se livrar do passado?

— Obrigada, senhora. — Olho para ela, mas desvio o olhar em seguida. — Acho que Delaney não está muito feliz, na verdade.

Se eles me fizerem ir embora, vou levar esse casaco novo comigo, penso enquanto fecho o zíper do casaco baiacu — foi assim que Melissa o chamou: "casaco baiacu" — e puxo minhas luvas. O casaco branco acolchoado que bate na cintura tem um capuz forrado com pele falsa. Ou pelo menos acho que é falsa.

Melissa para na porta e se vira, com o rosto pensativo.

— Delly também estava acostumada com as coisas de determinado jeito. Mesmo que vocês duas nunca tivessem se encontrado, você já fazia parte da vida dela. E também não era uma parte fácil. Por isso ela precisa de tempo. Todos precisamos. Graças a Deus nós temos bastante.

Ela me deixa sozinha. Enfio o gorro estranho que tem tiras entrelaçadas de lã salpicada de azul, rosa e amarelo, os laços trançados pendendo das abas das orelhas. Viro-me e vejo meu reflexo no espelho.

Estou sempre perdendo as folhas.

A menina da floresta retribui o olhar com seu rosto severo, os olhos da cor de folhas apodrecendo. Quando pisco os olhos, Aquela Que Ainda Não Conheço faz o mesmo.

Do lado de fora, sigo a luz. Consigo ouvir meu pai se movimentando no celeiro enquanto percorro ruidosamente meu caminho pela neve e deslizo a porta, abrindo-a. Ele está ajeitando uma cama de palha para as quatro cabras dormirem enquanto os burros, um marrom-cacau e o outro de um tom de cinza mais claro, mastigam feno em suas baias com as pálpebras semicerradas.

Meu pai abaixa a cabeça em cumprimento.

— Já falo com você.

— Sim, senhor.

Observo-o usar o ancinho de esterco para recolher o restante do estrume, jogando-o em um grande carrinho de mão.

— Pode sentar ali — diz ele, apontando para um monte de palha.
— Deixa só eu trancar as baias.

Ele tranca os animais para a noite, as cabras me olhando com suas estranhas íris que mais parecem buracos de fechadura. Elas são fofas, na verdade, com seus chifres salientes que me fazem lembrar instantaneamente de Pã, deus da terra, protetor dos pastores e de seus rebanhos, da natureza e das montanhas selvagens, da caça e da música do campo. *Vales arborizados. Violinos em volta de fogueiras. A Primavera de Margaret.* As cabras fazem grande sucesso com Nessa, assim como com A Menos, que está sempre tentando pastoreá-las de um lugar a outro. Meu pai desliza a porta do celeiro para abrir uma fresta e se inclina na abertura.

— Sei que é difícil falar sobre isso... — Ele faz uma pausa para acender um cigarro, a fumaça saindo em espiral pela porta e desaparecendo. — Mas eu queria fazer umas perguntas sobre sua mãe.

Eu me remexo na palha, pegando um graveto só para ter algo com o que ocupar as mãos.

— Sua mãe batia em vocês?

Penso em Melissa e assinto. Também não consigo encará-lo.

— Ela deixou vocês sozinhas na floresta? Outras vezes além daquela em que as encontramos?

Assinto novamente.

— Sei que você disse que sua irmã parou de falar ano passado. O que quero saber é o porquê.

Eu me obrigo a respirar. Inspira, expira. Inspira, expira. Ensaiei falar sobre isso tantas vezes em minha cabeça, então deveria ser fácil.

— Para começar, senhor, ela nunca foi de falar muito. Não é como se tivéssemos um monte de gente com quem conversar, afinal de contas.

Vejo nos olhos dele que está tentando não forçar a barra.

— Nessa tinha cinco anos — continuo. — Depois de ficar assim por alguns meses, mamãe a levou a um fonoaudiólogo na cidade.

— Houve algum acontecimento desencadeador?

— Desencadeador?

Conheço tantas palavras. É desconcertante deparar com várias que não sei.

— Algo que a tenha chateado. Deve ter havido algum motivo.

Olho para os bichos, tão aquecidos e seguros. O burro marrom--cacau me observa atentamente, também esperando por uma resposta. Não sei o que dizer. Todas as palavras ensaiadas de antemão não são fáceis com os olhos do meu pai fixos em mim e sua testa enrugada de preocupação.

— Não sei — afirmo, tentando não desviar o olhar porque *mentirosos desviam o olhar*. Foi isso que o homem na floresta disse. Eu tremo, tentando *não* lembrar. Meu pai pega um cobertor em uma prateleira e cobre meus ombros.

Digo, batendo os dentes:

— Obrrrigaaaada, seeenhooor.

Suas botas ficam molhadas na frente depois que ele descarrega o lixo e enche as tinas para os bichos. Nenhum de nós dois fala por um bom tempo, mas sinto sua necessidade de saber. Penso em Perdita, tão perdida quanto eu:

Uma das duas é inevitável;
Quando falar, mude o seu intento,
Ou a minha vida.

— Bem, se lembrar de algo, me fale. Queremos ajudar Nessa a superar isso.

Concordo ao devolver o cobertor.

Do lado de fora, solto minha respiração, que forma uma grande nuvem branca. Estou tremendo, mesmo tendo a camiseta colada às costelas por causa do suor. Sigo, próxima da parede, até os fundos do celeiro, mas escorrego e acabo me agachando. Gostaria de ter aquele saco de papel. A moça do comercial da TV tarde da noite chamou isso de "ataques de pânico". Estão se tornando muito comuns ultimamente.

Meu pai não tem ideia do que está me pedindo. Nenhum deles tem. Só Jenessa, que me ama demais para falar — literalmente. Minha irmã, que está disposta a desistir das palavras completamente para me manter por perto... Um sacrifício que permito que ela faça porque sou muito covarde para eu mesma confessar.

Que tipo de monstro eu sou para deixar uma menina de seis anos suportar meus pecados?

Eu me odeio, odeio o que fiz. Já pensei sobre isso sem parar e ainda não consigo encontrar uma resposta que poupe a nós duas.

Enxugo as lágrimas raivosamente, a lã raspando minhas bochechas. Tenho chorado com muita facilidade desde que vim para cá. Também odeio isso.

Contanto que Nessa esteja segura, o resto não importa.

Penso em mamãe, as lágrimas dando lugar ao torpor. Só estava sendo ela mesma, nos deixando na floresta. *"Só porque uma pessoa num gosta da verdade, num faz com que seja menos verdade."* O cérebro da mamãe não funciona bem. Ela chamava isso de "episódios maníacos". Recebeu o diagnóstico de bipolar quando tinha a minha idade. Ela também não teve escolha.

São José, o senhor pode me ouvir? Não sei o que fazer! Parece que não importa o que eu faça, uma menininha se machuca. Me diga: o que é pior? Jenessa perder as palavras ou me perder?

E se eu contar para eles e eles não me quiserem mais?

Enrolo a perna da minha calça jeans, minha pele branca como a lua sob a escuridão. Passo a luva pela cicatriz, lisa e cinza, como um sulco em minha panturrilha onde perdi um pedaço de pele. A beirada de metal da mesa dobrável fez aquilo. Só senti que tinha acontecido depois.

— Charles! Carey! Está congelando aí fora! Jenessa está querendo que Carey lhe dê um banho de espuma. Você dois vão entrar?

Fico surpresa quando meu pai me dá cobertura.

— Carey foi dar uma caminhada. Falei para ela não ir muito longe. Diga a Nessa que a irmã dela vai ter que adiar esse banho para outro dia.

— Bom, não demorem então. Estou esquentando água para fazer chá.

— Estou acabando e já vou entrar.

Suas vozes ressoam claras como o som dos corvos que é trazido pelo ar gelado.

Alguns minutos depois, escuto os passos do meu pai afundarem na neve e o barulho de botas na escada dos fundos antes de a porta se fechar atrás dele.

É só uma questão de tempo. Agora tenho certeza. E então não vou mais poder ficar aqui: seja porque a lei não vai permitir ou porque não vai ser bom para Jenessa e sua nova família.

Acho que a srta. Charlotte Brontë resumiu melhor.

Diga palavras de fúria ardente para mim
Quando mortas como cinzas na urna funerária
Afundaram cada nota de melodia
E fui forçada a acordar de novo
A canção silenciosa, a trama adormecida.

Não me importo comigo. Não mesmo. Posso ser uma covarde agora, mas não fui quando realmente era necessário. Se houver consequências, que venham. É por isso que não sou como mamãe. Foi por isso que conseguimos, Jenessa e eu, e sempre vamos conseguir.

12

Se me perguntarem, considero um ritual adolescente estranho se reunir em um sábado à noite na casa de alguém para beliscar salgadinhos e beber refrigerante. Quer dizer, todos nós já não jantamos, e ainda tomamos refrigerante?

— Não é essa a questão — comenta Melissa, achando graça. — É uma chance de conhecer seus colegas de turma e fazer amigos fora da escola. Você vai se divertir — afirma ela, com um sorriso. — Eu não imaginaria a Carey que conheço com medo de uma festinha.

— Quem está com medo? — retruco, mordendo a isca ainda assim. — Bom, prometi a Fadinha que iria. A mãe dela não a deixaria ir se eu não fosse também.

Delaney, espionando da porta, revira os olhos. Guardo o último talher, gastando a energia do meu nervosismo ao ajudar Melissa com a louça.

Nessa gosta de ficar ouvindo nossas conversas da mesa da cozinha, depois que está limpa, onde ela balança as pernas e desenha A Menos e meu pai espremidos embaixo de arco-íris que ocupam meia página ou Delaney e Melissa sorrindo embaixo de grandes sóis amarelos. Os desenhos não são de todo ruim, na verdade. Eles lotam as portas da geladeira, presos por pequenos ímãs pretos. Conto outros três desenhos grudados na porta da despensa e um rascunho de nossa floresta vista pelos olhos de Jenessa, enquadrado e pendurado na parede da sala de jantar — o primeiro desenho que minha irmã fez para Melissa.

Esse é o meu preferido, desenhado com uma velha e familiar caneta Bic. Nele, as árvores marcam a página com uma elegância alinhada, o trailer na clareira, o riacho correndo para fora na parte de baixo do papel. Nessa poderia ser uma artista um dia.

— É legal da parte de Carey levar Courtney à festa — observa Melissa, dando um abraço improvisado em Delaney quando ela passa.

— Mãe, sério. Você tá bagunçando meu cabelo.

— Imagino que ela tenha uma parada dura pela frente — continua Melissa —, sendo jovem e estando avançada na escola. Não me surpreende que vocês duas tenham se dado bem.

Demonstro indignação.

— Por quê? Porque somos aberrações?

Observo Melissa subir descalça na pia para guardar as travessas de cristal na prateleira no alto do armário. Meu pai não gosta quando ela faz isso. Ele quer que ela use a escadinha, por mais que seja chato desdobrá-la e pesado para arrastá-la do armário do corredor.

Melissa desce e se vira para mim.

— Aberração? Onde ouviu isso?

Nós duas olhamos para Delaney pelo vão da porta, para o sofá onde ela está languidamente lendo *Star* e *People*. *Aberração* é uma palavra que ela usaria para sempre se eu admitisse que, em primeiro lugar, não sei quem são nenhuma daquelas pessoas na revista *People* ou por que algumas das mulheres mais velhas parecem gatos — gatos com lábios enormes — e, em segundo lugar, para mim, os adolescentes parecem bizarros com aqueles sorrisos brancos cegantes, os cabelos impossivelmente perfeitos e as bolsas caras. Nessa e eu poderíamos ter vivido na floresta por um ano, talvez dois, com o dinheiro que custa uma dessas bolsas "Louis Vuitton".

Uma buzina toca do lado de fora. Delaney corre para procurar seu casaco e então aparece na porta.

— Estou indo. Tchau!

Melissa a detém:

— Tem certeza de que não tem espaço para Carey e Fadinha, Delly?

Eu me encolho. Adultos conseguem ser muito otimistas. O rosto de Delaney seria capaz de secar uma das flores sorridentes de papel de Nessa transformando-a em um broto marrom envergado e sem pétalas.

— Desculpe, mãe. A gente vai para a casa da Kara primeiro e depois para a festa. Não posso fazer as garotas esperarem.

Melissa olha para mim e eu sou o broto marrom envergado. Não que eu fosse à festa com Delaney, de qualquer forma. Preferia comer gambá, coisa que (graças a são José!) Nessa e eu nunca tivemos que fazer.

— Nós entendemos. Divirta-se, querida. Nada de beber e coloque o cinto de segurança! E não quero ninguém mandando mensagens enquanto dirige, está ouvindo? Se acontecer qualquer coisa desagradável, faça com que parem o carro e eu vou buscar você.

Delaney suspira.

— E eu vou ser a piada do colégio.

— Não estou nem aí. Pelo menos você vai ser uma piada viva!

A porta da frente bate quando ela sai no exato instante em que meu pai entra pela dos fundos.

— Quem está batendo portas por aqui? — Jenessa levanta a mão e ri. — Ah é, né?

Ele vai para cima de Nessa com os dedos preparados para fazer cosquinha, e minha irmã dá sua gargalhada espumante, alta e contagiante, tão próxima a palavras reais que quase espero que ela diga alguma coisa em voz alta. Esperta como a raposa sorrateira, ela desliza para baixo da mesa, mas é óbvio que não quer realmente escapar.

— Agora já chega — adverte Melissa. — Ela acabou de jantar.

Ainda rindo, meu pai ajuda Jenessa a subir de volta na cadeira, sua mão tão pequena na mão enorme dele. Sei que é considerado falta de educação, mas não consigo evitar encará-lo. É como descobrir que algo que você não conhecia é seu e a única forma de passar a conhecer é olhando sem parar. Com o cabelo desgrenhado e um sorriso largo, ele parece mais jovem e feliz do que naquele primeiro dia na floresta. Ele não parece um cara que não liga para as filhas.

Todos amam Nessa. Melissa, Delaney, a sra. Haskell, a sra. Tompkins, toda a turma do segundo ano e, obviamente, meu pai. Deveria ser difícil para a minha irmã, como é para mim, mas para ela é diferente. É como da vez em que fomos comprar comida com Melissa no fim de semana passado e no caminho de casa o carro pegou um sinal verde atrás do outro.

Com sorte. Fácil. É assim que é para Jenessa.

Sorrio para ela, um sorriso cor-de-rosa, vendo o colar de balas que ela está mastigando. Deve ter ganhado aquilo na escola. Ou de Melissa. Já comeu quase todas as balas, menos as cor-de-rosa.

Há uma batida forte na porta e todos viramos a cabeça.

— Eu atendo — fala meu pai.

Observo da minha cadeira ele cumprimentar Courtney e a mãe. Fico surpresa por a mãe de Fadinha ser tão jovem.

— Gostariam de entrar?

A mãe da minha amiga estende a mão toda tímida.

— Sou Amy Macleod. Courtney não para de falar da Carey.

Fadinha fica quase tão vermelha quanto seu cabelo.

— Mãe!

— Vou pegar seu casaco — diz Melissa calorosamente.

Estou pronta há horas. Meu casaco baiacu está pendurado em um pino na porta, com luvas de lã grossa de um tom cor-de-rosa empoeirado, cada uma em um bolso. Estou usando as botas novas, que ficam grudadas como uma segunda pele até os joelhos e que, segundo Melissa, tendências de moda à parte, são realmente botas de montaria.

Acho que combinam com minha calça legging preta e o casaco grosso de tricô trabalhado, azul como o gaio, que quase chega ao topo das botas. Até Delaney olhou para mim com admiração, por um breve segundo antes de cair em si.

— Tenho uma ideia — comenta meu pai. — Que tal se eu deixá-las na festa e vocês duas podem bater um papo, tomar uma xícara de chá, talvez?

— É uma ótima ideia, Charles. O que acha, Amy?

Fadinha sorri, olhando de mim para a mãe e para mim de novo.

— Acho ótimo.

Meu pai pega o casaco de Amy e o pendura no lugar onde antes estava o meu.

— Depois de vocês, senhoritas — diz ele para nós, com Fadinha sendo atraída por cada palavra dele.

É óbvio que ela também nunca teve um pai. Eu me empertigo como um bem-te-vi. Definitivamente não me importo em dividir.

Fadinha dá um risinho quando meu pai nos passa as instruções antes de nos deixar sair do carro. Estamos estacionados na entrada da casa de Marie, a aniversariante, uma das melhores amigas de Delaney. A turma inteira do segundo ano foi convidada. Pelo visto, quase todo mundo veio.

— Nada de bebidas. Nada de cigarros. Nada de drogas. Entenderam, meninas?

— Sim, senhor.

Fadinha faz uma expressão séria, mas não consegue mantê-la.

— Não se preocupe, sr. Blackburn. Vou manter Carey longe de confusão.

Meu pai e eu trocamos olhares, mas nenhum dos dois a corrige. É quando percebo que ela não sabe de Delaney e eu.

O ar do inverno é divertido quando você está usando um casaco quentinho. Paro na entrada, piscando com a luz dos faróis quando meu pai dá uma buzinada e, em seguida, volta para a estrada.

A casa de Marie é, no mínimo, do tamanho de um milhão dos nossos trailers juntos.

— Está com medo? — pergunta Fadinha, reparando no meu rosto.

Duas aberrações na rua depois da hora de dormir, penso, como Delaney zombou mais cedo, cacarejando como uma bruxa no Halloween.

— Não — respondo, me ajeitando para parecer mais alta. — Estou contemplativa.

No coração da floresta 195

— Contemplativa? O que é isso, um funeral? É melhor você deixar de lado essas palavras de vestibular só por esta noite, Blackburn. Tá na hora de zo-AAAR.

Fadinha faz uma dança maluca e seguro seu braço antes que ela escorregue na lisura que cobre praticamente tudo, apesar de Melissa dizer que todo mundo usa sal. *Sal, para derreter o gelo nos degraus e nas calçadas. E, não, não o tipo que usamos no frango ou na carne.*

— Isso teria sido uma droga. Obrigada, Carey.

Penso na sra. Macleod, que é igualzinha a Fadinha, de cabelo vermelho e tudo.

— Você se parece muito com a sua mãe, sabe.

— Todo mundo diz isso. Provavelmente porque ela parece muito nova. Ficou grávida de mim no colégio. Tinha *15* anos. E eu não deveria contar isso.

Penso em Nessa.

— É difícil criar um bebê quando se é tão jovem.

— Eu sei. Contei para a minha mãe como você costumava cuidar da sua irmã o tempo todo antes de se mudar para cá. Então ela falou que eu poderia vir hoje à noite se fosse com você. Ainda nem acredito que ela deixou!

— Sim, essa sou eu. — Dou um sorriso irônico. — Sou mais velha e confiável.

— Você meio que é mesmo. Acho que nós duas somos — acrescenta, suspirando.

— Mas não hoje à noite. Acho que vamos beber refrigerante até cansar e comer salgadinhos desnecessários à beça!

— Você não sai muito, né, Blackburn?

— Olha quem fala.

Ficamos paradas uma do lado da outra, admirando a casa. É de tirar o fôlego, decorada com luzes de Natal, tanto daquelas transparentes e piscantes quanto as que são fios compridos imitando pingentes de gelo. Nunca vi algo como aquilo em toda a minha vida. Luzes na casa e em espiral pelos troncos das árvores. As luzes transformam a escuridão em um mundo de fadas, como se tivesse saído de um dos livros ilustrados de Nessa.

— Na segunda semana de dezembro, todas as vizinhanças estarão enfeitadas. Vamos sair de carro para que vocês duas possam ver as luzes — prometera Melissa, e foi uma promessa que ela manteve.

Eu sabia um pouco sobre o Natal, da época antes da floresta, mas eu era muito pequena e, por isso, não me lembro de muita coisa. Jenessa, por outro lado, passou a vida sem Natal. Estávamos ocupadas demais sobrevivendo para comemorar.

Fadinha puxa a manga do meu casaco.

— Vamos entrar. Não quero passar a minha primeira festa inteira tremendo de frio na porta!

Eu a seguro durante todo o caminho até a porta.

— Seus sapatos têm um saltinho, hein?

Percebo que ela fica corada, encantada por eu ter notado.

— Não vou precisar ficar na ponta dos pés, viu?

Ela toca a campainha.

— Acho que é só entrar — comento, nervosa.

Mas, então, a porta se abre e Marie aparece, nos olhando com uma diversão sublime.

— Olha se não são Fadinha Macleod e a Garota do Violino — murmura.

Fadinha dá um pulinho no lugar e Marie sorri.

— Ai, caramba, se você está tão empolgada assim, entre logo.

— Obrigada — diz Fadinha, animada, me puxando atrás dela.

O barulho é como um ataque: a casa vibrando com gargalhadas, música e conversas. Meu coração bate forte, fora do ritmo com aquela batida.

— Olhe!

Fadinha me arrasta para uma sala junto ao hall. Na verdade, há uma sala inteira separada para os casacos.

— Está sentindo isso no peito? Não é legal? É dance music, como nas boates.

No coração da floresta 197

Não tiro o casaco. Queria estar com meu estojo de violino, só para ter algo a que me agarrar. Pior ainda, estou pensando se é possível conseguir um estojo extra e tirar a alça. Eu poderia deixá-la no bolso, onde ninguém conseguiria ver.

Fadinha puxa minha manga com força.

— Você não vai pendurar o casaco?

— Acho que vou ficar com ele.

E se alguém o roubasse? É o melhor casaco que já tive. Quando o estou vestindo, me sinto a Carey civilizada. Carey esperançosa.

— Como quiser. Se ficar com calor, pode pendurá-lo mais tarde.

De volta à sala principal (Fadinha conhece essas coisas), o barulho me esmaga como a um inseto na parede.

— Você é a definição literal da menina tímida que não tem com quem dançar, sabe disso, não é, Blackburn? Não quer dançar?

Balanço a cabeça negativamente, com um sorriso paralisado. Não consigo respirar. Nem pensar.

— Você, hum, vá em frente. Eu... eu vou ficar bem.

Fadinha sai caminhando de forma afetada pelo chão de mármore polido, a mobília do cômodo encostada nas paredes laterais e dos fundos para liberar espaço para as pessoas dançarem. Ela para diante da lareira de vidro no meio, esfregando as mãos. Sorri e acena para um grupo de meninas da aula de literatura inglesa, que acenam de volta para ela. Elas dançam juntas em um círculo, rindo e gritando mais alto que a barulheira.

Ela faz com que pareça tão fácil. Sinto uma pontada ao observá-la. Ciúmes. Ciúmes de Fadinha.

Eu me imagino dançando, algo que nunca fiz na vida, e Delaney e suas amiguinhas rindo e apontando.

Dou um pulo quando um garoto magrinho se inclina na minha direção, balançando a cabeça no ritmo da batida da música.

— Quer um pouco?

Ele segura o que parece ser um cigarro caseiro, com uma fumaça doce, como quando eu e Nessa jogávamos limo na fogueira.

— O que é isso?

— Diversão.

Olho para ele sem entender.

— Você tá brincando, né? Realmente não sabe o que é isso?

Nego com a cabeça e ele gargalha como uma hiena, tão alto que o grupo ao lado se vira para olhar. Ele se inclina na minha direção e recuo ao sentir seu hálito. *Parece mamãe quando tomava aguardente.* Eu me afasto.

— Sua vaca metida. Todas as garotas que nem você são vacas metidas.

Penso na minha arma. Só a visão dela, apontada na sua direção, podia fazer os joelhos de garotos crescidinhos tremerem.

Fadinha encontra meu olhar e faz sinal de positivo com os dois dedões erguidos para mim. Dou um sorriso trêmulo. *Eu consigo.* Sigo lentamente apoiada na parede. Não tenho ideia de para onde estou indo. *Sou uma pesquisadora na mata selvagem,* digo a mim mesma, *observando o comportamento social do caribu.* Mas eu estaria mentindo se não admitisse que parte de mim está muito interessada em ser um caribu também.

— Desculpe — murmuro quando esbarro em um casal. Percebo meu pé enganchado, só que no pé de outra pessoa. Meus braços se agitam.

Ele me segura, seu corpo me protegendo da multidão girando, e me apoio em seus braços. É como se eu fosse uma das princesas da Disney de Nessa. Como se nós estivéssemos dançando e ele inclinasse meu corpo para baixo.

— Você — diz.

Mas Lancelot refletiu por um tempo;
E disse: "que rosto lindo;
Deus misericordioso, abençoai,
A Senhora de Shalott."

Sou atraída por aqueles olhos que dão a mesma sensação de estar num balanço bem alto, com a cabeça jogada para trás.

— Que sorte que eu estava aqui para segurar você. Podia ter sido pisoteada.

Pelos caribus. Só de pensar já sinto a dor.

Penso em como foi gritar com ele no bosque. Meu rosto perturbado. As palavras feias. Eu me senti perdida. Até então, nunca tinha me sentido assim.

— Ryan — falo, minha voz mal saindo num sussurro. Examino seu rosto, mas é como se o livro aberto tivesse se fechado.

Ele me coloca de pé novamente.

Fico ao lado dele, nossos braços se tocando, observando a multidão. Quero dizer algo, qualquer coisa, mas as palavras não saem. Ele se inclina na minha direção e força um sorriso, um sorriso que não alcança meus olhos.

— Não vi você a semana toda. — Seu hálito está fresco como menta, como as Tic Tacs de Delaney. — Eu diria que você andou me evitando. É verdade?

Afasto o olhar, meu peito se expandindo com aquela dor tão familiar que parece estar me esperando a cada esquina.

— Não. Não sei.

— Bom, isso é um sim ou um não?

— É só que... eu só...

— Só o quê? Não mereço mais nenhuma consideração? As pessoas cometem um erro com você e são colocadas na geladeira?

— Não! Não pensei que você ia querer *me* ver. Pensei... Quer dizer, pensei que...

Ele vira meu rosto para o seu, mas, diferente de mamãe, seu aperto é macio como a barriga do bem-te-vi.

— Achei que éramos amigos — declara ele.

Meus olhos se enchem de lágrimas, mas ele não me solta.

— Eu esperava que fôssemos mais do que isso, mas pelo menos amigos. — Sua mão tomba para o lado. — De qualquer forma, isso não é jeito de tratar as pessoas que se importam com você. Pelo menos não de onde vim. Será que eu estava errado sobre você? Pensei...

Espero, até não conseguir mais.

— O quê? Pensou o quê?

— Que você era diferente. Só isso.

Nesse exato instante, sinto um dor no peito. É como se sempre estivesse esperando por isso e as palavras de Ryan destroem completamente meu coração.

— Eu sou diferente — grito enquanto as lágrimas escorrem pelo meu rosto. — Esse é o problema.

Minha vida é uma confusão de passado e presente, como dois quebra-cabeças diferentes que tiveram as peças todas misturadas. Nada encaixa.

— *Nada de beijo, tá ouvindo? Tocar, tudo bem, mas nada de beijo. Isso num é romance, é negócio* — *dizia mamãe, suas palavras sendo cuspidas como chumbo grosso.*

Os olhos do homem cintilam. Seu rosto já excitado. Mas eles sempre escutam a mamãe.

Ele espera que eu tenha medo. Seus olhos exibem certo desapontamento quando vê que não tenho. Mas tem sido assim desde que me lembro.

— *O tempo tira o brilho das coisas* — *comentara mamãe mais tarde, quando me encontrara chorando na cama dobrável.* — *Você vai se acostumar com isso.*

— *Num quero me acostumar. Num gosto.*

— *A gente precisa que você faça a sua parte aqui, menina. Ninguém quer ser o lixeiro ou o agente funerário, mas alguém tem que fazer isso.*

É um círculo vicioso, o que uma menina pode se acostumar a fazer. E compartimentalizar. Foi assim que o livro de psicologia chamou isso: "compartimentalização". "Dessensibilização sexual."

Para fora voou a teia, flutuando para longe;
O espelho rachou de uma extremidade a outra;
"A maldição caiu sobre mim", gritou
A Senhora de Shalott.

Ryan estende uma mão hesitante e seca uma lágrima que desliza do meu queixo.

Sempre vou ser diferente. Tentei dizer a ele, naquele dia no pátio. Durante o piquenique que fizemos no bosque.

— Desculpe por aborrecer, assustar você ou o que quer que eu tenha feito naquele dia, CD. Mas não percebe que eu saberia como isso é importante? Não consigo imaginar nem de longe o que você e sua irmã passaram. Podia ter confiado em mim, sabe? Eu cuidaria de você.

De mim? Ou da garota na floresta? Não consigo dizer onde uma termina e a outra começa.

— Eu entendo, CD. Quer dizer, eu entendo, de verdade.

Espero, ouvindo. Acho que é o maior presente que um ser humano pode dar ao outro. É o que eu deveria ter feito o tempo todo.

— Moro com a minha mãe. Ela é mãe solteira... — Ele faz uma pausa, respirando fundo. — Meu pai foi preso por uma acusação de violência doméstica. Uma noite, quando eu tinha sete anos, ele quebrou os dentes da frente da minha mãe e o meu braço. Minha mãe ficou no hospital por uma semana. Tudo porque a cerveja tinha acabado.

Ouço com toda a atenção.

— Ninguém sabe. Bom, a não ser você, agora.

A cor verde. Verde-claro. E então se foi.

— Não acredito que você está me contando isso.

Não pretendia falar isso em voz alta, mas é tarde demais. Já disse. Ele fica vermelho.

— Por quê? Você não quer escutar?

— Não, é claro que quero.

— O que foi, então?

— Só estou surpresa, acho. Achei... Quer dizer, Delaney falou...

— O quê?

Fico corada.

— Delaney falou que você só gostava de mim — procuro as palavras — por causa do meu rosto.

Olhamos um para o outro, mas eu olho com mais intensidade. Preciso saber a verdade.

— Dá pro gasto, acho — brinca ele, dando um sorriso de verdade, pela primeira vez essa noite. — Mas eu não daria ouvidos a tudo que Delaney diz. Você também não sente?

— Sente o quê?

— A afinidade.

— Afinidade?

— *Similaridade*. Como estradas paralelas. Uma história. Você e eu.

Mais coisas se revelam, caindo macias como neve atingindo mais neve, as memórias ressuscitando feridas familiares quase invisíveis, mas ainda presentes.

— Ryan? Me conta.

— Tem certeza de que quer saber?

Não tenho. Mas assinto mesmo assim.

— Não sei se deveria.

— Por quê?

— Não sei se devo. Minha mãe disse...

— Sua mãe? Ryan, fala sério.

— Tá bom, então. A sua mãe e a minha eram amigas. Você e eu costumávamos brincar no quintal. Realmente não se lembra? Nem dos balanços?

Não até esse momento. As rodas e engrenagens do meu cérebro funcionam e sou levada para o passado. Vejo um menino de cabelo dourado, mais velho que eu, segurando-se no balanço ao lado do meu. Olhar para trás é como olhar para o sol.

— Lembro — falo em voz baixa. — Vem em flashes, mas estou lembrando.

— Sua mãe parou de tomar os remédios dela. Disse que fazia a música parecer coberta de pelos. Foi isso o que ela me disse, em nosso quintal.

— Ela quis se referir ao violino — explico.

— Minha mãe disse que ela já tinha parado de tomar os remédios antes, mas, dessa vez, não voltaria a tomá-los. Minha mãe tentou ajudar, mas não conseguiu.

— *Venha já aqui, Carey Violet Benskin!*

Pulo do balanço, aterrissando com o tornozelo meio de lado.

— *O que foi, mamãe?*

Vou mancando até ela, que me encontra no meio do caminho segurando uma embalagem dourada de batom, girando-o até que, quebrado ao meio, o batom cai na grama.

— *Maquiagem é uma coisa cara. Não é nenhum brinquedo. O que foi que eu te falei?*

Sua mão segura meu braço, me sacudindo no ar. Ela me bate, com a mão aberta, tão forte que minha pele queima sob o short.

— *Joelle! Ela só tem quatro anos!*

Meus olhos encontram os do menino dourado. Lágrimas escorrem pelas bochechas dele.

— *Tem idade suficiente para saber o que é certo e errado, Clarey.*

— Sua mãe é Clarey — afirmo, estupefata.

— Clare. Ela viu os machucados em você. Disse que, mais perto do fim, era constante.

— Eu me lembro de você. — Pisco para ele, espantada. — Eu me lembro dela.

— Eu me lembro do dia que ela levou você. Nunca vou me esquecer daquele dia. Minha mãe não fazia ideia. Ela comentou que parecia outro dia qualquer. Sua mãe foi te buscar na nossa casa, mas então vocês duas desapareceram. Minha mãe acompanhou sua história pelo jornal e seu pai até apareceu no noticiário algumas vezes.

— *Ryan! Joelle e Carey estão aqui!*

Escalando árvores, se tornando folhas.

Oferecendo-me metade de um picolé de cereja perfeitamente dividido.

Embrulhada no sol como se fosse um cobertor gigante, minha amizade dourada.

Indo para a lua. Perdida muito cedo.

— E você achou que eu era um cara legal aleatório que gostou do seu rosto — comenta ele, batendo o ombro no meu.

Apenas olho para ele.

Ele cavalgou por entre os maços de cevada
O sol veio ofuscando por entre as folhas,
E ardeu por sobre as canelas despudoradas
Do ousado Sir Lancelot.

— Eu me lembro. Não acredito que me lembro.

— Sua mãe costumava ler aquele poema maluco para a gente. Sobre aquela senhora descendo o rio de barco.

— "A Senhora de Shalott", de Tennyson — digo.

Só que eu achava que era meu. Ele sorri, e é o menino sorrindo, o menino de antes da floresta.

— Isso. Eu morria de medo daquilo.

— Porque ela morre.

— Isso mesmo. — Ele me encara, suas feições sendo suavizadas pelo alívio. — Achei que você tivesse morrido. Quando ninguém conseguia te encontrar.

— E então você me encontrou. Naquele primeiro dia na escola.

— Culpado — admite ele. — Teve uma manhã que vi seus registros de transferência na secretaria. No início, não consegui entender por que você estava usando o sobrenome da sua mãe e não o do seu pai. Mas então entendi que vocês não queriam que ninguém soubesse.

— Por que você não falou nada?

— Eu queria, mas quando você não se lembrou de mim... Não sei. Eu tinha certeza de que você se lembraria de mim.

Também quero dar um presente a ele. Para que saiba que eu entendo.

— Você não é nem um pouco como o seu pai, Ryan. Eu me lembro dele também.

Penso em mamãe. Sei o quanto isso é importante.

— Ainda bem. Mas a questão é que todo mundo tem um passado, CD. Todo mundo empurra coisas para debaixo do tapete.

— Como assim?

— Todo mundo tem coisas que gostaria de esquecer. Algo que preferiria manter escondido.

Ele me puxa para perto e eu permito, seu corpo servindo de abrigo como a nogueira centenária que formava uma sombra na nossa mesa de piquenique.

— Delaney sabe o que aconteceu com você? Que foi um sequestro?

— Melissa diz que ela cresceu lidando com as consequências disso.

— Pelo visto, ela não contou a ninguém.

— Acho que ela tem seus motivos.

Sigo seu olhar para o teto, o centro retirado e substituído por uma grande cúpula de vidro. *Estrelas em casa.*

Se eu tentar com bastante empenho, consigo imaginar que o céu é o de Obed, puro como uma virgem e seguro como a mamada de um bebê. As estrelas gorjeiam em Morse, pontos e traços em código, apenas o suficiente para manter meu olhar fixo e Jenessa dormindo.

— Então agora você tem que me perdoar e me dar um beijinho bem aqui — diz ele, apontando para a própria bochecha.

Ele se abaixa enquanto me estico na direção dele, mas antes que ele vire a cabeça, beijo seus lábios. Eu, a Carey Que Já Sou. Quando não volto atrás, ele retribui meu beijo, seus lábios macios como a penugem de um ganso jovem. Pressiono meu corpo mais para perto nos lugares que importam e ele coloca seu outro braço à minha volta. Eu me inclino para perto dele quando a música falha e incomoda. Encontro sua língua e incendeio nós dois.

E então ele se afasta. Como se soubesse dos homens na floresta e não me quisesse mais.

Olhando pela multidão, vejo Fadinha me encarando, boquiaberta e com os olhos dançando.

— *Nada de invasão de domicílio* — *advertira mamãe, acenando com a cabeça em direção à minha virilha e piscando.*

Esse homem é mais magro. Inquieto. Num gosto das mãos dele. As unhas estão sujas. Observo-o colocar dinheiro na palma da mão de mamãe: uma nota de cinquenta dólares.

Como se já tivesse caindo por minha garganta, tenho ânsia de vômito, então engulo a saliva de volta.

— *Mamãe, por favor. Num quero fazer isso.*

— *Quer que eu acorde Jenessa, então?*

Estremeço, com as pernas bambas.

— *Não, mamãe.*

Então vá logo, garota.

— Carey, me desculpe. Eu não deveria ter feito isso.

Ryan dá passos para trás, apenas alguns passos, mas parecem quilômetros. Meus olhos se enchem de lágrimas, apesar de todo o meu esforço.

— Por quê? Por causa do meu passado? Porque tenho 14 anos? Não sou uma garotinha, Ryan.

Ele ofega, tentando acalmar a respiração.

— Você definitivamente não é uma garotinha. Mas está lidando com muita coisa. Talvez não seja a melhor hora para nós sermos...

Eu me aproximo, pego sua mão e a coloco entre as minhas pernas.

— Carey!

Ele se afasta depressa, como se tivesse tocado em carvão quente. Eu o encaro. É disso que os homens gostam. Mas o que vejo é choque. Repugnância.

Sigo meu caminho, me apoiando na parede, na direção que estava indo antes de ele me encontrar.

— Carey!

Continuo em frente, ignorando-o.

Caribu, do gênero Rangifer, *ligado às renas do velho mundo. Tanto machos quanto fêmeas desenvolvem chifres grandes e ramificados. O nome deriva de uma tribo indígena, devido ao hábito de usar as patas dianteiras para afastar a neve ao procurarem comida no inverno.*

— Carey, espere!

Ele agarra meu braço e começo a chorar.

— Carey. Por favor.

Balanço a cabeça, as bochechas corando, e dou um passo para trás. Mas ele dá um passo à frente.

— Olhe para mim.

Dessa vez, eu olho.

— Agora, estou mais interessado em tocar *nisso*.

Ele coloca a mão no meu peito, no lado do coração. Só mais uns centímetros para a esquerda ou para a direita e ele seria como os homens na floresta. Mas sua mão não se move. Ponho a mão por cima da dele e ele me puxa para perto, me envolvendo nos braços. Ele me abraça, meu corpo atormentado por soluços.

— Ei. Está tudo bem, Dê. Tudo bem. Só fica calma, está bem?

Assinto, o tecido de seu casaco se enrugando na minha orelha.

Ele beija o topo da minha cabeça.

— Desculpe pelo nosso piquenique, por hoje à noite, por tudo.

Ele me abraça com mais força. Observo seus pés. Ele está usando botas como o meu pai, só que as dele são mais chiques.

— Eu queria te contar desde hoje à tarde. — Me esforço para dizer as palavras, me esforço levando essa nova vida em consideração. — Acho que estou tão acostumada a ser discreta e tal que é difícil transformar os sentimentos em palavras. Mas também sinto muito.

— Prove — sussurra ele.

Dessa vez, dou um beijo no meio da sua bochecha, como ele queria, e sorrio sem desencostar os lábios.

— Boa garota. Vamos sair daqui. — Ele pega minha mão e avança pela multidão. Encontro outra vez o olhar de Fadinha e ela aponta para as garotas com quem está, fazendo um gesto para eu ir com ele.

— Ela vai ficar bem — comenta Ryan, acompanhando meu olhar. — Aquelas lá são Sarah e Ainsley. Eu conheço as duas desde o jardim de infância.

Ele nos arrasta em meio às pessoas dançando, cumprimentando pessoas que não conheço e gritando acima da música. Estico o pescoço para dar uma última olhada em Fadinha, mas os olhos azuis e frios que encontram os meus não são os de Courtney.

Delaney parece capaz de me estrangular bem aqui e agora. Nossos olhos ficam fixos um no outro até que Ryan me puxa para outro cômodo, fechando a porta atrás de nós.

Uma lareira de tijolos vermelhos estoura e crepita, as chamas dançando em sombras loucas pela parede e no centro de um tapete oriental há um grande piano, o mogno polido até adquirir um brilho reluzente. Lá fora, flocos de neve intrometidos batem nas portas de vidro de correr antes de desaparecerem na noite.

— Não conte a ninguém — sussurra ele, afundando em um banco de veludo e levantando a tampa para revelar as teclas do piano. — Um segredo por um segredo.

Meu queixo cai quando ele toca a mesma peça que toquei para ele no pátio, "Primavera", de Vivaldi. Seus dedos voam pelas teclas e a emoção aumenta, as notas delicadas como um colar de gotas de chuva, ferozes como um porco selvagem protegendo o filhote.

Ryan termina com duas notas. Sua interpretação.

Bem-te-vi! Bem-te-vi!

Gargalho em meio às lágrimas. É perfeito.

— Minha mãe começou a me ensinar quando eu tinha quatro anos. Ela achou que ia ter que me colar no banco para que eu praticasse. Em vez disso, adorei. Tinha vezes em que ela precisava me arrastar para ir comer ou para tomar sol porque dizia que eu estava branco como um fantasma.

— Sua música é linda — falo, animada.

Sorrio para Ryan, a versão mais suave e civilizada de mim mesma. A menina do quintal dele. A de antes da floresta. Só é necessário um pensamento.

Não estou sozinha.

Ryan começa a tocar uma peça que eu nunca tinha escutado. Fecho os olhos e me deixo levar pelas notas até o fim, sem fôlego, meu coração em queda livre, como na primeira vez em que andei de elevador, e então ascendendo, voando alto como os filhotes de águia quando perdem todos os galhos que servem de suporte, e, assim, a única coisa que sobra é aquele salto de fé no vasto desconhecido.

Mantenho os olhos fechados até a sala ficar em silêncio. Quando abro os olhos, ele está me observando.

Ryan abaixa a tampa do piano e se levanta.

— Tenho uma ideia — declara.

Ele alcança o bolso do meu casaco e puxa o gorro.

— Eu realmente valorizo uma garota que escolhe se manter aquecida em vez de com o cabelo arrumadinho.

Ele brinca com o pompom por um instante antes de me devolvê-lo.

— Ponha suas luvas também.

Olho para ele de forma questionadora.

Ele fecha meu casaco até o queixo e faz o mesmo com o dele. Passamos pelas portas de vidro e saímos na noite. Estou feliz pelas botas de montaria, feliz como a floresta. Os flocos de neve nos cobrem como açúcar pulverizado e minha respiração sobe como a fumaça dos cigarros do meu pai, formando uma nuvem e desaparecendo em seguida.

— Posso te mostrar uma coisa?

Assinto.

— Assim — diz Ryan, caindo de costas na neve.

Eu o imito, me jogando ao lado dele, meus braços e pernas esticados, minha cabeça erguida para ver seus movimentos. Ele desenha arcos longos, ao varrer a neve com os braços e pernas, abrindo-os e fechando-os, repetidas vezes, suas botas batendo uma na outra.

Faço o mesmo que ele, sorrindo como uma boba. Talvez ele seja maluco, mas esse tipo de maluquice é divertido.

— Agora, levante-se assim.

Vejo ele se soltar primeiro, sentando-se, com cuidado para não arruinar a figura que formou. Ele se levanta e dá um pulo para o lado. Imito o que ele fez.

Ele me encontra onde estou de pé, pegando minha luva com a sua luva gordinha.

— Tá vendo?

Olho para as marcas.

— Anjos de neve — afirma ele.

E é o que são.

— Aaaaaah. São *lindos*.

Ele aperta minha mão e olho para minha luva enroscada na dele. Até hoje, a única mão que eu tinha segurado era a de Nessa. Queria que ele nunca soltasse.

E no tempo azul desanuviado
O couro da sela brilhava cravejado,
O capacete e a pena do capacete
Queimado como uma chama ardente junta,
Conforme cavalgava para Camelot.

Eu me viro outra vez para os anjos, maravilhada. Exatamente como o anjo de louça na cornija da lareira lá de casa. As vestes deslumbrantes. O arco de asas.

— Minha irmã vai *amar* isso. Vou ter que mostrar a ela como fazer.

E tenho algo para mostrar a ele também.

— Está vendo lá em cima, ao leste? Aquelas três estrelas em sequência?

Ele assente quando aponto.

— Aquela é a ponte. Está vendo as duas estrelas ali em cima, e duas embaixo? É o corpo. E as estrelas mais fracas abaixo? Elas formam o pescoço. Essa é a minha constelação. A constelação do violino.

Ryan cai na gargalhada.

— Caramba. Parece mesmo um violino!

— Eu costumava falar para a minha irmã quando ela era mais nova: "Se algum dia a gente se separar, me encontre embaixo do grande violino."

De mãos dadas, andamos ao redor da casa, e ele me leva até a varanda. Quero voltar para os nossos anjos, para a pressão tranquilizante da minha mão na dele.

— Quer saber como nós, pessoas menos visionárias, a chamamos?

Balanço a cabeça.

— Orion. Orion, o caçador.

— Orion — repito. Mal posso esperar para pesquisar sobre isso no laptop de Melissa.

— Mas eles têm algo em comum.

— O quê?

— Os dois usam arcos.

Sorrimos um para o outro.

— Você vai ficar bem?

Ele faz um gesto com a cabeça em direção à porta e ao som das risadas, música e gritos não letais. Nunca vou entender por que garotas adolescentes gostam de gritar, a não ser quando há homens desconhecidos ou ursos se aproximando.

— Sim, vou ficar bem. Vou achar Fadinha — digo a ele, minha voz passando uma confiança que eu queria sentir. Dou uma olhada no meu relógio de pulso. — Já está quase na hora da sra. Macleod nos buscar, de qualquer forma.

— Então vejo você no colégio segunda. Nada de se esconder, ouviu?

Ele se abaixa e beija minha testa, me envolvendo por um momento em seus braços macios, antes de se afastar.

— Quase esqueci. Tenho uma coisa para você. Feche os olhos. — Ele abre o meu casaco até a metade e então coloca algo frágil no meu bolso interno antes de fechar o zíper de volta. — Não olhe até chegar em casa.

Observo-o andar de costas, sustentando meu olhar, mas então ele tropeça em algo — uma pedra, um pedaço liso de gelo — e seus braços se agitam. Dou uma risadinha abafada.

Quando ele entra no carro, trocamos olhares pela janela enquanto o motor do carro esquenta. Sorrio quando ele escreve CD na condensação da janela e, ao arrancar, aceno até que as luzes traseiras desapareçam, como estrelas sumindo no horizonte.

Ela não sabe o que a maldição pode ser,
E assim tece continuamente,
E pouco cuidado tem ela,
A Senhora de Shalott.

E assim estou de volta a onde comecei, meus dentes batendo, olhando para a porta da casa de Marie.

* * *

Sou a única adolescente viva sem um celular, como Delaney destacou alguns dias atrás, e acho que no momento não me importei. Agora queria muito ter um. Eu ligaria para o de Fadinha e pediria para me encontrar aqui fora.

Lá dentro de novo, a procuro na multidão. Não vejo Delaney nem sua corte. Aceno de volta para Ainsley e Sarah, que estão dançando com dois garotos que parecem vagamente familiares. Fadinha não está entre eles.

Sendo corajosa mais uma vez, encontro a parede e sigo a pintura creme suave até outra entrada que dá numa sala espaçosa com cadeiras e sofás de couro e a parede dos fundos cheia de livros. As pessoas riem, conversam e há um grupo de garotas sentadas no colo de alguns meninos em frente a um fogão a lenha preto, assando marshmallows e salsichas espetados em garfos compridos de metal.

Uma mesa dobrável apoiada em uma parede lateral contém uma tigela enorme de cristal, de onde uma menina bonita de óculos e cabelo ruivo preso em um rabo de cavalo serve com uma concha um líquido vermelho em copos de plástico azuis. Ela acena para que eu me aproxime.

— Ponche — comenta ela, me oferecendo um copo —, para você entrar no clima.

Aceito o copo, agradecida, minha garganta arranhando com o ar frio e seco.

— Quanto é? — pergunto nervosa.

— De graça. Ou quanto você quiser. — Ela dá uma risadinha.

Tomo um grande gole e me engasgo na mesma hora, e logo o líquido espirra pela minha boca e meu nariz. A garota pula para trás com nojo.

— Meu Deus!

— Desculpe! — Meus olhos ficam cheios de água. Enxugo o rosto com os guardanapos que ela joga para mim.

— Você praticamente vomitou em cima de mim. É melhor que não tenha nada contagioso.

Não conto a ela que eu e Nessa tomamos nossas vacinas duas semanas antes de começarmos na escola, como se fôssemos A Menos ou algo assim. Também não conto a ela sobre os parasitas perolados que coçavam e se contorciam no vaso sanitário. Tomamos remédio para isso também.

A garota me olha de cima a baixo enquanto pega seu copo de ponche e engole tudo de uma vez. Ela bate o copo na mesa.

— Aaaaaah.

— O que é isso?

— É álcool de cereais. O que você esperava?

— *Aguardente?*

— *É. Já economizei quase o suficiente pro equipamento e pros ingredientes.*

— *Aguardente.*

— *Eu poderia vender e descolar uma grana. Você, mais que qualquer outra pessoa, devia ficar feliz com isso, garota.*

Meu corpo vai comprar o destilador e os ingredientes:

3 kg de fermento
19 kg de açúcar mascavo
2 kg de melaço
450 gramas de lúpulo

— *Onde a gente vai conseguir melaço, mamãe?*

— *Deixa que eu me preocupo com isso, garota.*

O ratinho falou em melaço no chá do Chapeleiro Maluco.

Por que não? A floresta é um tipo próprio de País das Maravilhas.

— E se eu tivesse que dirigir até em casa?

— Então seria melhor que fosse um carro velho. E você podia mascar isso.

A garota joga alguns palitinhos embrulhados em cima de mim.

Abro um e enfio o chiclete na boca.

— Obrigada.

— Ei, você não é a Garota do Violino?

Antes que me dê conta do que estou fazendo, nego com a cabeça.

— É claro que é. Pra sua informação, as bebidas de pirralho estão na geladeira da cozinha. Refrigerante e suco, as que são de censura livre.

Sigo meu rumo em meio a uma selva de corpos, diminuindo o passo para escutar um rapaz de cabelo desgrenhado no canto tocar violão para duas garotas. Nada mau.

De volta à sala, noto a enorme escada que leva ao segundo andar. Os corpos se espremem enquanto eu subo. No patamar, hesito diante de um corredor escuro de portas fechadas.

Bato na primeira.

— Fadinha?

Sem resposta.

— Fadinha, você está aí? Já está *na hora*.

— Cai fora! — rosna uma voz masculina, me assustando, e quase tropeço em um gato de cara achatada. O animal arqueia as costas e sibila para mim antes de sair correndo.

E se aconteceu alguma coisa com Fadinha? Sou responsável por ela.

Eu nunca deveria ter deixado ela sozinha.

Bato nas outras portas, mas não há resposta. Tateio a parede em busca de um interruptor, mas não encontro.

Será que algum dos garotos machucaria uma menininha? E se estivessem bêbados?

— Fadinha! — grito mais alto que a música. — Fadinha!

Não tenho escolha a não ser voltar à primeira porta, onde escuto murmúrios e depois silêncio.

Delicadamente, testo a maçaneta, e fico surpresa quando ela gira. Mais de leve ainda, abro a porta, meus olhos se ajustando à luz. Ali deve haver trinta velas acesas, pelo menos.

— Que diabo você está fazendo aqui, aberração?

Vejo muito mais do que gostaria: as nádegas nuas de um cara subindo e descendo por cima de uma garota, também nua, com os seios expostos quando se vira embaixo dele.

O cara olha acima do ombro com os olhos semicerrados.

— Você não escutou? SAI DAQUI!

No coração da floresta 215

— SAI daqui, porra! — grita Delaney, meio histérica.

Bato a porta atrás de mim, caindo de joelhos por causa da pressa. A voz aguda dela penetra pela madeira.

— Que merda, Derek! Ela sabe! — Sua voz está tremendo, à beira das lágrimas. — Merda! Merda! Merda!

Desço voando pela escada, trombando em Marie no final. Ela olha para mim que nem Delaney, enquanto tenta equilibrar uma bandeja de prata com sanduichinhos.

— Olha por onde anda. E, para sua informação, o segundo andar está proibido.

Não estou com paciência para isso.

— Acho que alguém deveria ter avisado isso a Delaney — retruco rispidamente.

Ela olha, nervosa, de mim para o andar de cima.

Pego um dos sanduíches.

— Obrigada.

Marie sobe as escadas correndo.

— Aí está você! Onde arranjou comida?

Eu me viro depressa. Fadinha está de pé com as mãos nos quadris, as bochechas vermelhas, o cabelo encaracolado molhado de suor emoldurando o rosto.

— Marie tem uma bandeja. Peraí... aqui estou *eu*? Por onde *você* andou? Procurei por você em tudo quanto era lugar.

— Você tem mais algum chiclete? — pergunta ela, me vendo mascar.

Ainda sou uma novata com chiclete. Tenho a tendência a mascar como se estivesse ruminando.

Em vez disso, dou à Fadinha o sanduíche, que ela cheira, as palavras enroladas.

— Quem dera fosse maior. Eles chamam isso de aperitivo. Estou pensando na minha casa e imaginando um sanduíche gigante com manteiga de amendoim e geleia no pão preto. Fatias grossas, sabe?

Estou tão aliviada por tê-la encontrado que quase me esqueço do que vi lá em cima. Quase. Imagino o rosto do meu pai em chamas enquanto grita com Delaney. Imagino os olhos de Melissa, pretos como mármore, os braços cruzados sobre o peito, e entendo que aqui é a mesma coisa como na floresta: a humilhação silenciosa de garotas jovens tendo filhos. Nem mamãe queria isso para mim.

Penso de novo em Delaney se movendo ritmadamente na cama, com um sorriso... um sorriso... até me ver.

Fadinha boceja tão forte que consigo ver a campainha no seu céu da boca.

— Eu estava no escritório jogando Scrabble com algumas calouras. Foi *você* que desapareceu. Com *Ryan* — diz ela, me provocando.

Sorrio, os acontecimentos mais felizes da noite repassando repetidamente na minha cabeça. *Lábios. Vivaldi. Anjos de neve. Lancelot.*

Ela agarra meu braço e o vira para si, conferindo a hora no meu relógio. Eu a arrasto para o armário de casacos, onde ela encontra o seu facilmente, escorregando-o do cabide, e eu a ajudo a colocá-lo, da mesma forma que faço com Nessa. Ela se vira para mim ao enrolar o cachecol ao redor do pescoço.

— Essa deve ter sido a noite mais incrível de toda a minha vida. Queria que ainda não tivesse acabado.

— Foi a minha também.

Dou uma risadinha. Sinto como se pudesse abraçar o mundo, como uma grande bola de neve ao redor dos meus braços macios.

— Eu sabia que ele ia te beijar — comenta ela, se inclinando na minha direção.

— Eu nem sabia que ele estaria aqui.

— Pois eu sabia. Ele me perguntou na sexta se você viria. — Seu olhos brilham de forma conspiratória. — E eu disse "ah, vai".

Caio na risada, me dando conta de como as pessoas subestimam Fadinha. Ela vem em um pacote tão adorável, mas na verdade está muito à frente de todos nós.

Ela pega minha mão descoberta na sua com luva. Cada dedo de sua luva tem uma cor diferente.

— Vamos. Não quero que minha mãe espere muito.

Abrimos caminho até a porta da frente, mas paro e me viro quando escuto uma voz familiar.

— Ei!

Delaney se inclina no balcão do segundo andar, seu cabelo perfeito agora bagunçado com perfeição. Uma das pontas do colarinho de sua blusa branca de botões está virada, mas não é isso. Tem alguma outra coisa diferente.

E então percebo. Seus olhos não estão desafiadores, superiores nem gelados. Estão apavorados.

Fadinha me puxa para irmos embora. Encaro Delaney por bastante tempo, esperando a empatia entre irmãs despertar. Isso não acontece.

Eu me viro e sigo Fadinha para fora.

— Vocês se divertiram, meninas?

O calor escapa em sopros da janela aberta da sra. Macleod. Fadinha segue para o banco da frente. Eu vou para o de trás.

— Foi o *máximo*, Amy! — Fadinha suspira.

— *Mãe*, por favor.

— Foi o MÁXIMO, mãe! Tive a melhor noite de toda a minha vida. Comemos bolo de aniversário, dancei a noite inteira e a casa era *enorme*. Tinha uma lareira de vidro na sala e todo mundo foi muito legal comigo.

— Bolo? — Cutuco as costas de Fadinha.

— Uhum.

— Cintos de segurança, por favor.

Fadinha suspira e se vira para mim com um rosto sonhador.

— Obrigada, Carey, pela melhor noite da minha vida.

— E você, Carey, se divertiu?

Fadinha ri. Assinto com a cabeça para a sra. Macleod e fico corada.

— Foi uma noite e tanto — digo, concordando e fazendo uma careta para Fadinha. Em seguida, sorrio para sua mãe, que retribui meu sorriso pelo retrovisor.

Seguimos para casa pela escuridão escorregadia, Fadinha soltando "aaaahs" e "oooolha" ao ver as luzes de Natal penduradas nas casas, cada cenário diferente, cada um maravilhoso à sua maneira.

Eu me lembro da expressão de Jenessa quando fomos de carro para a cidade e ela viu as luzes pela primeira vez. Ela achou que seu mundo de fadas tinha ganhado vida.

Houve tantos momentos em que fomos esmagadas pela realidade, lutando para conseguir nos orientar e encontrar o caminho. Mas não foi assim com as luzes. Essa iluminação é mágica. Nessa é jovem o bastante para fazer com que esse mundo seja o real, um lugar onde pessoas sóbrias penduram luzes em casas e em árvores, onde existem cômodos inteiros para enlatados e um cara velho e gordo de roupa vermelha deixa presentes para as crianças no dia 25 de dezembro.

— *Esperem só até a gente pegar a árvore* — *fala Melissa com os olhos brilhando.* — *Uma árvore recém-cortada, com cheiro de pinheiro enchendo a casa!*

— *Imagine só* — *comento com Jenessa, que está com os olhos arregalados, sem piscar.* — *Uma árvore dentro de casa, com enfeites pendurados e luzes ainda por cima!*

Na nossa fazenda, está escuro e silencioso quando a neve para de cair pela primeira vez em dias. Nossas próprias luzes natalinas, lâmpadas enormes em vermelho, verde, amarelo e azul, foram desligadas à noite.

— Quer que a gente leve você até lá dentro? — oferece a sra. Macleod quando solto meu cinto de segurança e fecho o zíper do casaco.

— Obrigada, senhora, mas tenho a chave — comento, tirando o chaveiro do bolso e balançando-o. — E, pelo que parece, todo mundo está dormindo. Vou ficar bem. Obrigada pela carona.

— De nada, Carey. Obrigada por levar Courtney à festa. Sei que significou muito para ela.

— De nada, senhora. Ela se divertiu. Nós duas, na verdade.

— Oi! Estou bem aqui!

Dou um risinho ao fechar a porta. Fadinha se remexe no banco e se espreguiça no encosto, dando tchau com os olhos fechados.

Entro em casa, acalmando A Menos quando ele late, fareja o cheiro da festa que ficou em mim e então lambe um pouco a minha mão. Me atrapalho para tirar as botas, deixando-as na entrada, e sigo devagarinho pelo hall só com as meias nos pés.

O fogo na sala de estar é uma pilha de brasas morrendo — o que é triste, de alguma forma. Paro no tapete diante dele, meus joelhos arredondados colados no peito. O bom e velho A Menos, esperando até ouvir o clique do ferrolho antes de desaparecer escada acima, voltando para Nessa.

Apalpo meu bolso, de repente lembrando, meus dedos se fechando ao redor de dois retângulos brilhantes de papel. Quando giro a chave do abajur de vitral, mal há luz suficiente para enxergar.

Lá estou eu em preto e branco, de perfil. Daquele ângulo, o estojo do meu violino, pendurado em meu ombro, assume a forma da asa de um anjo.

O piquenique no bosque.

É a segunda foto, entretanto, que faz com que eu prenda a respiração e me manda para o buraco do coelho da Alice.

Uma menina de cabelo louro e um menino esguio estão sentados lado a lado em balanços no quintal. O cabelo louro dela cai sobre um olho. O braço magro dele está imobilizado por um gesso verde-neon. Os dois estão com um sorriso largo.

— *Por que você não falou nada?*

— *Eu queria, mas quando você não se lembrou de mim... não sei. Eu tinha certeza de que você se lembraria de mim.*

Toco minha bochecha no mesmo local onde ele tocou, aliso o cabelo como ele fez, para sentir a mesma coisa que ele. Minha bochecha está gelada, porém macia, assim como minha mão. Seu sorriso foi gentil e caloroso; hesitante, no início, e então mais firme assim que resolvemos as coisas.

Uma explosão de faróis entra pela janela da frente e isso só pode ser uma pessoa. Procuro o relógio de parede quando os feixes de luz passam por ele. Cinco para a uma, e, como o nosso toque de recolher, que normalmente acaba meia-noite, foi estendido em uma hora, ela vai conseguir chegar a tempo.

Penduro o casaco e subo a escada, dois degraus por vez, fechando a porta do meu quarto e apagando a luz. Escondo as fotos debaixo de um maço de papéis na escrivaninha. Ainda não estou pronta para compartilhá-las.

Foi uma noite maravilhosa, são José. O senhor ouviu Ryan tocar?

Eu mal respiro enquanto Delaney sobe a escada. A luz do corredor entra por debaixo da minha porta. A sombra fica ali de pé, vai embora, mas depois volta.

— Boa noite — grito sarcasticamente para ela, aguardando. Mas não há graça nisso.

A sombra hesita.

Antes que eu tenha tempo de pensar duas vezes, abro a porta, agarro-a pelo braço e a puxo para dentro.

13

— Ei!

Ela arranca o braço do meu aperto e acende a luz.

— Como se isso doesse — declaro, mais corajosa depois de hoje à noite. — Por que você tem que ser tão *vaca*?

— "Vaca"? A Carey toda metidinha e superior está xingando? Onde aprendeu *isso*?

— Com a toda metidinha e superior Delaney. Pode se acostumar.

— Qual é o seu problema, Blackburn?

— Você! Você me chamando de "aberração da floresta" na frente das pessoas. Já chega!

Delaney revira os olhos. Mas me recuso a deixar para lá. Digo a frase seguinte tão suavemente como um soco na barriga.

— Sabe, se você me chama de aberração, está chamando Jenessa de aberração também.

Minhas palavras a magoam. Seus olhos passam de raivosos e faiscantes para envergonhados.

— Mais alguma coisa?

— Claro que sim. Quero a carta da mamãe. Todas as cópias.

— Ah, você quer? E o que eu ganho com isso?

Como se ela não soubesse.

— Meu silêncio. Não vou contar nada para o meu pai nem para a sua mãe sobre hoje à noite.

Nos encaramos como o texugo malandro e a raposa sorrateira, nas poucas vezes em que o caminho dos dois se cruzaram. Garras e dentes preparados, mas inúteis a não ser quando são absolutamente necessários, e todo mundo sabe que absolutos raramente são absolutos. Ainda mais depois de se banquetear com amoras fermentadas.

— Tudo bem. E, para sua informação, eu não planejava mostrar a carta a ninguém, de qualquer forma.

— Ah, então você esperava me chantagear com ela. Está óbvio quanto você me odeia.

E é como se eu tivesse virado uma chavinha, uma que estivesse, durante esse tempo todo, esperando para ser ativada.

— Não *odeio* você. Para alguém tão inteligente, você consegue ser muito idiota, sabia? Eu só... — Ela faz uma pausa e recomeça, as nuvens passando correndo pelo seu rosto. — Nem tudo gira em torno de você, tá? Quer dizer, eu entendo. Você vivia no mato, com frio, fome e uma mãe drogada, fazendo sabe-se lá o que para sobreviver. Está com crédito para cobrar um pedaço monstro de atenção. Já entendi. Mas isso não facilita as coisas para mim. Não quer dizer que não seja uma droga ser constantemente jogada para escanteio.

A vergonha me atinge com força. Ela está certa. Ela está totalmente certa.

— Eu não pretendia que tudo girasse ao meu redor. Não estava tentando...

— Eu sei. E é exatamente isso o que estou dizendo... É complicado. Essa porra toda é complicada. Você... eu... nós somos complicadas.

Ela cruza os braços e se vira. Pulo logo para a conclusão:

— Acho que vai levar tempo, Delaney. Só isso. Foi isso que Mel, que a sua mãe, disse.

Ela desaba na minha cama, com a cabeça no meu travesseiro. Parece outra pessoa. Só uma garota, como eu.

— Foi difícil na floresta, né?

Engulo com força, assentindo.

— Eu vi as costas da sua irmã. — Seus olhos demonstram pena, dividindo o peso. — Eu morro só de pensar na Nessa lá — murmura.

— Eu protegi bem ela.

— Tenho certeza disso. Não quis dizer... o papai falou... seu pai falou que você tinha uma espingarda.

— É.

— Teve que usar alguma vez?

Eu me enrolo em minha mente como o porco-espinho acidentalmente se enrosca, formando uma bola espinhosa de "me deixe em paz". E então, fosse por uma mudança de luz ou de sombra, tudo volta a se encaixar. Sou a antiga Carey outra vez. Ela é a antiga Delaney.

Minto.

— Como você acha que a gente comia?

— Cozinhando bem a carne, espero. Ou vocês duas teriam vermes.

Fico corada.

— Então, Blackburn. Um segredo por um segredo. Esse é o trato, não é?

Ela estende a mão e eu a puxo para colocá-la de pé. Penso nela e em Derek e no tipo de sexo que fizeram. Sorrindo. Sem ser por dinheiro. Divertindo-se.

Um mundo completamente diferente.

— Um segredo por um segredo.

Ela fecha a mão e deixa o mindinho para fora como um gancho. Fico olhando.

— Faça igual.

Eu faço o mesmo e ela engancha seu mindinho no meu.

— Promete?

— Prometo.

Ela solta minha mão e perambula pelo quarto, correndo o dedo pelas capas dos meus livros de poesia alinhados na prateleira acima da escrivaninha.

— Ei, o que é isso?

A ponta de uma das fotos está sob um facho de luz. Delaney vai em direção a ela, tirando-a de debaixo dos papéis. Ela a observa por bastante tempo.

— Ah. Meu. Deus. Agora entendi. — Ela segura a fotografia. — Não consigo acreditar. É...

— Eu e Ryan. A gente se conhecia quando criança.

— Ah. Meu. Deus. — Ela me encara, depois volta a atenção para a foto. — Uau. Só uau. Não tenho palavras.

Ela larga a foto e pega a outra. Um pequeno sorriso surge em seus lábios.

— Você está superbonita nesta foto, Carey.

— Obrigada.

Examino seu rosto. Ela realmente falou de coração.

— Tente guardá-las em algum lugar seguro. Se fosse eu, ia querer guardá-las para sempre.

Assinto, sem saber ao certo como responder a essa nova e mais delicada Delly. Penso na floresta, no frio do inverno derretendo em primavera, como é natural acontecer. Talvez isso seja natural. Talvez Melissa estivesse certa e Delaney só precisasse de tempo. Como todos nós.

— Falando *nisso*, preciso descansar. Boa noite, Carey.

— Boa noite.

Ela sorri para mim da porta e a fenda, a pequena rachadura que nos permitiu entrar, continua lá.

Sou o pássaro noturno, empoleirado no assento na janela. Acho que adoro o conceito de assentos na janela. O mundo lá fora sussurra em preto e branco. São duas da manhã. A neve usa o luar como perfume.

Fico relembrando a conversa que tive com Delaney, que foi potencializada pela surpresa, acho. Porque relembro Delaney jogando as mãos para cima na mesa da cozinha. Gritando na festa. Me encarando nos corredores do colégio. E percebo que aquilo é tudo cena.

A neve começa a cair, essa água fraca que se tornou poderosa.

É tudo cena lá fora também.

Um mundo é um mundo é um mundo.

Ou, como diz Jenessa, pessoas.

Não muito diferentes.

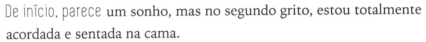

14

De início, parece um sonho, mas no segundo grito, estou totalmente acordada e sentada na cama.

— AQUI, GAROTO! CADÊ VOCÊÊÊÊÊÊÊÊÊÊÊÊÊ?!

Alguma criança está gritando lá fora e eu quero que, quem quer que seja, cale a boca. Domingo é meu dia de dormir até tarde e, depois da noite anterior, e tendo prova de literatura inglesa e de física essa semana, preciso de todo o sono que conseguir.

— A MENOOOOOOOOOOS!

Arregalo os olhos.

Não pode ser.

A voz é abafada por lágrimas. A porta do meu quarto se abre rapidamente e Melissa vai entrando, com uma expressão que é uma mistura de sofrimento e pavor.

— Você sabe quem é, né?

O mundo inteiro para enquanto ouço e balanço a cabeça em descrença, dando a impressão de estar dizendo não, quando quero dizer sim.

— A MENOOOOOOOS! VEM AQUI, GAROTO! CADÊ VOCÊ?!

No que parece câmera lenta, me levanto da cama e corro para a janela. O cheiro de ovos mexidos entra pela porta aberta e sinto a madeira fria sob meus pés.

— A MENOS!!!! Venha aqui agora!

Olho pela janela e então me viro para Melissa.

— Sua irmã está lá fora assim faz uma hora, mais ou menos.

A própria Melissa está meio histérica.

— Eu disse que ela conseguia falar — comento, a adrenalina correndo por minhas veias. Está parecendo o momento que precede o estrondo de um relâmpago no Bosque dos Cem Acres, fazendo os pelos dos braços ficarem arrepiados e o ar zumbindo com a eletricidade.

Vejo Jenessa dando passos pesados na neve, seus cachos balançando para a esquerda e para a direita. Ela desaparece no celeiro, mas ainda consigo ouvi-la gritando na potência máxima dos seus pulmões.

— A MENOOOOOOOOOOS!

Fazia tanto tempo.

— O que está acontecendo?

— A Menos sumiu. Estamos lá fora procurando por ele desde as sete. Quando Jenessa acordou sem ele, desceu as escadas correndo, *falando*. Foi a coisa mais impressionante. Ela se vestiu e está procurando o cachorro desde então.

— Tem muito espaço para procurar.

Passo voando por Melissa e desço correndo a escada, enfiando os pés nas botas que larguei apenas algumas horas antes.

De um jeito hesitante, sem a sua voz "ponta de lança escorrendo veneno de sapo" de sempre, Delaney me chama da mesa da cozinha.

— Você vai acabar com essa bota lá fora, sabia?

Enfio as mãos nas luvas e enrolo o cachecol ao redor do pescoço, puxando o gorro na cabeça e me envolvendo com o casaco.

— Pode usar as minhas, de neve — oferece Delaney. — Estão logo ali no closet.

— Obrigada! — Rapidamente, troco de sapato. — Posso pegar seus óculos escuros?

— Fique à vontade.

Pego-os da mesa e os coloco no rosto. Me arrasto porta afora e Melissa vem logo atrás de mim, fechando o casaco enquanto escolhe cuidadosamente o caminho pelos degraus congelados.

— A Menos!

Minha voz ecoa pela neve, por aquela brancura estonteante. Corto caminho pela lateral da casa a tempo de ver Nessa saindo do celeiro, as bochechas brilhando com lágrimas.

Corro até ela e a abraço.

— Não se preocupe. Nós vamos encontrá-lo.

Nós nos separamos, Melissa indo em uma direção e Nessa e eu, em outra, checando embaixo de arbustos e até na pá da retroescavadeira, varrendo o horizonte onde o cinza percorre um amontoado de árvores mais adiante. Fungo. *Tempo*. Acho que vai voltar a nevar esta noite, senão esta tarde.

— Vai dar tudo certo, Jenessa — afirmo, apertando sua mão.

Mas ela não é mais aquela menininha dócil e dependente, que acredita em todas as minhas palavras.

— Vamos continuar procurando até encontrá-lo — garanto, com a voz firme.

— Vivo — exige Nessa, os olhos percorrendo depressa a ladeira.

— Definitivamente vivo — reforço.

Ele tem que estar.

Por favor, são José. Nessa não vai suportar perder esse cachorro. É sua única coisa boa em muito, muito tempo. Por favor, nos ajude a encontrá-lo. Por favor!

— Aqui, garoto! — grita Nessa, sem parar, sua voz crepitando com o esforço.

São José, por favor! Nessa e A Menos combinam como arroz e feijão. É como se eles tivessem sempre esperado se encontrar. Eles precisam um do outro! Por favor, nos ajude a encontrá-lo!

Jenessa cai com um ruído seco na neve, o rosto escondido pelas luvas, os ombros pesando.

— Não se atreva a desistir! Aquele cachorro nunca desistiria de você, Jenessa Joelle Blackburn!

Ela fica chocada com a lembrança de mamãe, lançando um olhar zangado para mim.

Sei exatamente como ela se sente.

Se o senhor nos levar a ele e nos ajudar a trazê-lo de volta com vida, pro-meto que vou contar tudo. Vou confessar tudo o que fiz na floresta. Vou contar para o nosso pai e encarar as consequências. Por favor, são José. Por favor!

Eu a levanto.

— Melissa! Meninas!

Nos viramos em direção à voz do meu pai.

Aperto os olhos por causa do brilho da neve, passando-os pelos bordos vermelhos tremulantes e pela clareira mais à frente. Os bra-ços do meu pai carregam uma forma parada e meu coração pula com medo e esperança.

Ah, por favor, são José, permita que ele esteja vivo! Minha promessa está mantida! Por favor!

Nessa sai correndo, nuvens de respiração formando um rastro atrás dela. De onde estou, aguardo para interpretar sua reação, re-laxando de alívio quando um sorriso aparece e ela ergue os punhos no ar.

Eu amo você, são José.

Tantos tipos diferentes de lágrimas no mundo. Continuo minha caminhada desajeitada, arrancando os pés do chão e batendo de vol-ta, os músculos da panturrilha e da coxa tremendo de dor. Atrás de mim, escuto Melissa fazer o mesmo.

Meu pai para e abre o zíper do casaco, fechando-o novamente em torno de A Menos, aquecendo o cão com o calor de seu corpo. Nessa anda ao lado deles, desviando os olhos do cachorro para com-partilhar um caleidoscópio de emoções: preocupação, medo, alegria, choque, espanto e, por fim, felicidade.

Mais quatros passos largos e eu os alcanço.

— O que aconteceu? O senhor sabe? — Meu coração afunda quando percebo uma grande mancha de sangue na manga do casaco do meu pai. — Ele vai ficar bem?

Por favor...

— Eu o encontrei além da clareira. Provavelmente estava per-seguindo coelhos. Pelo jeito sua coleira prendeu em uma parte da-quela cerca velha que eu pretendia derrubar. Maldita cerca. Tive que espantar dois coiotes. Parece que atacaram A Menos. Se Jenessa não tivesse ido procurar por ele...

Nós dois nos viramos para Nessa, que conversa carinhosamente com A Menos e acaricia sua cabeça. Essa é uma bela façanha, pois ela acompanha nossos passos largos no que é quase uma corrida.

— Eu tive um sonho — nos conta ela sem fôlego. Engulo as lágrimas ao som de sua voz, tão clara e doce. — A Menos precisava que eu fosse buscar ele. Achei que era só um sonho, mas acordei e ele não tava lá.

Por cima da cabeça dela, meu pai encontra meu olhar.

— Ele vai ficar bem? — Nessa está batendo os dentes. Todo o seu corpo treme de frio.

— Acho que o resgatamos a tempo. Só precisamos levá-lo ao veterinário. Mas arrisco dizer que você salvou a vida dele, querida.

Jenessa começa a dançar de felicidade. Eu mesma me sinto leve como a neve.

— Se me der a chave, já vou esquentando a caminhonete — ofereço.

Ele se vira na minha direção, o bolso do seu casaco deixando à mostra uma pequena saliência. Eu me aproximo, pego a chave e saio correndo, minha respiração virando uma névoa ao tocar minhas bochechas congeladas. Disparo até a entrada dos carros e subo na caminhonete, ligando o motor e acionando o aquecimento.

— Mel, você pode levar Jenessa para dentro? Ela está congelando!

Eles correm ladeira acima e percebo como Nessa e meu pai andam da mesma forma — as pernas compridas de mamãe, as pernas compridas dele, com a disposição parecida dos pés. Ela o está imitando, sem nem perceber que faz isso. Pertencendo a ele, independente do sangue. Eu escancaro a porta do motorista.

Jenessa sacode a cabeça veementemente, os cachos balançando para tudo quanto é lado, como Medusa.

— Eu vou com vocês! A Menos quer que eu vá!

Pego A Menos dos braços do meu pai e deslizo para o banco do carona. Seguro o cachorro no colo, aninhado como um bebê, e em seguida meu pai nos cobre com o casaco. Nessa corre ao redor da caminhonete e fica nas pontas dos pés, emoldurada pelo vidro da janela. Eu me inclino e beijo a testa de A Menos por ela. Ele lambe com fraqueza minha bochecha, tremendo até o rabo.

— Mel, primeiro a aqueça e depois nos encontre no dr. Samuels.

Melissa assente e se vira para minha irmã, que bate com a bota no chão e irrompe em lágrimas.

— Se não se aquecer, vamos ter que levar você para o hospital também, querida. A Menos vai ficar bem, nós vamos encontrá-los lá. Você confia na sua irmã, né?

Nessa concorda com a cabeça, chorando alto, engolindo os soluços. Meu pai arranca quando Melissa segura minha irmã pelos ombros com firmeza. Eu me viro para olhar pela janela de trás, vendo-a guiar Nessa pelos degraus da varanda e para dentro de casa.

Eu me lembro de Nessa quando bebê, como eu tinha que usar o calor do meu corpo para aquecê-la durante aquelas noites intermináveis no trailer quando ela chorava sem parar por mamãe, sem perceber que a mamãe por quem chorava era eu.

Sinto arrepios por dentro, só de pensar na sorte que tivemos.

Agora espero que A Menos também tenha a mesma sorte.

Nos sentamos lado a lado na sala de espera do dr. Samuels, minhas bochechas e dedos do pé formigando ao esquentarem. Entregamos A Menos quando chegamos, colocando-o nos braços do veterinário. No momento, numa sala lá atrás, ele descansa confortavelmente sob cobertores quentinhos, os ferimentos tratados e costurados.

No fim das contas, os coiotes não atacaram o velho cão. Foi o arame farpado que o cortou quando ele lutou para se libertar. Os coiotes só devem ter sentido o cheiro de sangue.

Estremeço ao pensar no que poderia ter acontecido se meu pai não tivesse resgatado A Menos a tempo.

— Ele está indo bem — afirma o dr. Samuels, ao sair para falar conosco meia hora depois. — Vocês têm sorte de o terem encontrado na hora.

O dr. Samuels me olha com interesse.

— Foi você quem salvou o velho A Menos?

Nego com a cabeça.

— Minha irmã sabia que ele estava em apuros. É como se eles tivessem uma conexão mental ou algo do tipo.

— O amor é assim — comenta ele, olhando do meu pai para mim. — O frio impediu que ele perdesse sangue demais. A maioria dos cachorros com uma temperatura corporal tão baixa como aquela não teria sobrevivido. Esse é um cão duro na queda.

O veterinário nos deixa na sala de espera depois de levar meu pai à cafeteira cheia. Meu pai enche um copo, entrega para mim e eu bebo o café puro, assim como ele, me importando apenas com a forma que esquenta minhas mãos e minhas entranhas ao mesmo tempo.

Ele me olha de vez em quando, mas não fala nada. No entanto, posso sentir na sala, além das revistas *National Geographic* na mesa, do aquecedor ligado no canto, do sofá surrado no qual sentamos. Envolve a nós dois, como uma aura: nosso encantamento com a fala de Jenessa.

E agora é a minha vez. Promessa é dívida. Eu me viro para ele, com os olhos fixos em suas botas. Respiro fundo, trêmula.

— O senhor se lembra de quando perguntou sobre Jenessa e o que poderia ter feito ela parar de falar?

É como se eu tivesse retrocedido. Como se nunca houvesse saído da floresta.

Ele toma um gole de café sem desviar os olhos dos meus.

— Eu sei o porquê — sussurro.

Não sei o que vai acontecer comigo daqui a uma hora, um dia, uma semana, depois que eu contar para ele. Não importa mais. As pessoas não fazem a coisa certa porque é fácil. Fazem porque é o certo.

— Imaginei — confessa ele em um tom calmo. — Eu esperava que fosse me contar quando estivesse pronta.

Ele inclina a cabeça e me observa e, naquele gesto, sinto o seu respeito genuíno pelo tempo que passamos no Bosque dos Cem

Acres. Permito que essa sensação estranha tome conta de mim, aproveitando-a enquanto posso.

Estou muito velha para agir como criança. Agora sei disso. Muito velha para brincar de esconde-esconde com o que é importante. É como se a garota que finalmente serei se encontrasse com a que sou, bem ali na sala de espera do dr. Samuels.

Devo isso àquela garota.

A porta se escancara, trazendo uma onda de ar frio. Melissa e Jenessa batem a neve das botas quando Nessa se vira para mim, com os olhos vermelhos e fundos.

— Onde está A Menos? Ele vai ficar bem?

Vou até ela e lhe dou um abraço apertado, seu corpo tremendo em meus braços.

Então, me desvencilho e fico de joelhos.

— Olhe para mim — digo, pegando seu rosto manchado de lágrimas em minhas mãos. — A Menos vai ficar novinho em folha. Eles o estão mantendo aquecido e o deixando descansar depois de limpar e consertar os machucados. Ele está sedado.

Ela olha para mim sem entender.

— Sedado quer dizer que tomou um remédio para se acalmar. Como se ele estivesse lerdo e com sono.

Nessa dá risada, me apertando tão forte que fico sem conseguir respirar. Então minha irmã corre para nosso pai, que a levanta nos braços e a gira antes de se sentar de novo com ela no colo.

Eu me levanto e me viro para Melissa, sorrindo timidamente.

— Estávamos pensando que vocês duas podiam levar A Menos para casa. O dr. Samuels falou que ele está pronto — conto a ela.

Mel olha com curiosidade para o meu pai, e então de volta para mim.

— Podemos fazer isso.

Observo-a examinar a sala, conhecendo Melissa bem o bastante a essa altura para saber do que ela precisa.

— Tem café fresco ali na mesa — comento. Vou até lá, encho um copo e o entrego para ela.

— Obrigada, Carey.

Posso ver o carro dela pela janela, um fio de fumaça tão agitado quanto uma rabiola de pipa atrás do veículo.

— Você deixou o carro ligado — aviso para ela.

— Eu sei. Delaney está lá. Ela estava preocupada com Jenessa e quis vir junto.

Nós duas olhamos para fora. Vejo o pé de Delaney apoiado na janela do lado do carona.

— Ela não é de acordar cedo — diz Melissa, rindo e balançando a cabeça. — Provavelmente dormiu.

Melissa se lembra do casaco dobrado no braço.

— Tome — diz para o meu pai. — Achei que ia precisar disso.

É seu casaco pesado de trabalho, o que ele usa no celeiro quando vai cuidar dos animais à noite. É perfeito, na verdade, para onde estamos indo.

Melissa puxa o cachecol e o gorro do meu pai de dentro do casaco dela e os entrega para mim. As duas peças estão quentinhas e com seu cheiro, o do perfume Beautiful, que ela usa e também comprou para mim naquele dia no shopping.

Depois que meu pai veste o casaco, entrego para ele o cachecol e o gorro. Melissa pega o casaco manchado de sangue, as manchas secas cor de ferrugem.

— Para onde vocês dois vão?

Nem acredito que as palavras saem tão facilmente dos meus lábios:

— De volta à floresta. Deixei uma coisa importante para trás. Vamos voltar para pegar.

Ela olha para o meu pai, que sorri para a esposa, um sorriso especial que ela retribui. É uma linguagem que me faz lembrar do braile com minha irmã ou da ligação sem palavras entre Jenessa e A Menos.

— Estaremos de volta depois do jantar — assegura ele.

Nessa escorrega do colo do meu pai e arrasta os pés, os olhos cheios de dúvida.

— Tem certeza, Carey? Eu nunca ia contar.

Ela sussurra as palavras, secas como o ruído das folhas de inverno, e eu sofro ao som do seu retraimento.

— Tenho certeza. Chegou a hora. — Eu a tranquilizo, conseguindo manter minha voz firme. — Fique com Melissa e espere por A Menos. Garanta que ele vai continuar quentinho na volta para casa.

Nessa pega minha mão em ambas as dela.

— Você vai voltar?

Meu coração se quebra em novos pedaços e o aperto de Nessa fica mais forte.

— Espero que sim. Quer dizer, pretendo voltar.

— Toca a canção de ninar do Brahms hoje à noite? Em vez da do Pooh?

Penso no violino guardado na parte de trás da prateleira do closet, e em como a separação escavou um pedaço do meu coração, da mesma forma que faz a colher de escavar melão de Melissa. Evitei o violino porque a música é sua própria verdade; não há mentira quando tocamos. Mamãe está entrelaçada nas notas, assim como a floresta. Mas negligenciei o quadro geral: essa é a *melhor* parte da mamãe. A *melhor* parte da floresta. A música transcende a tristeza, a fome, o frio. Assim como a verdade.

Fixo o olhar naqueles olhos que conheço tão bem quanto os meus próprios — até melhor — e, mais uma vez, estou ficando com os olhos cheios de lágrimas.

— Juro por são José...

— E um monte de feijões — acrescenta Jenessa, completando para mim.

— Você vai cantar se eu tocar?

Minha voz falha e eu "sorrio entre diamantes", como Jenessa fala. Penso em como, um dia, por causa de um cachorro, nosso mundo inteiro mudou. Faz anos desde que ela cantou para mim. Nem tenho certeza de que se lembra.

— Eu me lembro — me garante ela, com olhos solenes. — Vou cantar.

Eu a levo até Melissa e elas ficam lado a lado, nos observando sair. Meu pai segura a porta aberta e, dando uma última olhada em Jenessa, passo por ela. A tira de couro com sinos de trenó na maçaneta toca, um pouco animada demais para o momento que está por vir.

Nessa se apoia em Melissa, sendo envolvida por seus braços.

Aceno para elas pelo vidro e minha irmã tenta acenar de volta, mas como eu lhe disse, e mais certa do que jamais estive sobre algo, está na hora.

Passamos direto pelo carro. Meu pai vê Delaney e finge estar escrevendo, dizendo as palavras *prova de literatura* para ela. Ela lança um olhar zangado para ele. Percebo isso e sustento seu olhar atento pelo vidro da janela. Seus olhos ainda estão preocupados, e não só com A Menos.

Mas dei minha palavra. Prometi. De qualquer maneira, não quero ser o tipo de pessoa associada ao medo. Conheço muito bem o medo e sei o poder que ele tem. Não quero esse tipo de poder. Não sobre Delaney nem sobre qualquer outra pessoa.

Quando passo, faço um movimento de trancar os lábios e jogar a chave fora — jogando *para ela. Somos irmãs, quer ela goste disso ou não.*

Subo na caminhonete, com o olhar dela ainda fixo em mim. Delaney esboça um sorriso — o mesmo que deu da noite passada enquanto admirava a foto que Ryan tirou de mim.

Só consigo pensar nesses mesmos olhos hoje à noite, quando ela, como todo mundo, souber a verdade.

PARTE 3

O INÍCIO

Você não pode ficar no seu canto da Floresta
esperando que os outros venham até você.
Algumas vezes, é preciso ir até eles.

— Leitão, em *Pooh's Little Instruction Book*

15

Já faz quase três meses, e ainda assim parece que foi ontem que meu pai apareceu no Bosque dos Cem Acres. Nunca pensei que fôssemos voltar à floresta juntos. Quer dizer, durante os dias mais difíceis no colégio, cogitei voltar sozinha — *fugir* é o termo certo, eu sei — e apesar de eu não ter sabido como chamar isso, é exatamente assim que parecia: fugir de tudo no mundo civilizado que é tão insuportavelmente sentimental.

Dou uma olhada furtiva em meu pai, no perfil que é uma réplica do meu, e fico espantada em como eu costumava me preocupar que eu fosse como mamãe em tudo, tanto naquilo que é importante quanto no que não é. Não poderíamos ser mais diferentes, ao que parece, e ainda assim pertenço a ele. Todos esses anos na floresta e eu também pertencia a ele.

Meu estômago se revira como peixes no riacho e mais do que a verdade está saindo de mim. A floresta pode muito bem ser como Marte agora, apesar da saudade que sinto dela. Estou com medo de ver o que era — a forma como costumávamos viver, o que aceitamos e ao que nos adaptamos — agora da perspectiva civilizada. Só de pensar no casaco com mijo de gato já faz minhas orelhas queimarem.

Conforme chegamos mais perto, começo a me lembrar dos fragmentos mais estranhos, como remendos de uma colcha me contando suas histórias.

Mamãe solta nuvens de metanfetamina em Nessa e em mim, rindo tanto que chega a fazer xixi na calça. Pego minha irmã e a levo pra fora, colocando-a numa tora perto da fogueira, que tem chamas altas mesmo com poucos punhados de gravetos.

Nessa continua quase caindo, acordando com uns sobressaltos. São duas da manhã, afinal de contas. Eu estou muito aborrecida, com frio e cansada. Só que aborrecida com mamãe. Nunca com Nessa.

Apoio o rosto no vidro da janela, frio e liso, e vejo as placas passando, as árvores ficando mais densas, a estrada, mais antiga, os carros, cada vez mais raros. Penso naquela noite, a que me assombra todos os dias desde então, não importando o quanto eu tenha tentado exterminar a lembrança. Quando deixamos a floresta, aquela noite veio com a gente tão certa quanto nossa respiração, nossas sombras, nossos cílios.

— *Tá ficando escuro, Nessa. Chega de caça às fadas por hoje, tá?*

— *Tá* — diz ela com um longo suspiro. — *Tô indo.*

Passei a última meia hora montando a fogueira, não só pra aquecer a gente, mas também pra cozinhar. Minha cabeça tá em outro lugar, doida pra voltar pro violino. Mamãe sumiu faz cinco semanas; comecei a marcar os dias com entalhes feitos na nogueira que está morrendo na borda da clareira.

— *O que vai ter pro jantar?*

— *Comida* — falo pra ela. *Minha irmã, espertinha, entende o recado.*

Jenessa franze o nariz, com um olhar acusador.

— *Feijão de novo? Num tem outras coisas nessas latas?*

— *Você comeu coelho no café da manhã e a última lata de ravióli no almoço. Se a gente num comer feijão, num vai sobrar nada além de feijão e daí você vai ter que comer isso três vezes por dia.*

Nessa solta o ar e bufa, indo até o balanço feito de tábua. Eu tive que escalar uma nogueira que nem um esquilo voador, dar um laço e prender uma corda grossa em volta da bifurcação dos galhos mais gordos pra fazer funcionar... pra dar a ela um pouco de infância.

Nessa observou o processo lá do chão, os olhos brilhando. Quando acabei, ela tava acreditando que são José tinha deixado a corda e a tábua de madeira na floresta só pra ela.

Crianças pequenas precisam de algo em que acreditar. Pra elas, isso é tão importante quanto respirar. E como a mamãe nunca deu conta, são José foi um bom substituto.

— Aqui. — Entrego uma tigela com água pra ela junto com o paninho da mesa. — Limpa as mãos e seca o rosto.

— Por que tenho que fazer isso? Não tem ninguém vendo.

— Eu tô vendo. Só porque a gente mora no Bosque dos Cem Acres num quer dizer que tem que viver que nem selvagens.

— Roar! — ruge Jenessa.

Vejo ela se secar, incluindo o rosto, o pescoço e as mãos, enquanto limpo a mesa dobrável pro jantar. Empilho meus livros de poesia, nossos livros escolares e os livros dela do Pooh numa torre torta, uma torre que levo pra dentro do trailer e deixo na mesa frágil que fica encostada na parede, do tamanho de uma tábua de passar roupa de boneca, como mamãe disse. Da porta aberta, grito pra Nessa:

— Pegue esses outros dois paninhos e dobre eles na mesa. Você sabe botar a mesa. Num é mais um bebê, né?

Eu a repreendo com delicadeza. Afinal, ela acabou de fazer cinco anos. Mas isso num é desculpa pra ser inútil.

De volta à fogueira, encho nossas tigelas com feijão cozido, que está boiando num molho doce de açúcar mascavo. No pote de Nessa, coloco os três pedaços grandes de gordura de porco que encontro na mistura.

Sei que Jenessa tá muito magra. Nós duas tamos magras demais e, apesar de mamãe também ser magra, e talvez isso seja em parte genético, sei que tem a ver com a nossa alimentação, com o racionamento cuidadoso de enlatados e a insuficiente coleta de pássaros, coelhos e esquilos que tenho a sorte de conseguir caçar. Quase sempre fico salivando ao pensar em peru selvagem, mas ir atrás dessas aves barulhentas me leva pra muito longe do trailer e de Nessa.

Nos sentamos à mesa e comemos em silêncio. A verdade é que nós duas somos vorazes, independente das nossas reclamações e de já estarmos cansadas das comidas. Nós somos mais sortudas que algumas pessoas, é o que mamãe diz. Acho que ela tá certa. Temos uma cama, teto, roupas, comida. Acho que temos uma sorte tremenda. É difícil imaginar num ter o essencial.

Como acabo rápido, pego meu violino, mesmo estando com molho do feijão no pescoço, pois isso num vai estragar nem um pouco o instrumento. Arranco o som repentinamente, as notas saindo desajeitadas, determinada a acertar.

Creck!

Há uma sensação que vem antes do perigo invadir. É possível ver nos olhos do veado ou nos do faisão momentos antes do tiro. Acho que são as sinapses estimulando os instintos. Saber que a sua vida tá prestes a acabar, momentos antes do golpe inevitável. Num me lembro nem de colocar o violino e o arco na cadeira vazia ao meu lado.

Jenessa dá um pulo e fica paralisada, seus olhos se arregalando até a parte branca aparecer, a colher esquecida, deixando feijão cair no seu vestido cor-de-rosa remendado. Levo o dedo indicador aos lábios. Nesse exato instante, duas lágrimas gordas caem de seus olhos. Nós duas observamos o xixi escorrer por suas pernas, enchendo os tênis e cobrindo as folhas. Num temos tempo de nos esconder antes que ele irrompa na clareira, suas botas pesadas fazendo chomp, chomp *quando pisa na lama seguindo em direção à nossa mesa.*

Franzo o nariz. De alguns metros de distância, consigo sentir o cheiro de aguardente e, olhando em seus olhos, injetados de sangue e sem foco, sinto arrepios atravessarem meus braços de cima a baixo.

— Cadê a Joelle?

As lágrimas escorrem com rapidez e violência pelo rosto de Nessa. Vejo sua colher em queda livre, pousando nas folhas.

— Ela foi pra cidade buscar suprimentos — *gaguejo, enquanto olho seus pés, meu estômago se amontoando em uma grande cólica.*

— Não desvia os olhos, garota. Só os mentirosos desviam os olhos!

Fito seu rosto e mal consigo me forçar a sustentar seu olhar.

— O senhor conhece nossa mãe?

Tô ganhando tempo, tempo pra pensar em alguma solução. Tô no comando. Minha voz firme engana até a mim mesma. Minha cabeça está girando a dois quilômetros por minuto.

— Eu sou Carey. Essa é minha irmã, Jenessa.

— Umas coisinhas lindas vocês, hein?

Meu coração desaba quando ele ri, um som sem alma, isso se ele já teve alguma, coroado por uma tosse de metanfetamina cheia de artimanhas, um som que conhecemos muito bem. Jenessa se inclina e esvazia o estômago no chão.

Em quatro passos leves, ele ocupa o espaço entre nós, atirando a mão em volta do meu pescoço.

— Você não sabe o que tá fazendo — digo. — Tá cometendo um grande erro.

— Eu te perguntei onde está a sua mãe, garota. Ela me deve dinheiro e não vou sair daqui sem ele.

Meus dedos envolvem os dele, desesperados pra afrouxar sua força, minha pele queimando, seu aperto parecendo um torno. Choro de dor.

— Mamãe deve tá de volta a qualquer minuto, senhor. Se quiser esperar, pode comer um pouco e...

— Onde ela guarda o dinheiro?

Escuto a minha voz, fraca e conciliadora, como se eu tivesse falando com alguém racional. Lágrimas escorrem por minhas bochechas, mas ele não me larga.

— Eu... eu... A gente num tem dinheiro nenhum, senhor. Mas se esperar por mamãe...

— Quando foi a última vez que ela teve aqui? E num minta pra mim, sua vaca.

— Faz cinco semanas.

Digo a verdade a ele. Talvez me largue e vá procurar em outro lugar. Mas o homem se inclina, respirando em cima de mim, e meu único erro é virar a cabeça pra escapar do hálito dele.

— Olhe pra mim quando tô falando com você, garota!

Minha cabeça é empurrada pra direita com a pancada da sua mão e estrelas brancas dançam no ar. Além delas, há um lago de escuridão. Luto com todo o meu ser.

No Bosque dos Cem Acres, sempre conseguia ver as pessoas chegando antes de aparecerem. Nessa, já sem fôlego, mas cheia de disposição, brincando de esconde-esconde no mato. Mamãe, um zunido amarelo-limão de moitas ultrajadas e galhos baixos batendo em sua jaqueta de ski comprada em loja.

Entre as estrelas brancas, o amarelo-limão pisca, mas não faz barulho. Ele se safa pela direção por onde veio, num rápido, mas silencioso, movimento.

— Mamãe!

Mas o grito fica preso no fundo da minha garganta como um osso de coelho.

Com um gesto expansivo, nosso jantar voa pro chão da floresta e ele usa a mão livre pra arrancar minha calça jeans e a calcinha. Ele me arrasta pelo meu rabo de cavalo até a mesa, a borda de metal machucando minha panturrilha. Quando as estrelas brancas somem, noto que ele está atrapalhado com o zíper. Ele força pra abrir minhas pernas, sua respiração se acelerando, seu peso me esmagando. Sinto uma dor branca rasgando meu estômago.

É a última coisa de que me lembro antes de tudo ficar escuro.

São os gritos de Jenessa que me despertam. As folhas funcionam como o mar, me amparando. Seguro um galho grande pendente e fico de pé.

Ele está com Nessa na mesa. Ela tá nua da cintura pra baixo, o vestido puxado pra cima até o queixo.

Como a fogueira está se apagando, ele num me vê engatinhando até o trailer. Eu devia ter ficado com ela o tempo todo. Uma brasa estala ao fundo. O relógio dá dois ou três tiques e logo sei o que devo fazer.

Puxo minha espingarda da cavilha e avanço pelos degraus instáveis de madeira do trailer, minha mente tão aguçada quanto a de um animal.

Ele luta com ela, a mão sobre a boca de Nessa, xingando a coisa mole pendurada entre suas pernas, que mais parece um galho de árvore que foi atingido por um raio.

Num lhe dou nenhum aviso, fico com o dedo posicionado e o gatilho puxado, movida por um ódio que me inunda mais que o riacho atingido por dez chuvas de primavera.

Miro no coração.

No último minuto, ele se vira para mim e abro um buraco em seu braço. A bala atravessa a pele, alojando-se na nogueira atrás dele.

— Fique abaixada, Nessa!

— Sua vaca da porra!

Ele empurra Jenessa, que cai no chão. Escuto minha voz, clara e verdadeira, sem trair nenhuma de minhas intenções. E olha que eu tenho várias intenções.

— Vai pro trailer, Jenessa, e tranca a porta depois de entrar. Não se atreva a sair até que eu mesma vá te buscar, ouviu?

Ela está enroscada e paralisada no chão, mas sei que consegue me ouvir. Não tenho escolha a não ser gritar com ela.

— Vai! Leva esse traseiro magro pro trailer JÁ!

Naquele momento, é como se eu tivesse cutucado minha irmã com um ferro quente. Ela fica de pé, se lamentando, mas não emite som algum. Fico de pé na frente deles, seminua, mas não sinto vergonha. Sou um leão da montanha saltando no dorso de um cervo. Sou as correntezas dividindo o rio em pedaços, bonita de se admirar, mas pronta para matar.

Vejo nos olhos dele, que estão lutando pra ficarem sóbrios rápido: ele acha que sou maluca. Deve ter me confundido com mamãe. Nunca fui como ela.

Escuto a fechadura trancar.

— Vou voltar pra pegar a sua irmã, sua vaca. Pra pegar vocês duas. E vou continuar voltando, se é que você tá me entendendo.

Ele não acredita que vou fazer isso. Minha boca desliza até abrir um sorriso falso. Seu cheiro perdura na minha pele, assim como sua viscosidade escorre pelas minhas pernas. Aponto minha espingarda. Ele corre.

Sai andando pelos arbustos, sendo golpeado no rosto por galhos baixos. Ele percorre uma trilha malcuidada, lamacenta. Perfeita pra perseguir um animal.

Só tenho tempo de calçar o tênis e pegar a lanterna de um engradado debaixo da mesa antes de ir atrás dele, perseguindo-o cada vez mais pra dentro do Bosque dos Cem Acres. Logo, um céu de estrelas mapeia o rastro do homem. Vejo a constelação do violino, aquela que não conheço por seu nome verdadeiro. Mais de uma vez, sua estrela mais brilhante foi meu ponto de navegação, me guiando de volta até o trailer, caso eu tivesse vagado por muito longe.

O homem até que tá indo bem, se considerarmos toda a situação, só que ele num sabe que tá seguindo direto pro rio Obed. Eu o sigo furtivamente, agradecendo a são José por todos esses anos de prática caçando nossa comida. Sou uma ótima atiradora, exercitando aquela precisão que vem das coisas que fazemos repetidamente, dia sim, dia não.

Quando chego perto o bastante, escuto a voz da mamãe em minha cabeça, suas palavras arrastadas, mas verdadeiras: "A gente recebe o que merece, Carey. Algumas vezes somos os que recebem, outras vezes, os que dão."

Aperto a lanterna, contente de estar com ela. Pela luz da lua, vejo-o se curvar até a altura da cintura, com as mãos nas coxas, respirando forte. Quando quebro um galho, ele se levanta e domina a clareira, golpeando o ar com um galho quebrado enquanto gira em círculos.

Procurando por mim. Ele tá nu da cintura pra cima. Amarrou a camiseta encharcada de suor em volta do braço, acho que pra estancar o sangramento.

Quando tô perto o bastante pra sentir seu cheiro, atiro direto nele, mirando no coração. Sua boca forma um grito que nunca sai. Ele desaba no chão.

Ando em volta dele, tomando cuidado pra num chegar perto demais. Passo a lanterna por seu peito, seu rosto. Não vejo sinais de respiração. Num sinto nada... nada de triunfo nem de remorso. Negócios. Apesar de o meu corpo tremer contra minha vontade e eu deixar. Ele vai proporcionar uma bela refeição a um urso ou a uma matilha de coiotes.

Estou com o relógio de mamãe no pulso, como sempre, o relógio que ela usou pra me ensinar a ver as horas. O que usei pra ensinar Jenessa. Verificando-o, percebo que levou mais de 45 minutos pra voltar até o trailer, o que é uma sorte. Ninguém quer um corpo apodrecendo perto do seu trailer. O homem é pesado demais pra arrastar ou carregar, e cavar uma cova é um ato de respeito.

O rio presencia tudo e tá supergelado, mas tiro minha camiseta e entro até o queixo na água, o luar azul em minha pele nua. Seguro a espingarda acima da cabeça; não consigo largar a arma. O rio refresca as partes inchadas, me batizando novamente e me transformando em uma nova Carey, uma Carey que, nesta noite, deixa a infância pra trás.

Tremo tanto que meus dentes batem. Estou nua na água do inverno e, por isso, não consigo continuar ali por muito mais tempo. Eu me forço a colocar a calça jeans de volta, que deixei embolada no chão. Só tenho duas e preciso de ambas à noite.

Meu passo é denso e instável, minhas partes divididas como o osso do peito de um peru selvagem. Acho que mamãe diria que agora sou uma mulher. Eu me inclino num arbusto e me forço a vomitar. Então, puxo uma camiseta limpa da corda e procuro os buracos dos braços.

Mais tarde, finjo que estou seguindo com os dedos o Romance para violino *de Dvorak, usando a música para estabilizar minha respiração. Quando isso não funciona, repito os versos na cabeça, do início ao fim e então de novo, só que, dessa vez, insiro o meu nome.*

> Carey, por que choras?
> Por Goldengrove, que perde suas folhas?
> Como se humanas fossem, em teu pensar
> Tão puro, por folhas pões-te a chorar?
> Ah! o coração envelhece e acontece
> Que por coisas assim perde o interesse;
> Já não lhe inspira mais tristeza alguma
> Se os bosques perdem folhas, uma a uma;
> Mas vais chorar e o porquê vais saber.
> Só que isto, filha, nem vale dizer;
> São sempre as mesmas as fontes do pranto.
> Boca ou mente não expressam quanto
> A alma adivinha, o coração pressente:
> O mal de origem com que o homem nasce,
> Eis, Carey, o que te entristece.

Apoiada na casca áspera da nogueira, o ódio desliza pelo meu rosto e meus soluços saem fragmentados e sufocados. Pego meu casaco mijado e o visto depois de tirar lascas de folhas grudadas na gola emaranhada. Sento meu traseiro bem em cima da mesa de metal, reivindicando-a.

De acordo com o relógio, leva vinte minutos pra tremedeira violenta cessar. Então me levanto e bato na porta do trailer.

— Nessa? Tá tudo bem agora, querida.

Sem resposta. Xingo baixinho, olhando pela janela do trailer, que está sem tela e destravada. Enfio minha cabeça ali.

Encontro Nessa sob o círculo da minha lanterna, o dedão enfiado na boca e o cobertor fino da cama dobrável embrulhando-a em um casulo. Suas pernas estão puxadas até o peito e ela se balança para a frente e para trás. Ela vê através de mim e é como se não me escutasse também. Não dá um pio sequer.

Eu me espremo pela janela, a pego nos braços e saio pela porta. Quando chegamos ao rio, tiro sua roupa. Um mergulho é tudo que ela consegue suportar, então a embrulho de volta no cobertor e a coloco sentada no meu colo em frente à fogueira.

Observamos seu vestido, a camiseta e nossas roupas íntimas se enroscarem nas chamas, todas as lembranças virarem cinza em menos de um minuto. Seus cachos louros caem soltos, tendo perdido todo o brilho. Gotas de água do rio permanecem em seus cílios e ela pisca para fazer com que caiam nas bochechas. Quando está aquecida novamente, ajudo-a a vestir a calça jeans e o casaco, apertando o capuz de forma que fique confortável.

— *Ele num vai voltar, Nessa. Num precisa se preocupar.*

Reposiciono minhas pernas embaixo dela, descansando uma das mãos na espingarda.

Nem um pio.

— *Dei um jeito nele. Tive que fazer isso. Por favor, diga alguma coisa.*

Dou um pulo com o toque da mão do meu pai em meu ombro.

— Chegamos, Carey.

Pisco para ele, vendo outra pessoa.

— Chegamos — repete.

Ele encosta no mirante, desliga o motor da caminhonete, desce pelo lado do motorista e então vem para o meu lado e estende a mão para me ajudar a descer. Finjo que não vejo, a pele e o calor, que não são desconhecidos ou estranhos como deveriam. Mas não mereço isso. Não mereço aquela ajuda.

— Aqui.

Ele se estica na direção da caminhonete.

— Coloque o gorro e as luvas.

Vou com calma, apesar de, ao avistar minhas árvores, meu coração pular de alegria. Será que elas vão me reconhecer, essa garota com casaco de pele falsa e calça jeans com brilho?

Ele segue atrás de mim. Conheço o caminho para casa como conheço o céu à noite. Parece que o tempo não passou.

Quando chegamos à clareira, eu paro, me sentindo incerta por um momento. O buraco da fogueira é um círculo preto e cinza carbonizado, quase indistinguível da neve ao redor. O trailer está vergado no mesmo velho lugar, mas parece bem menor e surrado do que me lembro.

Saio correndo na frente pelo mato, deixando-o sozinho por uns bons dez minutos enquanto sigo até a nogueira. Surgindo em meio à neve, o metal reluz e eu o puxo. Acho que o fio ainda está com o cheiro da mamãe. Dou uma fungada.

— Carey? — grita ele pela janelinha. — Já entrei.

Chegando mais perto, vejo que a fechadura foi destruída e a maçaneta se sobressai em um ângulo esquisito. Na porta, meus olhos se enchem d'água quando a fumaça atinge meu nariz. Acho que o fogo não é tão antigo. Encaro as ruínas.

E então me lembro. Desvairada, arranco o painel do chão de cima da roda dianteira esquerda e o relógio de mamãe ainda está lá, o que foi herdado da minha avó.

Eu costumava fingir que relógios eram como corações que ficavam do lado de fora do peito, cuidando de nossas vidas. Costumava segurar o relógio e dizer para Jenessa: "Mesmo que ela tenha partido, seu coração continua com a gente."

Jenessa não conheceu nossa avó, que morreu durante meu terceiro ano na floresta. Eu costumava retorcer as mãos ao imaginá-la passando pela antiga casa dos meus pais, ou pela dela própria, afastando as cortinas para espiar pela janela, vigiando aquela menina doce. Esperando por mim.

O segundo ponteiro faz tique, taque, tiques. É como um presságio, o fato de ainda funcionar. Meu pai o pega de mim. O reconhecimento invade seu rosto.

— Eu preferia destruir tudo que foi da mamãe — admito —, mas um dia Jenessa pode querer algo da avó. Ela aprendeu a ver as horas nesse relógio.

Ele o coloca no bolso para ficar bem-guardado. Dou uma olhada no relógio delicado em meu pulso, o que Melissa me deu. É engraçado como não podemos nos prender ao tempo, mesmo quando está grudado ao nosso pulso.

Examino os restos dos meus livros de poesia, que foram queimados até acabarem torrados. Achei que ia levá-los de volta comigo, a pilha escorregando para lá e para cá no banco de trás enquanto andássemos de carro. Algo para eu ler na prisão. Em vez disso, vê-los me causa tanta dor que não consigo respirar.

Meu pai tira a neve dos degraus frágeis, usando o rastelo que está com dois dentes faltando. Eu o observo, seu cachecol vermelho formando uma linha de cor em contraste com os arredores cinza, esse homem que definitivamente não se encaixa ali. Obrigando meus pés a se moverem, junto madeira, galhos e gravetos, e ele usa os fósforos de seus cigarros para acender a fogueira.

Está na hora.

Engulo em seco, levantando o olhar e depois abaixando-o. Não é tanto pelo que o homem fez comigo. É o que fiz com ele.

O selvagem na humanidade.

É curioso como uma pessoa sabe o que é vergonha, mesmo quando não consegue pensar em um nome para isso. Não importa. Parece o mesmo.

— Aconteceu alguma coisa aqui, né? — pergunta ele, acendendo um cigarro.

— Sim, senhor. — *Por favor, são José.* — Fiz algo muito errado.

Fixo o olhar nos seus olhos, me recompondo na Carey batizada, ombros para trás, pronta para colocar um fim nas coisas.

— Pode me contar.

— Eu estava com 13 anos de verdade e Jenessa com cinco...

Faço uma pausa, hesitando.

— Continue.

— Estávamos jantando em frente à fogueira. Um homem apareceu do nada, procurando pela mamãe. Ele disse que ela lhe devia dinheiro por causa das drogas.

Ele fica boquiaberto. O cigarro queima na direção dos seus dedos, mas ele não está mais fumando.

— Ele estava sob o efeito de metanfetamina. Bêbado também.

Os olhos do meu pai estão muito tristes. Pesarosos.

Ele já sabe.

— Ele tirou minha calça jeans e me machucou — sussurro. — Não consegui impedi-lo.

Desvio o olhar, mas não antes de notar as lágrimas escorrendo pelas bochechas dele.

— Caí no sono no meio de tudo.

— Desmaiou — corrige ele asperamente. — É o que acontece com as pessoas quando são muito feridas ou estão em choque.

Concordo com a cabeça, guardando aquela expressão para usá-la no futuro.

— Onde Jenessa estava?

Suas palavras se agarram grossas como a seiva da árvore a uma esperança ínfima.

Mas não posso dar isso a ele.

— Ela estava sentada bem aí, como o senhor está agora.

Eu me encolho quando ele se levanta de repente, virando-se de costas para mim. Ele xinga baixinho, chutando o chão com as botas, as mãos cerradas em punhos.

— Ela viu o que aconteceu?

Falo com suas costas.

— Sim, senhor. Quando acordei, ele estava se preparando para machucá-la como fez comigo. Então fui até o trailer e peguei a espingarda.

Ele gira e encontra meu olhar. Assinto. Ele escutou certo.

— Atirei no ombro dele. Estava mirando no coração, mas ele se mexeu. Mandei Nessa se trancar no trailer e só sair quando eu deixasse.

Ele me observa com um olhar que não consigo interpretar. Não importa.

Faço uma pausa.

— Ele prometeu que voltaria para nos machucar. Ele disse que continuaria voltando.

Chuto poeira, folhas e neve na fogueira até que o fogo crepita e se apaga, e então faço um gesto para que ele me siga. Refaço a trilha que percorremos naquela noite, sem me surpreender com o fato de me lembrar do caminho, pois essa floresta era o meu mundo. A trilha desaparece e a vegetação rasteira fica mais densa, os galhos de árvores bloqueando a luz do sol. Eu me movo por instinto, percebendo o terreno e o som do riacho, o som da água surgindo primeiro à minha direita, depois por sobre meu ombro.

Na luz do dia, leva apenas meia hora para chegar ao local. Sei que é ali por causa da cova adornada. Nós dois tropeçamos em pneus velhos naquela noite. Deslizo barranco abaixo. *O corpo vai estar bem parecido com aquela carcaça de urso que encontramos ano passado. Um monte de ossos secos e restos de pele.*

Meu pai desliza atrás de mim, a respiração pesada com o esforço. Ele está de pé ao meu lado, examinando a área.

Chutamos em volta.

— Aqui — chamo.

Lado a lado, olhamos para a protuberância debaixo de uma cobertura de folhas e neve. Empurro a beirada com o pé. Um maxilar se solta, indo parar em uma pedra. Alguns dentes estão faltando, outros estão podres. *Metanfetamina*, penso.

Desta vez é meu pai que se vira e tem ânsias de vômito.

Recito para mim mesma: *Nessa vai ficar bem. Nessa vai ficar bem. Isso é tudo o que importa. Nessa vai ficar bem.*

Meu corpo está tremendo. Não consigo fazê-lo parar. Meu pai me abraça, me aquecendo como fez com A Menos. Fecho os olhos, guardando aquilo na memória.

E então digo:

— Acho que o senhor não vai mais me querer. — Saio do seu abraço, preparada para aceitar minha punição. — Mas Nessa não teve nada a ver com isso. Eu a tranquei no trailer e resolvi tudo.

— Escute, Carey. Olhe para mim.

Desvio os olhos de suas botas.

— Isso se chama *legítima defesa*, está me escutando? Você tinha direito de proteger a você mesma e a sua irmã.

Seus olhos se voltam para o monte de folhas, mas tenho a esperteza da floresta e consigo notar que ele está chocado. Posso sentir a distância caindo com toda a sua frieza entre nós. Fico paralisada como Jenessa, a colher de feijão caindo no chão. Sua voz preenche a floresta de muito, muito longe enquanto me lembro do que passei no último ano, desesperada para esquecer.

— Carey?

E então meu pai se parece com ele mesmo novamente. Está olhando para mim.

Ele acredita em mim.

Ele estende a mão.

Mas mãos machucam demais. De novo, finjo que não vejo.

Está quase escuro quando chegamos ao trailer. Ele se senta no toco onde eu costumava ficar quando tocava para Nessa, as notas se entrelaçando à luz da fogueira, a música adicionando suas cores ao amarelo, ao laranja, ao vermelho.

Ele acende um cigarro, a ponta brilhando como uma estrela que caiu na Terra. Finalmente, quando as sombras ficam compridas, ele se vira para mim.

— E foi então que Jenessa parou de falar — comenta ele, sem formular a frase como uma pergunta.

— Sim, senhor. O que acontece na floresta fica na floresta.

Ele inspira, e então expira um rastro de fumaça.

— Vamos ter que contar à polícia. Preencher um relatório. Precisaremos levá-los até o corpo.

— Entendo, senhor.

— Quero ser sincero com você, Carey. Não sei o que pode acontecer. Vou fazer tudo o que puder para ajudar você.

— O filho de são José falou: "A verdade vai te libertar." Acho que é verdade.

— É um bom começo. E quero contar tudo a eles. Está me ouvindo? Tudo que foi feito a você. Tudo que aconteceu naquela noite. Sabe por quê?

Não faço ideia.

— Você foi a vítima, Carey. Não ele. E, querida...

Meus olhos ficam cheios d'água, os olhos da menina de antes da floresta.

— Você não tem nada do que se envergonhar.

Assinto, olhando para as botas dele.

Inundada por sentimentos para os quais não tenho palavras, me inclino para pegar a velha lanterna, que está caída embaixo da mesa de piquenique. Quando a giro, a luz se acende em minhas mãos.

Ele fica aguardando nos degraus enquanto entro no trailer, segurando a lanterna diante de mim e procurando por algo que possa ser salvo. Nunca achei que fosse chorar por esse lugar. Afasto detritos, os restos do cobertorzinho de Nessa enegrecido e duro ao toque. Ele se foi, tudo se foi... nossa antiga vida se foi.

— *Se você contar pra alguém sobre isso, vou voltar e quebrar o pescoço de vocês duas* — resmunga ele, cada golpe parecendo um relâmpago atingindo meu corpo.

Deslizo pra fora da minha pele e me ergo na escuridão preta como tinta, e sento no braço de uma das estrelas brancas, minhas pernas balançando.

— *Posso ter que repetir isso algum dia* — comenta ele. — *Vou dar um desconto pra sua mãe.*

Cem dólares, acho. Cem dólares para invadir. Antes da noite da estrela branca, essa era uma sorte. Nenhum daqueles homens tinha cem dólares.

Prestei atenção a cada verruga, sarda e marca do lado sombrio do Bosque dos Cem Acres. Olhando pela porta, os olhos do meu pai estão brilhantes, mas não sinto nada. Sou como gelo no riacho. Ao fechar a porta do trailer para sempre, me sinto tão sem expressão quanto uma nota de cem dólares.

De pé na neve, mexo no bolso, a chave fria tocando minha mão. Usando toda minha força, arremesso-a longe na direção das árvores.

O homem não tinha ideia de que eu sabia seu nome, Josiah Perry, ou quem ele era, seu sorriso mau, com dentes faltando, o negativo de Nessa, com seu sorriso angelical, que dorme toda noite na cama perto da minha, com A Menos rodeando-a como uma aura.

A filha de um cliente. Uma transa por uma dose. As palavras são tão feias quanto o que mamãe fez para trazer Nessa ao mundo.

— *Você tá cometendo um grande erro!*

Acho que vou levar o segredo de sua identidade para o meu túmulo. Não para o meu bem, mas para o de Nessa.

Quando deixamos o trailer, a única coisa que levo comigo, além dos meus "para" corretos e do relógio da minha avó, é meu pai. Até que ele oferece sua mão. Dessa vez, aceito-a também.

A volta para casa é silenciosa, mas diferente. Nós dois estamos diferentes. De alguma forma, estou mais velha. De alguma forma, ele parece mais real.

Se o novo tivesse um som, seria o som das últimas peças do quebra-cabeça se encaixando, o tipo que serve mesmo que a pessoa não queira.

— Posso perguntar uma coisa, senhor?

Ele desvia os olhos da estrada só por um segundo para olhar para mim, seu rosto carinhoso, porém preocupado. Muito, muito preocupado.

— Diga.

— Parece que o senhor gosta de Jenessa. Quer dizer, parece que realmente se importa com ela. Sei que não é do seu sangue. Mas, por favor — engulo as lágrimas, aquelas lágrimas pesadas e confusas —, o senhor vai ficar com ela, não vai? Ela não merece sofrer por minha causa.

— Ficar com ela? Ninguém vai a lugar algum.

— Mas se eu for para a prisão... ela nem é sua.

— Ela é *sua*, Carey. Isso faz com que ela seja *nossa*. Se você deixar.

Choro em silêncio, meus ombros pesando, e ele deixa. É como se soubesse que algumas vezes estamos sozinhos em alguma coisa. Eu me distraio com as árvores passando, que vão diminuindo conforme nos afastamos em direção à civilização. Estou indecisa entre dois mundos novamente. É tão exaustivo.

— Você tem perguntas, Carey? Pode perguntar.

Esperei por isso minha vida toda. Eu imaginava que as palavras seriam difíceis, quando estivesse frente à oportunidade verdadeira, da vida real. Mas as palavras saem voando, afiadas como ferrões de abelhas, e minha voz soa ardida e má.

— Por que o senhor não foi me procurar? Por que deixou que ela me levasse? — Não consigo mais me controlar depois que começo. — Se o senhor não me queria naquela época, por que se importa agora?

Meu ombro bate na porta quando ele dá uma guinada e pega uma saída na rodovia para um estacionamento espaçoso. Uma placa em neon vermelho pisca PARADA DE CAMINHÕES H WAY DINER. E embaixo: C MIDA E COMBUSTÍVEL.

— Do que você está falando?

— Eu sei o que o senhor fez! Bateu na mamãe e em mim. Ela teve que nos salvar! O senhor nos botou para fora! A mamãe me contou!

Ele dá um soco no painel, então abre a porta com um pontapé e desce, batendo-a ao sair. Eu me enrosco no formato de uma bola no banco, espiando pelo retrovisor enquanto ele anda de um lado para o outro atrás da caminhonete. Dou um pulo quando ele volta e bate na minha janela.

Mas a raiva se transformou em algo mais forte. Mais duro. Mais triste. Abaixo o vidro.

— Está na hora de você ouvir a verdade — diz ele.

Meu pai abre minha porta e me vira em sua direção, então fico sentada com as botas balançando para fora.

— Você realmente não faz ideia, né?

Penso no frio, na chuva... na pessoa de aço que nem sempre consegui ser. Eu me recuso a facilitar isso para ele.

— Do quê, exatamente?

Esperamos uma carreta sair de uma vaga e seguir lentamente em direção à rampa.

— Nunca machuquei você nem sua mãe.

Balanço a cabeça, sem acreditar.

— Mas ela falou!

— Bem, sua mãe mentiu para você! Essa é sua mãe. Por favor, uma menina inteligente como você? Pense só! Sabe o que ela fez contigo. Meu mundo acabou quando ela sumiu com você!

Quero acreditar nele. Quero muito. Mas não posso me machucar desse jeito outra vez. Simplesmente não posso.

— Ela fugiu para nos salvar *do senhor!* — Cuspo as palavras soando mais como mamãe. E menos como ele.

— Ela levou você porque eu pedi guarda exclusiva. Sua mãe estava doente. Tentei conseguir ajuda, mas ela se recusou. Uma noite, deixou você no carro e não conseguia se lembrar de onde tinha largado. Levamos um dia e meio para encontrar você, que tinha quatro anos e ficou histérica. Não se lembra?

Balanço a cabeça, me opondo àquelas palavras, gritando por dentro, sem saber no que acreditar.

São José!

— Eu saí de casa, contratei um advogado e o tribunal me concedeu a guarda exclusiva. Sua mãe deve ter descoberto porque roubou você naquela tarde. — A voz do meu pai falha. — Quando fui à casa da sua babá, você já tinha sido levada.

— Clarey — sussurro.

— Você se lembra dela? Clare Shipley. Uma amiga da sua mãe. Ela não fazia ideia de que Joelle ia fugir. Foi o pior dia da minha vida.

Olho para o meu pai, *olho mesmo*, e vejo a parte dele que foi despedaçada, despedaçada pela mamãe, como se ela tivesse quebrado todos nós. Eu me lembro do que a sra. Haskell disse. Ela não tinha razão para mentir.

Sequestrada.

O folheto de Ryan, fazendo ruídos de papel ao vento.

— Todo mundo estava procurando você. — Os olhos dele são caídos nas beiradas, como os da menina no folheto. — Registrei você no Centro Nacional de Crianças Desaparecidas e Exploradas e por anos espalhei cartazes. Apareci até no noticiário algumas vezes.

Não tínhamos TV na floresta. Será que de outro modo eu o teria visto?

— Naquele dia em que encontramos vocês, tudo finalmente fez sentido. Ela havia se escondido no meio do nada, em uma floresta de quase 3.500 hectares. Mesmo que alguém as tivesse visto, quem desconfiaria de uma família acampando?

Penso em quantas pessoas vimos enquanto morávamos no Bosque dos Cem Acres.

Algumas fazendo trilha. Outras eram traficantes de drogas. Homens que gostavam de crianças. Ninguém que pudesse ajudar.

Ninguém, em todos esses anos.

Meu pai vira meu rosto na direção do dele, me forçando a olhá-lo nos olhos.

— Você não está feliz na fazenda? Não temos sido bons para você?

Sua pergunta é como a semente para uma dor do tamanho do mundo. Ele quer me dar de volta tudo o que perdi. Não sei como deixá-lo fazer isso.

— A vida não é assim! Não é real!

— O que quer dizer?

— Ninguém ganha abraços, roupas novas e todas essas coisas boas por nada. — Imito a voz da mamãe. — Tudo tem um preço, de um jeito ou de outro, garota, e carne é a coisa mais barata por aqui. Carne nova rende mais. Então se mexa!

Agora ele também sabe disso. Mas não desiste.

— A vida não é assim.

Minha voz falha. Minhas palavras não estão dizendo o que quero, mas não sei como explicar com mais clareza. Penso em Jenessa como ela é agora, uma florzinha de bochechas cor-de-rosa forçando seu caminho pela neve. Quero estar errada mais do que tudo no mundo.

— Isso não é real — sussurro.

— Quem disse? Quem é que diz o que é real? O que a sua mãe fez foi *irreal*. Ela não dá a última palavra sobre o que é real. Talvez eu dê.

Meus ombros tremem. Faço sons que uma pessoa nunca conseguiria fazer de propósito.

— As famílias não são como o que sua mãe fez com você. Ou o que ela a obrigou a fazer.

Escondo o rosto nos braços e soluço.

— Não posso apagar aqueles anos, Carey, e Deus sabe que eu daria a minha vida para permitir que você e Jenessa não tivessem passado por isso. Não posso lhe devolver todo o tempo que ela roubou de nós. Isso é o mais difícil de aceitar.

Lágrimas escorrem por suas bochechas, o caminho sendo determinado pelas linhas e rugas em seu rosto. Minhas lágrimas continuam caindo, mas por todos nós: por ele, por Nessa, por mim e até mesmo pela vovó.

— Só posso torcer para que os anos difíceis tenham tornado você mais forte, e que você supere isso como superou o que aconteceu. Mas não importa o que aconteça, você e Jenessa sempre terão um lar comigo.

Eu desabo completamente e deixo ele me amparar. Meu pai me abraça e choramos juntos, acreditando em uma vida melhor. Sinto o cheiro de fumaça no seu casaco de pele de ovelha, áspero em minha bochecha. E, finalmente, o *v* de vazio bate as asas dando lugar a um *p*.

De *pai*.

Fecho os olhos tentando me lembrar dele antes da floresta. É tão difícil.

— Não consigo me lembrar de muita coisa antes da floresta — comento, soluçando entre as lágrimas. — Nem do senhor, nem de morar numa casa, nem de água na torneira, interruptores de luz ou banhos de espuma. Nem sequer do Natal.

Ele me abraça mais forte, o queixo com barba por fazer apoiado em minha cabeça.

— Dê um tempo. Essas lembranças vão voltar quando você estiver pronta.

Ele me embala para a frente e para trás, para a frente e para trás, por tanto tempo quanto é necessário.

E então pergunta:

— E aí, mais algum segredo?

— Ryan Shipley. — Minhas palavras são abafadas por seu casaco. — Ele é meu melhor amigo.

— Imagino que seja. Vocês eram unha e carne naquela época. — Ele dá uma risadinha. — Leve-o lá em casa, então. Faz alguns anos que não vejo aquele menino.

— Sim, senhor.

É verdade: Ryan é meu melhor amigo. Mas não digo que o amo. Das pontas do meu cabelo macio até os meus dedões limpos, eu o amo. Meu estômago se contorce feito lombrigas (de um jeito bom) só de pensar nele. E acho que quando o amor está em falta, você sabe mais do que tudo quando esse sentimento te encontra.

— Viu? — pergunta meu pai, sorrindo.

— O quê?

— Você se lembra de algumas coisas.

— De algumas coisas não quero me lembrar.

— O que é normal, eu acho. Mas de algumas coisas precisa se lembrar. Ou de que outra maneira você vai saber quem é?

Eu me viro para ele. Preciso dizer isso em voz alta. *Pela garota da floresta.*

— Meu nome é Carey Violet Benskin. Minha mãe me sequestrou quando eu tinha quatro anos.

— Você não faz ideia de quantas pessoas estavam procurando por você, querida.

— E eu estava logo ali, na floresta — digo, de forma pensativa.

— O que poderia muito bem ter sido em outro universo — responde ele.

Esse é o nosso universo nesse momento, nossa própria bolha especial. Ele dirige com uma das mãos no volante e o outro braço à minha volta. Eu me aconchego nele, carne, sangue e osso, nossa respiração conjunta embaçando o lado de dentro das janelas.

Penso no que estava escrito na parede do trailer, logo acima do rodapé, que rabisquei quando tinha seis anos. Vi quando recuperei o relógio da vovó; até então tinha me esquecido completamente daquilo. *Se você me encontrar, me leve para casa,* eu escrevi. Como se soubesse, de alguma forma, que esse dia estava chegando.

Não me lembro de Melissa nos cumprimentando na entrada, nem de meu pai me carregando escada acima até o meu quarto, tirando meu casaco e meus sapatos, gorro e luvas antes de me colocar para dormir debaixo das cobertas e me deixando cair em um sono sem sonhos.

Só sei que, quando acordo com os galos cantando e o sol aquecendo meu rosto, tudo mudou.

Eu contei a verdade.

E esse foi só o começo.

Agradecimentos

Um livro é algo vivo, que respira. Ele passa os primeiros capítulos de vida enrolado na mente, em simbiose com seu criador enquanto cresce, gordo e rotundo. E então o livro nasce. Se você tiver sorte como eu, na hora em que virar as páginas pela primeira vez, seu livro já terá sido embalado por muitos pares de mãos cuidadosos, talentosos e capazes.

Para minha incrível agente, Mandy Hubbard, digo obrigada por coisas demais a serem listadas e, acima de tudo, por acreditar neste livro. Fico tão feliz por termos nos encontrado e todos os dias me sinto sortuda por isso. Bob Diforio, você foi uma luz gentil que me guiou durante todo o processo. Palavras não são o suficiente.

Para minha editora, Jennifer Weis, e editora-assistente, Mollie Traver, muito apreço por terem me conduzido por esse processo com precisão e entusiasmo e por me honrarem com uma verdadeira colaboração. Minha editora de texto, Carol Edwards, fez este livro cantar com seu toque hábil. Minha profunda gratidão a todos na St. Martin's que participaram desse processo, do início ao fim. É, de fato, um esforço conjunto.

Tasha Harlow, minha flor companheira destemida, e Cate Peace, obrigada pelas primeiras leituras, pelos olhos de águia e pela torcida sempre animada. Meu muito obrigada a todos os meus amigos escritores na internet — fiu-fius, olhos em formato de coração e gatos pretos da sorte para todos vocês.

Aos agentes e editores que se importaram ao longo do caminho e que fazem de tudo para ajudar autores aspirantes a encontrar sua direção, tenho uma dívida de gratidão com vocês. Pelo amor aos livros é que continuamos.

Para o Piggy, que nunca hesitou em deixar seu lugar quentinho na cama para "ir me ajudar com o livro" do seu jeito terrier amoroso, me fazendo companhia em meu colo enquanto eu esmurrava as teclas já bem cedo de manhã. Você e eu, amigão. Você e eu.

Para meu marido, Jack, todo o meu amor. Seu incentivo inabalável e apoio foram os presentes mais verdadeiros. Obrigada por acreditar que tudo é possível, até castelos no ar... especialmente castelos no ar.

Saiba mais sobre este livro
e outros lançamentos
no nosso blog:

www.agirnow.com.br

Conte para a gente o que você achou de
No coração da floresta!

É só usar #NoCoraçãoDaFloresta nas suas redes sociais.

PUBLISHER
Kaíke Nanne

EDITORA EXECUTIVA
Carolina Chagas

EDITORA DE AQUISIÇÃO
Renata Sturm

EDITORA AGIR NOW
Giuliana Alonso

COORDENAÇÃO DE PRODUÇÃO
Thalita Aragão Ramalho

REVISÃO DE TRADUÇÃO
Nina Lopes

REVISÃO
Rayana Faria
Anna Beatriz Seilhe

DIAGRAMAÇÃO
Ilustrarte Design

Este livro foi composto em Iowan 10,7/16,2
e impresso pela Intergraf sobre avena 80g/m²
para a Agir Now em 2015.